# 彩鳳迎春

4

芳菲 著

風文創 462

# 目錄

# 第三十一章

許氏和楊氏一早出門通知親戚去了，晚上回來的時候，差點兒連自家大門都沒認出來。只見原來破敗的柵欄早已經不見了蹤影，如今換上了新的木欄杆，原本兩家各自開的門沒了，而是併在一起，在中間開了一道大門，大門兩側貼上了紅色的喜聯，門框上面還拉著紅綢帶，看著別提有多喜慶了。

楊氏和許氏進來時，趙彩鳳早已經做好了晚飯。這兩日他們家的伙食也比平常好了許多，鄉親們送了各種瓜果蔬菜，還有送雞鴨和鹹魚的，各式各樣的東西都掛在後院裡頭，滿滿當當的。

陳阿婆吃著嘴裡的糙米飯，感嘆道：「有些日子沒吃過糙米，都記不得是啥味道了。」

趙彩鳳笑著道：「沒啥味，就是嚼著比高粱米輕鬆些，省些牙口。阿婆年紀大了，吃這個好消化，還有寶哥兒和彩蝶，吃些米飯也能長得快一點。」

許氏懷裡抱著寶哥兒，正拿著調羹一勺勺地餵著他，見趙彩鳳這麼說，臉上便起了一些尷尬的表情。

趙彩鳳一時不知道是什麼原因，也不好意思問，便不說話，乖乖地吃起了東西。

過了片刻，寶哥兒吃飽了，許氏才讓趙武帶著他和趙彩蝶一起玩去，抬頭看了一眼宋明軒和趙彩鳳，小聲道：「我今兒去方廟村給你大姨報喜，聽你大姨說，那方地主家的大少奶奶得了不好的毛病，快死了，有人說是她平常待人太苛刻，所以惡有惡報了。你大姨還說，方家的老太太知道了寶哥兒的事情，說是要來把寶哥兒接走，也不知道是真的還是假的。」

宋明軒聽了這話，臉上的神色頓時就變了，寶哥兒雖然不是他的親生兒子，可是看著他出生、看著他長大，如今又看著他會開口喊自己一聲爹，宋明軒心裡當然是捨不得的，可這會兒趙彩鳳和楊氏都在跟前，他就算再捨不得，也不能當著她們兩人的面說出口。彩鳳為了他已經付出了那麼多，自己帶著一個拖油瓶也是真的，當初自己雖然答應了如月要把寶哥兒養大並視如己出，可人家彩鳳可沒攤上這件事情啊！宋明軒想到這裡，頓時就有些有口難開了。

趙彩鳳這時候也已經吃了七、八分飽了，見宋明軒的臉色難看，便放下了筷子，開口道：「大娘好端端的怎麼提起這事情來了呢？」

許氏其實心裡也有主意，她雖然也捨不得寶哥兒，可如今宋明軒和趙彩鳳成親之後，總也要有自己的孩子，養孩子不是容易的事情，這要自己經歷過了才知道。彩鳳是個好姑娘，寶哥兒跟著她定然是不會吃虧的，可這樣一來，當真是累著他們小倆口了。如今自己還能幫襯著帶上幾年，可一旦寶哥兒大了，總也要開蒙進學，到時候想不麻煩彩鳳都不成了。

楊氏聽了這話，也不知如何說好，這養孩子的苦，她可是吃了不少。自己生出來的孩子那叫沒辦法，可別人家的孩子，若是攤不到自己身上，要真能不養，那自然是最好不過的了。可她作為宋明軒的岳母，這些話她自然也是說不出來的。況且許如月人不錯，只是命差了點兒，如今就留下這麼一個孩子，這要真送走了，還當真有些捨不得呢！

趙彩鳳這話一說，許氏和楊氏都不吱聲了。

趙彩鳳抬眸看了一眼宋明軒，低著頭道：「其實我是這麼想的，若是寶哥兒的奶奶真心喜歡寶哥兒，想把他領回去養，也不是什麼壞事，畢竟人家才是有血緣關係的親人。可是……」她伸手按住了宋明軒放在大腿上的手，繼續道：「可是上回宋大哥說，寶哥兒的嫡母實在不像樣，萬一回去了，寶哥兒要是吃虧，那我們不是把孩子往火坑裡面推嗎？」

宋明軒聞言，抬起頭感激地看了趙彩鳳一眼，一時間竟不知道說什麼好，眼眶忍不住紅了。

趙彩鳳鬆開了按在他手背上的手，卻被宋明軒反手給抓住了，牢牢握在手中。

楊氏聽了這話，倒是鬆了一口氣。

許氏也笑著道：「也是，這大喜的日子，我提這個做什麼呢！大妹子，妳吃好了沒有？吃好了一會兒咱倆到院子裡，把麥子給舂了吧？明兒做糕點的小工就要來了，要是麵粉不夠，那就丟人了。」

楊氏便笑著道：「那敢情好，我跟妳一起舂去！」又轉身對趙彩鳳說：「彩鳳，妳收拾一下碗筷，放廚房，一會兒我來洗。」

趙彩鳳點了點頭，把吃剩下來的碗筷都收到了灶房裡頭去，宋明軒則在一旁替她打下手。趙彩鳳也沒聽楊氏的，把碗筷放下，直接打了水，自己洗了起來。宋明軒見了，便上前擼了袖子說讓他來，趙彩鳳扭著身子把他給推開了，挑眉道：「少在我跟前獻殷勤了。」

宋明軒一時有些語塞，愣了半日才開口道：「彩鳳，寶哥兒的事情，其實若他奶奶是真心對他的，送他回去我也沒什麼意見，只是……」

趙彩鳳見他支支吾吾的樣子，也知道他是捨不得寶哥兒卻說不出口，便瞪了他一眼道：「行了，我知道你的心思。我把寶哥兒留下來，也不全是因為你，我也是真心喜歡寶哥兒的，你瞧我這回來到現在，他都叫我多少聲娘了，我這便宜娘親也不是白當的。以後若是寶哥兒的奶奶真要把他帶回去了，那咱們到時候再商量就是了。」

宋明軒一個勁兒地點頭。

九月初六，黃道吉日，宜嫁娶、動土、上梁、開業。

天還沒亮趙彩鳳就被楊氏給喊了起來，讓她趕緊梳妝打扮換衣服。

趙彩鳳在床上打了一個滾兒，懶懶地道：「娘，妳就不能讓我再睡一會兒嗎？這新郎家就在隔壁，沒必要雞還沒叫就起來的。」

楊氏見趙彩鳳那一副睜不開眼睛的模樣，笑著道：「妳快起來吧，打零工的人就要來了，咱家也沒個遮遮掩掩的，妳難不成要當著外人的面梳妝打扮？」

一聽這話，趙彩鳳立馬就起床了，她可不想被人當熊貓一樣圍著看呢！

趙彩鳳好不容易從床上爬了起來，就見錢喜兒送的喜服已放在床頭上，楊氏上前幫著她把衣服穿了起來。這時，外頭李奶奶的聲音傳了進來——

「新娘子起得可真早啊，這是著急要出嫁呢！」

趙彩鳳羞澀地笑了笑道：「哪有，我娘說一會兒會有人來，讓我早些起來，省得被人圍著看了。」

李奶奶瞧見趙彩鳳身上穿著的嫁衣，見八幅裙上各繡著並蒂蓮花、比翼鴛鴦、喜鵲、鯉魚、石榴、花生、紅棗、祥雲的圖案，真叫一個巧奪天工、喜氣洋洋，一個勁兒地誇讚道：「彩鳳這件喜服倒是繡得不錯，什麼時候妳也練出這種手藝了？比城裡頭繡坊裡的繡娘做的還好看呢！」

趙彩鳳聞言，笑著道：「李奶奶，那您可太高看我了，我怎麼可能繡得出這樣好的東西呢？這喜服是別人送的，說起來，還欠著一個大人情呢！」

李奶奶聽聞，點點頭道：「怪道這麼好看呢，我們鄉下姑娘沒幾個有這樣的手藝的。」

這時候楊氏已經打了洗臉水進來，見趙彩鳳正在那邊梳頭，忙走上前道：「今兒妳不用自己梳頭，讓李奶奶給妳梳，李奶奶是我們村裡福分最好的老太太了，讓她給妳梳頭，盼望著妳和明軒能像李奶奶和李爺爺一樣，白頭偕老、百年好合。」

李奶奶笑著道：「不敢當、不敢當，就是多活了幾年罷了，能有啥福分？彩鳳才是真的有福的，如今當了舉人太太，以後可是要當狀元夫人的！」

村裡人也不會什麼特別的吉祥話，但說出來的話都透著一股子的樸實，趙彩鳳聽了也忍不住笑著道：「李奶奶，承您吉言，要是宋大哥真的能中狀元，咱在村裡再擺一次酒！」

「那可說定了，到時候你倆帶著你倆的娃兒一起回來，好好熱鬧熱鬧！」

趙彩鳳這下也是沒話說了，鄉下人一說到成親就會聯想到生娃，簡直就是條件反射。

楊氏這會兒早已經笑得合不攏嘴了，拿著一根紅線，遞給李奶奶道：「李奶奶，您瞧瞧這紅線行不行？用它開臉成不？」

李奶奶拿起紅線，朝著窗口比劃了一下，道：「成、成，這種就行了！先幫彩鳳把臉洗了，再把粉給抹上。」

趙彩鳳還沒反應過來呢，就瞧見楊氏已經絞了乾淨的汗巾，過來替她擦臉了。趙彩鳳接過汗巾擦了一把臉後，李奶奶便從懷裡掏出一個陶瓷小盒子來，揭開了蓋子，從裡面蘸了一點稀麵粉水一樣的溶液，塗到了趙彩鳳的臉上。

說句實話，趙彩鳳其實也挺佩服現在這個皮囊的，畢竟年輕，她穿越過來這麼長時間，除了在京城的時候會用淘米水洗臉這麼一點點小小的保養，幾乎就再也沒有任何一樣東西上過自己的臉了。有時候趙彩鳳也在想，這春天、夏天日子還好過，萬一到了冬天，臉上沒有點油水，用不著幾年，再嫩的皮膚也會成為老樹皮的。

李奶奶見趙彩鳳微微躲了躲，笑著道：「傻孩子，可是好東西，給妳開臉用的。」

趙彩鳳這下就糊塗了，她小時候看《紅樓夢》，就知道去給人做小妾是要開臉的，難道這正兒八經地嫁人也是要開臉的嗎？

楊氏見趙彩鳳那一臉好奇的模樣，笑著道：「開了臉，妳就是新媳婦了，這女人一輩子也就開一次臉而已……」楊氏看著趙彩鳳，眼眶已經微微泛濕了。

趙彩鳳見了，忙打岔道：「娘，外頭客人來了，妳不出去招呼嗎？」

楊氏這時候才回過神來，果然見外頭來了一群人，忙不迭就迎了出去。

李奶奶笑著道：「彩鳳啊，妳娘是捨不得妳嫁人呢！」

趙彩鳳這時候也有些愣怔，她沒想到自己穿越過來，居然十五歲就嫁人了！一定是因為前世到三十歲都沒嫁出去，所以老天爺讓她這輩子早些嫁人，省得再成為剩女了。趙彩鳳想到這裡，倒是忍不住笑了，忽然間，臉上熱辣辣的一陣疼，她便「哎呀」一聲叫了出來。

「彩鳳妳別動啊！是會有一點疼的，不過一會兒就好了，忍一忍。這就跟生孩子一樣，是女人總要經歷的。」

趙彩鳳點了點頭，勉強讓自己不露出齜牙咧嘴的表情，讓李奶奶給自己開了臉。

接下去便是上脂粉、畫眉、點胭脂。雖說村裡人家窮苦，可畢竟嫁人娶親一輩子也不過一回而已，有些事情還是挺講究的。李奶奶幫趙彩鳳把妝化好後，打了一盆乾淨的水來，趙彩鳳往裡頭一照——我的娘啊！怎麼自己就成了一個殭屍一樣的白臉娃娃了?!也不知道浪費了李奶奶家多少石灰粉呢！

見趙彩鳳忍不住要笑呢，李奶奶忙開口道：「彩鳳，這會兒可不能笑了，一會兒臉上的粉掉下來，弄髒了衣服，可就不好看了。」

趙彩鳳聽了這話，也只好強忍住了笑，保持面癱的神情，小聲問道：「李奶奶，新娘子都要被弄成這樣嗎？我這副樣子，會不會連宋大哥都認不出來啊？」趙彩鳳回想了一下方才水盆裡自己的樣子，心道那個樣子真的是連爹娘都認不出來了，宋明軒估計也難認出來的。

李奶奶一邊給趙彩鳳梳頭，一邊道：「妳這丫頭又胡說，明軒要是連自己的媳婦都認不出來，他能中舉人？」

趙彩鳳聽了，一個勁兒地點頭稱是。

李奶奶在口中喃喃自語道：「一梳梳到尾，二梳白髮齊眉，三梳兒孫滿地，四梳四條銀筍盡標齊……」一直唸到了「十梳夫妻兩老到白頭」。

趙彩鳳聽著這樣的吉祥話，心裡頭卻有些不好受，驀地想起前世母親從「趙鳳，什麼時候給我帶個女婿回來」，一直到朝著她咆哮「趙鳳，再不給我帶個女婿回來，妳也別回來了」。然而，最後趙鳳還是沒帶過女婿回去，能帶給她的，也只有一個身亡的噩耗……趙彩鳳眼眶一熱，忍不住就吸了吸鼻子。

李奶奶見了，忙開口道：「唉唷彩鳳，妳可不能哭呀！這會兒一哭，這妝就都花了！」

趙彩鳳想起臉上的那些白粉來，這會兒要是真哭了，只怕一會兒臉上還能留下兩條小河溝呢，到時候可真是要多醜有多醜了！趙彩鳳急忙抬起頭，把眼底的淚意收了回去。

李奶奶給趙彩鳳梳了一個時下年輕媳婦最喜歡的圓髻，將楊氏唯一珍藏著的幾根簪子插在髮髻上，又戴了一朵大紅色的絹花在鬢邊後，笑著道：「彩鳳，這些年我可是給不少年輕媳婦都梳過頭，妳是我見過模樣最俊俏的呢！幾個月前我給妳梳頭的時候，哪有這樣的喜慶？如今瞧著，妳總算是苦盡甘來了！有句老話怎麼說的？什麼馬什麼福來著？」

趙彩鳳這時候也收起了傷心，擰眉想了想，道：「叫塞翁失馬，焉知非福。」

「對對對，就是這麼說的！」李奶奶扶著趙彩鳳站了起來，圍著她轉了兩圈，道：「真是漂亮！也只有妳這樣的人，才配當那舉人太太！」

這時候趙彩蝶也已經睡醒了，在床上翻了一個身，瞧見一身鮮紅嫁衣的趙彩鳳，不禁揉了揉眼睛，睜大了眼珠子，一臉呆萌地問道：「妳是仙女姊姊，還是我大姊姊呀？」

趙彩鳳見趙彩蝶撲閃著大眼睛，便走過去問她道：「妳說我是仙女姊姊呢，還是妳大姊姊呀？」

趙彩蝶順勢往趙彩鳳的懷裡頭一滾，笑著道：「妳一定是仙女姊姊，只有仙女姊姊才這麼漂亮！」

趙彩鳳捏了捏她的臉頰，笑道：「難道妳姊我就不漂亮嗎？」

李奶奶見了，急忙攔住兩人道：「彩蝶快別鬧了，別把妳姊的新嫁衣給弄皺了！彩鳳妳也別笑了，粉都掉下來了！」

趙彩鳳聞言，嚇了一跳，忙低頭看向自己的胸口。

這時候楊氏引著楊老頭和楊老太從外面進來，楊老太見了趙彩鳳，笑著道：「這樣一打扮，還真是有小媳婦樣了！」

趙彩鳳抬起頭，看見兩人身後還跟著一個中年媳婦，長相和楊氏有幾分相像，因為保養得宜，看上去倒是比楊氏還顯得年輕了幾分，只是眉眼神態中都透著幾分精明勁兒。

婦人見了趙彩鳳，滿臉堆笑道：「這就是我大外甥女嗎？都這麼大了呀？真是天仙一樣的人兒啊，怪道老太太一個勁兒地誇呢！」

楊氏聽她這樣讚美趙彩鳳，臉上也是一臉的笑，拉著趙彩鳳介紹道：「彩鳳，這是妳大姨。」

趙彩鳳朝著大楊氏福了福身子，小聲喚了她一聲「大姨」。

大楊氏眉開眼笑地應了，轉身往門外瞧了一眼，張嘴喊道：「丫頭，快過來見過妳表姊！」

趙彩鳳順著大楊氏的視線看過去，只見客堂的長凳上坐著一個約莫十三、四歲的姑娘，聽見大楊氏喊她，這才抬起頭來，往裡面淡淡地看了一眼，臉上的表情瞧著倒是寡淡得很，但比大楊氏這強裝出來的殷勤勁兒還讓人看著舒服些，畢竟沒那麼裝腔作勢的。

那姑娘見大楊氏喊了自己，這才站起來，往房裡走了進來，儀態翩然地站在大楊氏身邊。

大楊氏拉著她的手，向眾人介紹道：「這是我家三姑娘黃鶯，今年十三了，在侯府二少爺的房裡服侍。」

楊氏沒見過什麼世面，聽說是在侯府少爺的房裡服侍，一雙眼珠子就亮了幾分，開口道：「在大戶人家當差的姑娘，看著就是不一樣，瞧瞧這身條子，倒是快有我們彩鳳高了，模樣也出落得這樣好。」

趙彩鳳從這姑娘進門來的第一眼，就瞧出她臉上寫著幾個字：嫌棄、窮酸。不過即便如此，她還是被大楊氏給拉了過來，這其中的原因，大抵也是因為宋明軒中了舉人吧？宋明軒中了舉人，以後趙彩鳳就算是嫁入了官家，可大楊氏她們雖然看著體面，終究也不過是侯府的奴才，人要真正的發達起來，還是得脫籍了才行。就是因為這個，大楊氏才帶著自己的閨女，大老遠地過來攀親戚。

黃鶯被大楊氏一拉，勉強往前頭動了兩步，卻還是沒正眼瞧趙彩鳳，只略略翻了翻眼皮，微微福了福身子，算是行過禮數了。

趙彩鳳看過《紅樓夢》，也知道服侍少爺的丫鬟都能當半個小姐，如今她能跟著大楊氏跑到趙家村這鳥不拉屎的地方來，心裡頭還不知道怎麼個委屈呢，想讓人給自己好臉色瞧，只怕也是不大可能。「大姨，外頭人多，妳和表妹就在房裡坐一會兒吧。」趙彩鳳溫和地開口道。自己房裡雖然簡陋，好歹也比坐在客堂裡頭受萬人矚目的強。

大楊氏聞言，便笑著扭頭對她女兒道：「鶯兒，妳就在這邊陪著妳姊姊吧，外頭人多，也不清淨。」

黃鶯點了點頭。

楊氏瞧見黃鶯手上戴著幾個纏絲赤金的手鐲，頭上的髮簪也都是金銀，一看就是少爺跟前有臉面的丫鬟，再回頭看彩鳳，頭髮上除了那一朵紅絹花鮮豔些，那些銀簪實在是入不了眼。上回楊老太給彩鳳的手鐲，這會兒也沒見她戴在手上，除了這一身鮮紅的嫁衣，真是簡樸得讓人心疼。

李奶奶這會子倒是看出了些門道來，見那丫頭不搭話，只笑著道：「彩鳳她娘，妳來給彩鳳蓋上紅蓋頭吧，一會兒舉人老爺可就要來迎娶了。」

眾人聽了這話，都往邊上讓了讓。

楊氏急忙拿了紅綢緞把床上一溜煙的地方都鋪了起來，開口道：「彩鳳妳快坐下，咱就在這兒等著吧！」

趙彩鳳提著裙子在床上坐了下來，這時外頭忽然傳來幾聲牲口的嘶叫聲。

趙彩鳳這是頭一次聽見，微微皺了皺眉頭。可那黃鶯卻跟被嚇破了膽一樣地尖叫了一聲，往大楊氏的懷裡躲了躲，驚慌地問道：「娘，外頭那是什麼聲音？好可怕！」

看著她那張巴掌大的小臉都皺在了一起，趙彩鳳在心中讚嘆了一句，演技還真是不錯，有那麼些楚楚可憐的味道在裡頭，只怕是等著被少爺收房了吧？

大楊氏見女兒嚇成這副樣子，便小聲安慰道：「妳這傻孩子，外面是在殺豬呢！妳平常在府內，哪裡知道這些事情，這鄉下人家辦酒席，雞鴨豬羊都是要自己宰的，哪像在府上，天天有現成的東西讓妳們選。」

黃鶯聽了，臉上便露出一絲不屑來，小聲嘀咕道：「我就說了，我不想——」那「來」字還沒說出口呢，見大楊氏瞪了她一眼，黃鶯便不敢再說話了。

雖然兩家就在隔壁，但迎娶新婦進門都是有吉時的，趙彩鳳這會兒已經打扮妥當了，如今便蓋著紅蓋頭坐在房裡頭，等著宋明軒來接她過去。

楊氏平常人緣極好，雖然趙家已經沒什麼親戚了，可村裡頭的婆子、媳婦也有幾個是跟她要好的，除了那些個平常愛在背地裡戳趙彩鳳脊梁骨的酸葡萄沒來，村裡頭的老老少少都過來湊了熱鬧。原本趙家的屋子就小，這時候滿屋子的婆子、媳婦，真是熱鬧得很！

黃鶯本就拉長著臉坐在房裡，如今見人越來越多，越發覺得嫌棄難受了起來。看著這一群粗俗的婆子、媳婦在跟前大聲說話，她心裡都快作嘔了，臉上的神色也就越發地不好看了。

因為還沒到吉時，所以趙彩鳳便把頭上的蓋頭掛在髮髻上，和村裡的鄉親們閒聊起來。王家媳婦見床下頭的凳子上還坐著一個年輕姑娘，身上穿著綢緞衣服，看著就和他們村子裡的人不一樣，便笑著問了幾句。

那黃鶯如何會理這群人？只垂著頭，眼皮微微上挑，一副不理人的模樣。

趙彩鳳便只好笑著跟人介紹起她來。

王家媳婦雖然是個村婦，沒啥見識，但她閨女王燕如今可是在恭王府上當差的。王府有自己的規制，穿衣打扮都講究得很，尤其是王燕這種在姑娘跟前服侍的，若是不得體俏麗些，老王妃和王妃她們可都是要說的，所以王家媳婦看慣了自己閨女，便覺得這黃鶯也就一般般，用得著眼睛長在頭頂上嗎？「原來是在侯府當差的丫鬟啊，怪不得瞧著比我家燕兒還差了些，我家燕兒畢竟是在王府當差的，果真還是官大一級壓死人啊！」

王家媳婦哪裡懂什麼語言的藝術性？這話一說出來，把趙彩鳳逗得都快把持不住了，但是一想起她臉上厚厚的一層白粉，也只能強忍著，差點兒沒把自己給憋過氣去了！

一眾的婆子、媳婦聽了這話，紛紛表示贊同，點頭道：「妳家燕兒怎麼沒回來呢？她和彩鳳可是手帕交，彩鳳的好日子，怎麼沒見著她？」

王家媳婦笑道：「這不是沒辦法嗎？她哥前幾天給了她消息，也說是要回來的，可昨兒又說六姑娘這幾日晚上睡不安穩，非要她在房裡值夜，所以也不能回來了。」王家媳婦雖然不懂這大戶人家丫鬟的等級，但也知道這能在房裡頭值夜的丫鬟，必定是最高級的。像黃鶯這樣隨隨便便就可以放出來走動的，只怕也沒那麼高級。

黃鶯聽了這話，一張俏生生的笑臉頓時就變了顏色，臉頰脹得通紅，可她畢竟是小姑娘，口角方面如何有這群大嬸子厲害？因此也只能擰著手裡的絲帕生悶氣。

趙彩鳳瞧她那模樣，眼眶裡的淚水都要落下來了，忙打圓場道：「王大娘，妳光說妳家燕兒，啥時候給王大哥也張羅個媳婦呢？」

王家媳婦聽了這話，頓時就紅了臉，她當人老娘的，如何不知道王鷹心裡頭的想法？趙彩鳳剛守望門寡那會子，就在家裡發癲一樣的，雖然沒直接說出口，可他不說，難道家裡人就不知道了？只是王家媳婦自己沈得住氣，沒有提罷了。宋家不嫌棄趙彩鳳是望門寡，可他王家卻不敢做這事情。她肚子不爭氣，總共也就生了王鷹一個兒子，萬一要是有個啥，這輩子豈不是都沒指望了？所以即便趙彩鳳長得再俊俏、人再好，她也只敢遠遠看著，哪裡真的敢娶進門去呢！

王家媳婦尷尬地笑了笑。「猴子一樣的性子，人還沒沈穩下來呢！如今在劉老三的莊子上跑運輸，也挺好的，多賺幾個老婆本，以後娶個跟彩鳳妳一樣俊俏的，他就滿意了。」

趙彩鳳笑著道：「模樣好倒是其次，最重要的還是心眼好，不好高騖遠，能踏踏實實地過日子，這樣的姑娘就最好了。」

黃鶯原本就不是一個肯踏踏實實過日子的人，在永昌侯府雖然只是個二等丫鬟，卻一心想著自薦枕蓆　雖說自從出了雪燕勾引二少爺被發賣那事情後，府裡的丫鬟們都老實了不少，黃鶯也不敢再去二少爺的跟前招搖了，可饒是如此，整日裡被那些個一等丫鬟欺壓著，還是讓自己鬱悶得很，因此只一心想著，若是有機會，定要爬到她們頭上去！

如今趙彩鳳這一席話，聽上去是在勸慰別人，可再細細一琢磨，怎麼就那麼刺耳呢？黃鶯越發鬱悶了，翻了一個白眼，側著身子往裡頭又坐了坐。

趙彩鳳聽見外頭李奶奶喊著說吉時已經到了，隔壁的新郎官要來接新娘了，便伸手把自己頭上的紅蓋頭給摘了下來，不忘悄悄瞥了一眼正兀自生悶氣的黃鶯，暗暗笑道：說的就是妳呢！不過是個丫鬟，眼珠子都長到南天門去了！

宋明軒原本就長相清秀，除了身子骨略單薄之外，五官雖然算不得俊美無儔，但也足以讓一般的小姑娘忍不住多看幾眼，且如今他又高中了解元，原本骨子裡稍稍帶著的自卑也被這莫大的喜事給沖淡了，如今正逢新婚，又金榜高中，臉上就越發透著一股清風霽月般的自信，讓許氏看了都連連稱讚了起來。

「這一身喜服總算是趕出來了。」許氏嘆了一口氣，想起昨晚亥時趙彩鳳才把喜服做好，也是捏了一把汗，笑著道：「這喜服穿在身上，整個人都不一樣了，彩鳳的手藝倒也比以前好了許多呢！」

宋明軒瞧著胸口縫得筆直的衣襟，略心虛地低著頭。要是讓許氏知道這衣服有一大半是自己縫的，怕是要哭笑不得了。

「彩鳳的手藝是挺好的……其實鄉下姑娘手藝差些也是正常的，畢竟不像城裡的姑娘，大門不出、二門不邁的，一整日也沒有別的事情做，就圍著這些針線女紅打轉，手藝自然是好的。彩鳳整日裡忙裡忙外，還有時間做這個也不容易了。其實就算穿平常的衣服，胸口戴一朵紅繡球也就夠了。」宋明軒想起趙彩鳳那被針尖給戳破的手指，還覺得有些心疼呢！

「這還沒過門呢，就一個勁兒地護著了。」許氏笑著幫宋明軒把紅繡球戴在胸口，滿眼慈愛地道：「媳婦賢慧了，你自個兒才能多舒坦些，做爹娘的總是這樣想的。」

宋明軒略略笑了笑，坐下來讓許氏幫他把髮髻紮上紅絲帶。「娘啊，在我心裡，彩鳳就是最賢慧的。」

許氏聽了這話，假裝生氣道：「老話說，娶了媳婦就忘了娘，這話看來還真的不假啊！想當初我要把彩鳳說給你的時候，你這臉拉得可比馬臉長，如今自己喜歡上了，敢情是不記得了？」

宋明軒聽了這話，臉頰就越發泛紅了，低頭慚愧道：「娘，這東西得靠緣分，那時候如月剛死，我也沒那個心思，誰……誰能想到彩鳳人這麼好呢！」

許氏幫宋明軒梳好了頭，拍了拍他的肩膀道：「做爹娘的沒有幾個會害兒女的，如今你中了舉人，也算對得起彩鳳了，往後你們小倆口要好好過日子。娘這些天想過了，你年紀輕，勢必還是要唸下去的，這趙家村怕是留不住你。娘呢，能力也有限，怕也供不起你了，往後你就和彩鳳他們住城裡吧，寶哥兒和阿婆都交給娘，娘還能照顧得動，你就一心一意地唸你的書、考你的進士，娘相信你一定能考上的。」

宋明軒聞言，鼻子一酸，眼眶已經熱了起來，開口道：「娘，等我高中進士之後，一定把你們全接到京城去，讓妳好好地享幾年清福！」

許氏瞧見宋明軒眼睛都紅了，自己也忍不住落下淚來，拿衣袖擦了擦眼角道：「行了，這話我記住了，就等著你這一天了。」

這時候正好有幾個村裡人進來瞧瞧裡頭好了沒有，說是吉時快到了，見許氏眼眶紅紅的，其中一個便笑著道：「宋大嫂，妳這是娶媳婦呢，又不是嫁閨女！人家隔壁的趙大嫂還沒哭呢，妳倒是先哭了起來！」

許氏笑著打馬虎眼道：「我這是高興的！一想到我家明軒也娶媳婦了，我這是打心眼裡高興啊！」

那人笑著道：「妳高興的日子還在後頭呢！以後少不得妳享福的日子！等明軒當了大官，沒準還能給妳掙一副誥命回來！」

許氏聽了越發地高興了，又拉著那人去外頭看看還有什麼沒準備的，只一併都備齊了，就打算到隔壁迎親去了。

宋明軒一個人坐在房裡頭，原本他的房裡除了一個書桌和五斗櫃，就只有一個炕頭，如今因為趙彩鳳要過門，所以許氏把自己房裡的一面小銅鏡拿了過來，支在了宋明軒的書桌前，以後給趙彩鳳梳妝用。

宋明軒拿起帕子，小心翼翼地把那銅鏡給擦乾淨，這時候陳阿婆拄著枴杖，撩開簾子，往裡頭走了進來。

宋明軒見了，忙不迭地上前扶了陳阿婆一把，小聲地問道：「阿婆，您怎麼進來了？外面熱鬧著呢！」

陳阿婆臉上滿是歲月滄桑的皺紋，讓宋明軒扶著坐到了炕上，拉著宋明軒的手，含著淚上下打量他，情緒帶著幾分激動。

宋明軒見了，安慰道：「阿婆，這兩年委屈您和我娘在鄉下待著，等我考上了進士，就接妳們去京城裡過。我打算明年春天就考，沒準中了，明年我們一家就可以在京城團圓了。」

陳阿婆一個勁兒地點頭，粗糙的手指擦乾臉上的淚痕，哽咽道：「我知道你是個孝順孩子，只是這事兒急不得，你也得慢慢來。我聽人說，你這回從貢院出來，還是讓人給揹出來的？這功名再重要，也沒有你的命重要啊！想想你爹，這麼年紀輕輕的就走了，留下我們這幾個人，過得這叫什麼日子啊……」

宋明軒聽了這話，也跟著傷心了起來，一個勁兒地安慰道：「阿婆，您放心，好日子會有的，彩鳳以後也會孝順您的。」

陳阿婆抿了抿嘴，粗糙的掌心撫摸著宋明軒的手背。「二狗啊，你是個讀書人，又懂道理，以後你考了進士、做了官，可不能像你爺爺那樣，做出對不起彩鳳的事情啊！彩鳳雖然只是我們小村子裡的姑娘，可我瞧在眼裡，她是一心一意對你好的，你以後哪怕當了再大的官，彩鳳也都是你的元配夫人，你不能讓她受半點兒委屈，明白不？」

宋明軒這時候也早已淚眼矇矓，陳阿婆這一生的悲劇都是因為宋老爺子拈花惹草造成的，她對這樣的事情可謂是恨之入骨，所以才會特意過來對他如此千叮嚀、萬囑咐，宋明軒如何會不明白這個道理？一想到小時候一家人受的苦，他越發就難過了起來，遂撩起喜服，在陳阿婆的跟前跪了下來。「阿婆，二狗在您跟前發誓，此生只娶彩鳳一人為妻，若有二心，叫我一輩子考不上進士，窮困潦倒、客死異鄉！」

陳阿婆聽了，嚇了一跳，急忙就堵住了宋明軒的嘴。「你這孩子！我不過就是這麼提醒你一聲，你發這樣的毒誓做什麼？太不吉利了！」陳阿婆說完，呸了兩句，默唸了幾遍「百無禁忌」、「菩薩保佑」。

宋明軒卻仍跪著，挺直了脊背，一本正經地道：「阿婆放心，我絕不違背今日的誓言！」

陳阿婆長長地嘆了一口氣，搖了搖頭道：「上次你祭祖沒祭成，今兒你大婚，他們那邊也沒有人來，大抵是怕你爺爺生氣，不敢來吧。你如今發達了，你叔叔他們心裡頭還不知道怎麼想著巴結呢，無非就是怕那個老不死的罷了。」如今陳阿婆談起這事已經不傷心了，這大抵就是所謂的哀莫大於心死吧。「我擔心上回祭祖的事情被他們鬧得眾人皆知……」

宋明軒站了起來，臉上的表情沒有半點退讓。「這種事情，便是告到縣太爺那邊也沒什麼用的，清官難斷家務事。再說了，我也沒做錯什麼。」

陳阿婆到底還是覺得不放心，開口道：「他怎麼說也是你爺爺，如今你剛剛中了舉人，這種事情若鬧出去，怕也有損你的德行，我想著等彩鳳過門之後，你們倆再回去瞧瞧吧？」

宋明軒聽陳阿婆這麼勸自己，也只好點了點頭。

這時候門口的大紅色喜簾忽然閃了一下，寶哥兒穿著一身新衣服，從門外一蹦一跳地進來了，手裡抓著一把花生和棗子，走到宋明軒跟前，奶聲奶氣地說：「爹爹，吃果果，吃了果果生弟弟！」

後面跟著的幾個媳婦聽了，哈哈大笑了起來。她們分明教的是「早生貴子」，可到了寶哥兒口中，就給換成了「吃了果果生弟弟」了！

這時候許氏也從門外進來，見宋明軒已經準備好了，忙開口道：「快去隔壁迎親吧，彩鳳那邊都已經好了。一會兒你揹著彩鳳出門後，沿著咱兩家外圍繞一圈，就算是接新娘了。」

幾個看熱鬧的小夥子也擠在門口，聽了這話不禁打趣起宋明軒。「二狗，你揹得動新媳婦不？要不要兄弟幫你揹一回啊？」

王鷹聽了這話，心裡說不出的酸，可還是忍不住幫宋明軒解圍道：「你小子想得美了，要不要洞房也讓你來？你媳婦可就在隔壁陪著新娘子呢，信不信我一會兒告訴她，讓她回去罰你跪搓衣板去？」

眾人聽了，又忍不住哈哈大笑了起來，幾個男人便簇擁著宋明軒走在了前頭，往趙彩鳳家去了。

新郎官一出門，外頭便響起了噼哩啪啦的一陣鞭炮聲。

趙彩鳳正在房裡等著宋明軒，聽見這一陣鞭炮響也嚇了一跳。

李奶奶笑著從外頭進來道：「新娘子別著急，新郎官已經出門了，這就來了！」

一眾小媳婦們就開始打趣起來。

「這有啥著急的？不過就是出一道門、進一道門嘛！李奶奶，您讓外頭的人機靈點，可不能讓舉人老爺這麼容易進來，好歹出幾個題難為難為他！」

一旁的另一個媳婦笑道：「人家是舉人老爺呢，還能被咱出的題目難倒？」

「說得是啊……」眾人蹙眉想了起來。

忽然，李全媳婦笑著道：「咱就讓新娘子出個題，難為一下新郎官，咱樂呵呵地看熱鬧，妳們說好不好？」

趙彩鳳在古代沒有參加過婚宴，但在現代的時候卻當過幾次伴娘……沒辦法，和自己同齡的人都嫁得差不多了，伴娘的選擇範圍也變小了很多，她倒成了搶手貨了。雖然現代迎親的時候也會為難一下新郎官，但大多數都是擠擠門、收收紅包的，哪裡有古代這麼文藝範兒？還要出個什麼題目。

李全媳婦說完了就走到趙彩鳳的跟前，笑著道：「彩鳳，明軒是新舉人，那肯定是一肚子的學問，妳得好好出個題目，讓他答不出來才好！」

趙彩鳳擰著眉頭想了半天，搖搖頭道：「李嬸子，這可有些難了，我知道的，他都知道；他不知道的，我也不知道啊！」

大家夥兒聽了，打趣道：「彩鳳，妳這麼著急出嫁可不行啊，姑娘要矜持些，到了夫家才有地位！來來來，好好想一個！」

趙彩鳳拗不過這一群人，便蹙眉想了片刻後，這才偷偷地湊到李全媳婦的耳邊說了幾句。

李全媳婦聽了，一個勁兒地搖起了頭來，指著趙彩鳳笑道：「妳這丫頭，他是舉人老爺，妳還出這樣簡單的題目？這題目連三歲的孩子都能答得出來，妳這分明就是放水！」

趙彩鳳眨了眨眼，輕笑道：「嬸子，妳就這麼問他去，沒準他就答不上來呢，妳別著急呀！」

李全媳婦還是一臉不可置信地搖著頭，擰眉道：「怎麼可能答不上來？他要是答不上來，我擰了脖子給妳當凳子坐！」

眾人聽了，都越發好奇了起來，圍過去問李嬸子是個什麼題目，最後，一群人浩浩蕩蕩地往屋外頭走，為難新郎去了。

楊氏沒跟著大家出去，只站在房裡看著坐在炕頭上、穿著一身喜服的趙彩鳳，心裡頭是感慨萬千。想起今年春天的那場婚事，楊氏至今都還悔青了腸子，如今見趙彩鳳有這麼一個好歸宿，心下也總算安慰了幾分，走上前去，在趙彩鳳跟前的一張凳子上坐了下來，拍了拍她的手背道：「彩鳳，進了宋家門，妳就是宋家的媳婦了，一切要以明軒為重，知道嗎？」

趙彩鳳小雞啄米一樣地點了點頭，心道古代的三綱五常真的是深入人心，連楊氏這樣一輩子沒唸過書的人，嫁姑娘頭一件要說的就是這些道理。

楊氏說完後，四下看了眼，見所有人都出去看新郎官了，這才小聲地問道：「彩鳳，昨晚娘跟妳說的那些事情，妳都明白了嗎？一會兒洞房不要怕，要做人家媳婦就要經歷這一步的。還有，晚上動靜別太大，這事情畢竟羞人得很，要是讓老二、老三聽見了什麼，又要問個不停，娘也不好意思解釋。」

幸好是蓋著紅蓋頭，不然趙彩鳳只怕都要笑場了。想一想這古代的條件，一家人住三間茅房，連一扇闔得攏的門也沒有，房裡就算是有一隻老鼠在叫，一家人也能聽得見，在這種環境下要做那種事情，簡直不是一般的考驗人。趙彩鳳裝作羞澀地道：「娘，我知道了，妳都說好幾回了，那我們晚上就安安穩穩的睡覺不成嗎？幹麼非要來那東西？」

楊氏一聽，急忙道：「那……那可不行！這是習俗，洞房花燭夜必定要做的事情，明兒一早，你們炕上的喜帕還要給妳婆婆看的，這能證明妳的清白。」

趙彩鳳聞言，頓時就有了幾分心虛，她和宋明軒的清白早葬送到高粱地裡了，這回還要清白，只怕是要傷及體膚了……趙彩鳳稍稍點頭道：「娘我知道了，快別說這些了，怪羞人的。」

門外，李全媳婦正和一群年輕媳婦去考宋明軒。那一群年輕媳婦圍著李嬸子問個不停，非要聽聽這未來的舉人太太給舉人老爺出了怎樣的題目？李嬸子是個憋不住話的，便一股腦兒地就說了出來。「彩鳳讓我問舉人老爺，這七和八哪個大？妳們說這算啥題目？七和八不是明擺著八大嗎？三歲孩子都能答出來的題目，居然拿來考咱舉人老爺，分明是放水不是？」

眾人聽了，都哈哈大笑道：「都說嫁出去的閨女潑出去的水，這還沒出嫁呢，就知道護著自個兒的男人了，可不是？」

眾人一邊說一邊笑，就瞧見宋明軒正被趙文、趙武、王鷹等幾個人攔在了門口。王鷹和趙文都是魁梧身材，這客堂的門口被他們一擋住，頗有一夫當關、萬夫莫開的樣子，宋明軒一味地給他們行禮作揖，又倒酒、又發紅包的。

李全媳婦見了，便笑著道：「你們幾個讓開些吧，新娘子親自出題要考考舉人老爺了！」

眾人聽了，全都來勁了，大家圍在一起看起了熱鬧來。

李嬸子便一本正經地開口道：「下面這道題目，雖然是簡單了點兒，可那是新娘子自己出的，要是新郎官答對了，你們可別不服啊！」李全媳婦說完了，便開口問道：「舉人老爺，新娘子讓我問你，這七和八哪個大？」

眾人聽了這題目，都哈哈大笑了起來，一個個地開口道：「這七和八還用比嗎？明擺著就是八大啊！彩鳳這也太向著新郎官了，這算個啥題目啊！」

連平常頭腦不靈活的趙文都睜大了眼睛，急道：「七和八當然是八大了！姊夫你快答呀！」

宋明軒這時候卻沒有快速作答，其實他一聽到這道題目的時候，早已經知道了答案，心裡微微一笑，對趙彩鳳又依戀了幾分。他低頭略略想了片刻，這才開口道：「李嬸子，妳去替我告訴彩鳳，七和八是妻大，我宋明軒這輩子都是這一個答案！」

眾人一聽，都著急上火了，也不懂這宋明軒的葫蘆裡賣什麼藥呢，鬱悶道：「二狗，你這樣可不行啊，你這不是睜眼說瞎話嗎？萬一答錯了，彩鳳不讓你進去了，到手的媳婦兒可就飛了！」

李全媳婦聽了這答案，也頗為擔憂，一再追問道：「明軒，你可確定了？這要是答錯了，新娘子得不高興了！」

宋明軒笑著道：「嬸子妳就進去傳話吧，彩鳳不會不高興的。」

李全媳婦見宋明軒胸有成竹的樣子，也就半信半疑地進去回話了。

黃鶯見眾人都出門瞧新郎官，只好也從裡頭出來了，和她娘兩人坐在客堂角落裡的一張長凳上。原本聽說新郎官進門了，她是連正眼也沒瞧上一眼的，直到這會子聽見宋明軒答了這個題目，倒是覺得有些意思，這才抬起頭看了一眼。只見那穿著一身喜服的宋明軒唇紅齒白，一雙眼睛炯炯有神，眉宇的顏色恰到好處，不濃不淡的，確是少見的美男子。黃鶯臉頰頓時紅了，略略低下頭，不敢再直視宋明軒了。

一旁的大楊氏瞧著宋明軒，也覺得眼熱得很，便拉著黃鶯的袖子開口道：「妳瞧瞧妳這姊夫的模樣是不是不賴？妳表姊也算是運氣好了，守了望門寡還能讓她守到這門好親事！」

黃鶯撇了撇嘴，裝作羞澀地偏過頭去。

大楊氏見了，不禁咂了咂嘴，直言道：「妳知道我為什麼要把妳帶過來嗎？我難道還不清楚妳心裡是個什麼心思？不過就是想往二少爺的床上爬！可如今太太這樣厲害，妳看看那雪燕是個什麼遭遇？該醒醒了！」其實若能成功套牢二少爺，一輩子吃穿不成問題也挺好的，可怕就怕賠了夫人又折兵啊！

黃鶯被大楊氏說穿了心思，頓時臉頰脹得通紅，低著頭不說話。

大楊氏卻沒管她，一個勁兒地繼續往下說道：「如今妳姊夫中了舉人，沒準過了年後還能中進士呢！妳現在年紀還小，我也不著急替妳張羅親事，以後若是妳姊夫有什麼寒門的同窗，將來也能中個舉人、進士的，我讓他幫妳作個媒，總比嫁給二少爺當姨娘來得好吧？」

黃鶯聽了這話，輕哼了一聲道：「中個舉人有什麼了不起的？妳看，還不是這麼寒酸嗎？連個像樣的婚禮也弄不成，沒得讓人笑話！」

大楊氏聽黃鶯這麼說，也是氣得不成了，鬱悶道：「妳好歹上些心思，也別老擺著這一副面孔，沒準將來還有用得著他們的地方呢！」

黃鶯聽了這話，只把頭一扭，不再搭理大楊氏了。

# 第三十二章

房裡頭，李全媳婦正給趙彩鳳傳答案，這話到了嘴邊反倒不知道怎麼說出口了。大家夥兒都知道七和八哪個大，可偏偏舉人老爺卻說七大……這不是明擺著要出錯嗎？她是當真想幫宋明軒呢，可她也不能亂傳答案啊！

趙彩鳳頭上蓋著紅蓋頭，聽見外頭熱熱鬧鬧的一群人進來，緊接著自己跟前就多了一雙腿，便知道是李全媳婦回來了。趙彩鳳見她在自己跟前站了半天沒開口，笑著問道：「李嬸子，宋大哥是怎麼回的呀？妳倒是說說看呢！」

李全媳婦聽了這話，忙笑著道：「彩鳳啊，妳別理二狗了，他是一想到要娶媳婦就高興得找不著北了，居然連數字也不識了，這麼簡單的題目，還能給說錯了，妳新娘子大人有大量，就饒了他這一回，好好地出門跟他拜堂去吧？」

趙彩鳳聽了這話，就知道宋明軒肯定是答對了，心下一喜，笑著道：「李嬸子，妳好歹把他的答案說了，也好讓我知道他錯在哪兒了？」

李全媳婦聽趙彩鳳這麼說，也覺得自己這樣藏著掖著不好，便嘆了一口氣道：「我也不瞞妳了，明軒說方才那個題目，是七大，妳說他糊塗不糊塗？這七和八怎麼就是七大呢？這不明擺——」李全媳婦的話還沒說完，忽然就頓了一下，像是想起了什麼來，眉開眼笑地拍著自己的大腿，笑道：「可真是被你們這一對舉人夫婦給騙了，跟我們這種鄉下土包子玩什麼啞謎呢？還果真是妻大啊！彩鳳，明軒讓我告訴妳，他一輩子都妻大！」

這時候，後面跟著的人都還沒反應過來，笑著道：「李嫂子，妳怎麼也糊塗了呢？」

李全媳婦笑著道：「我們鄉下人玩不過他們讀書人啊！彩鳳說的這個妻，可不是一二三四五六七的七！」

眾人這時候還是沒想明白，李奶奶已經從外頭跟了進來，問道：「新郎官讓問一聲，這答案對了沒有？他能不能進來接新娘了？」

李全媳婦笑了起來，轉頭問趙彩鳳。「彩鳳，方才明軒的答案還合心意，咱讓不讓他進來？」

趙彩鳳在紅蓋頭底下略略地笑了笑，最後點了點頭。

眾人見了，都扯著嗓子往外頭喊。「新娘子答應了，請新郎官進來迎親嘍！」

趙彩鳳這時候也不知道為什麼，莫名緊張了起來，這種渾身發熱、腎上腺激素快速飆升的感覺，讓自己都有些不知所措了。前世看見別人結婚，從天沒亮一直折騰到晚上辦酒席，感覺人就跟個演員一樣，完全是為了演好一齣戲，所以盡力地配合著。好幾個閨蜜都跟自己吐苦水過，說結婚這麼累，一輩子還是只折騰一次就好。

趙彩鳳正在胡思亂想之際，忽然，門外傳來大家夥兒哄笑的聲音。

緊接著，李奶奶便笑著道：「新郎進門啦！」

趙彩鳳聞言，緊張地把稍稍放鬆的身子又挺了挺，等著宋明軒走到自己的跟前。

沒有時間準備紅色面料的長靴，所以只在宋明軒平時穿的黑色長靴面上縫了兩塊紅布，做工一般般得很，是出自趙彩鳳的手藝。趙彩鳳就這樣看著宋明軒站在自己的跟前，這一瞬間，房間裡其他人的歡笑聲似乎都已經消失，只有他們兩個人，一個坐著、一個站著。

宋明軒低頭看著一身紅色嫁衣、蓋著紅蓋頭、端莊秀麗地坐在炕上的趙彩鳳，覺得喉頭有些充血。這幾個月來相處時的片段彙聚在腦中，讓他一時感動得不能自已，眼眶在一瞬間就紅了，哽咽地道：「娘子，我來接妳過門。」

趙彩鳳聽宋明軒的聲音，就知道他肯定又紅鼻子了，伸出手來，示意宋明軒拉著自己的手。

宋明軒伸手握住了趙彩鳳的手，纖纖十指，幸好依舊是這樣柔嫩細膩。

趙彩鳳站起來，宋明軒便蹲下來，一把將她揹上了後背，李奶奶則跟在邊上送他們出門。

這時候李全媳婦才反應過來，連忙扯了一下愣怔在旁邊的楊氏，開口道：「趙家嫂子，妳別傻愣著了，這閨女要出門了，快哭幾聲啊！」

楊氏這才反應了過來，「哇」地一聲哭了起來，在場嫁過閨女的人聽見了，也都跟著哭了。這是趙家村的習俗，凡是嫁閨女的人家，出門前自己的娘都要哭一場，以顯示自己在家時的矜貴，去了婆家才不會被人看輕。

楊氏才哭了幾聲，李全媳婦便笑著道：「大嫂子，夠了夠了，妳這哭聲都傳到隔壁了，宋大嫂聽了，一準會好好待彩鳳的。」

楊氏這會子倒是真的傷心了起來，想起趙老大死後自己受了那麼多的苦，一下子就覺得心酸莫名，哭得停不下來了。

李全媳婦見了，也知道她是真傷心了，忙坐下來勸慰道：「大嫂子，如今彩鳳也已經嫁人了，妳肩上的擔子又輕了些，該高興才是。快別哭了，哭紅了眼睛讓人見了笑話呢！」

楊氏一個勁兒地點頭，這才稍稍止住了哭聲。

趙彩鳳趴在宋明軒的背上，這會兒心情也沈重了起來，眼睛也濕漉漉的，可她還得顧及到這一臉的白粉，只好強忍著，稍微眨了眨眼睛。

因為兩家人如今合了一個大門，所以宋明軒要先揹著趙彩鳳從大門出去，然後沿著兩家人的屋子轉一圈，再從大門進去。

宋明軒揹著趙彩鳳走著，這時候已經聽不見楊氏的哭聲了，趙彩鳳也不難過了，便趴在宋明軒的背上，笑著道：「宋大哥，幸好咱兩家都是窮人，房子帶上後院也就那麼大，這要是大戶人家，即便是繞著房子走一圈，那可也得幾里路，不是得把你給累趴下了？」

宋明軒正憋著一股勁揹著趙彩鳳轉圈，聽了這話差點兒就要笑出來，卻還是忍住了道：「娘子，妳該改口喊相公了。」

趙彩鳳在宋明軒的肩頭蹭了蹭，笑著道：「才不，還沒進門呢，還能再賴一會兒。」

「妳能賴得過初一，還能賴得過十五嗎？」宋明軒這時候已經有些喘了。從貢院出來後他就沒好好休養，這幾日又是各種人上門來走動，他也沒安靜幾回，還要偷偷給自己縫喜服。

趙彩鳳想到這裡，就有些心疼起宋明軒來，小聲在他耳邊道：「快到了，你再堅持一會兒，從明天開始，咱一起鍛鍊身體。」

宋明軒這會兒腦子已經有點懵了，聽趙彩鳳說要一起鍛鍊身體，他能想到的夫妻倆一起鍛鍊的運動，也就上回高粱地裡頭的事情了，頓時就臉紅脖子粗的，結結巴巴地道：「那……那……那都聽娘子的吧。」

趙彩鳳覺得宋明軒這話說得有些奇怪，但一時間也沒想出個所以然來，便沒跟他計較。

半晌後，宋明軒終於揹著趙彩鳳繞回家門口了，方才出來的地方早已經點上了一個火盆，跨過火盆，預示著燒去一切不吉利的東西，日後夫妻會越過越紅火。

趙彩鳳在李奶奶的攙扶下跨過了火盆鍋，牽著手裡的紅綢帶，一直跟在宋明軒的身後，進了宋家的大門。

屋裡屋外都站著看熱鬧的村民，跨過了門檻，裡頭地上鋪著兩個包著紅布的蒲團。

李奶奶笑著道：「新娘子進門，要拜天地嘍！」

趙彩鳳想了想時辰，她卯時就起來了，忙到這會子也不過就是巳時二刻的樣子，這拜完了天地就要進房裡一直坐著，直到晚飯結束、客人散席，那不得餓死了？這設計古代婚禮的人一定是個男人，壓根兒就沒有考慮過女性朋友們的感受啊！

趙彩鳳在李奶奶的攙扶下拜過了天地後，被扶著送入了隔壁宋明軒的房間，這房間原先是沒有門的，不過就是掛著一道簾子，為了他們小倆口方便些，前兩天才請錢木匠趕了一個門出來安上了。

錢木匠因為是個鰥夫，不便參加婚事，趙彩鳳親自上門請了，他還是沒願意過來，趙彩鳳便也沒有勉強他。

進了洞房，李奶奶又交代了起來。「彩鳳，妳就在房裡頭坐著，這房裡有吃的，妳要是餓了，就稍微吃點花生、水果。客人都在外頭呢，這蓋頭是萬萬不能拿下來的。」

趙彩鳳點了點頭，見房裡沒有人，也略略地舒了一口氣。

李奶奶繼續道：「原先這鬧洞房的事情，都是男方親戚家辦的事，可明軒他那幾個叔叔嬸嬸今兒都沒來，妳倒是舒坦了。我出去招待客人了，妳好好待著，橫豎也就今兒一天。」

「李奶奶，您快出去吧，我一個人在這兒待著挺好的，您就到外面好吃好喝地享受著。今兒一早就把您給喊了過來，可真不好意思呢！」

「這有啥不好意思的？我都送嫁了幾個姑娘了，個個都是好福氣的，有幾個都一舉得男了，妳和明軒也趕緊著，這事趁熱打鐵，喜上加喜那才高興呢！」

「李奶奶，您就放一百個心吧，若是有了，我們肯定也第一時間回趙家村來發紅雞蛋的，您就等著吧！」趙彩鳳嘴上雖然一個勁兒地點頭稱是，可心裡頭卻兀自嘀咕：還是晚一些吧，年紀太小，身子畢竟還沒長好，而且胸口的兩坨肉也不夠豐滿。

李奶奶聽了，高高興興的就出門招呼客人去了。

趙彩鳳一個人略嫌無聊地坐在炕上，看著上頭撒滿了各式各樣的紅棗、花生，心裡美滋滋的。這小鮮肉，可算是吃到口了！

趙彩鳳正正襟危坐得有些累，打算稍稍放鬆一下坐姿時，就瞧見那門咿呀一聲開了，然後一個矮矮的身子，搖搖晃晃地走到自己的跟前，伸著白嫩的小手，把滿爪子的紅棗、花生遞給趙彩鳳道：「娘娘，吃果果，生弟弟！寶哥兒要抱弟弟！」

趙彩鳳反射性的就要去挽頭上的紅蓋頭，可一想到這東西得要宋明軒親自揭開，便又撤下了手，只伸手接了寶哥兒遞來的東西。

誰知道寶哥兒人小個子矮，一抬頭，瞧見趙彩鳳那被抹得花白的臉頰，頓時就嚇了一跳，放聲哭了起來。「哇～～這不是娘……娘不見了……」

外頭幾個起鬨的婆子、媳婦聽了這話，也都嚇了一跳，以為寶哥兒是想到了許如月，急忙從門外進來道：「寶哥兒，你再仔細看看，這可不就是你娘嗎？別認錯了呀！」

寶哥兒把頭湊到趙彩鳳的下面，仰著小腦袋看了半天，最後又哭著道：「娘把寶哥兒的米粉塗在臉上了，寶哥兒沒有好吃的了！」

趙彩鳳聽了，也是一頭冷汗，忍不住笑著道：「寶哥兒乖，娘就今天借了一點用一用，以後絕不用寶哥兒的米粉了好不好？寶哥兒乖乖跟著阿婆們出去吃好吃的，順便看著你爹，可別讓他喝酒喝多了呀！」

寶哥兒聽見是趙彩鳳的聲音，便抱著趙彩鳳的大腿不肯走了，踮著腳尖就要往趙彩鳳身上爬。

外頭宋明軒的大姊見了，慌忙過來抱起了寶哥兒道：「寶哥兒乖，跟著姑媽到外頭玩去，我們找你爹，要大果子吃！」

趙彩鳳感激地看著宋明軒他姊把寶哥兒給抱了出去，房門被帶上，整個世界又清淨了幾分。雖然外頭依舊是嗩吶聲聲，到處都是客人們恭喜的聲音，但好歹在這個空間裡頭，趙彩鳳享受到了少有的安寧。

一早上起來就沒吃什麼東西，楊氏想起來給自己吃東西的時候，臉上的粉都抹了一半了，因為張不開嘴，就只稍微喝了幾口小米粥，這會兒還真是餓了。離自己最近的吃食，就是炕頭上撒著的這些花生紅棗，只是這新房前頭雖然掛著簾子，但外頭的人還是能稍微瞧見一點裡面的景象，要是讓人看見自己在炕上拿東西吃，也真是丟人啊！趙彩鳳想來想去，還是決定餓就餓著點吧！正如李奶奶說的，人這一輩子，也就是這麼一天而已，反正為了宋明軒，她付出的早已不是餓肚子這一點點而已。

宋明軒因為中了舉人，趙家村甚至河橋鎮上的鄉紳富戶聽說梁大人要親自來慶賀，也都不請自到了。幸而李全是個有見識、有經驗的人，見來的人多了，就往後院裡頭去，見食材有些不夠了，便又從家裡頭拖了一頭肥豬過來，殺了開席。

宋明軒平常並不是一個喜歡交際的人，今兒見那麼多人過來，一時也有些尷尬。

幸好梁大人久經官場，什麼事情不知道呢？那些來這邊給宋明軒送禮的人，無非就是想打探一下，這宋明軒是打算繼續往上考呢，還是想在縣裡弄一個差事當當？如今梁大人升遷在即，他這個縣太爺的位置，早已經被人垂涎了許久。

秦師爺因為只是秀才出身，這輩子也沒希望入仕，故也不操這個心思了，只說願意跟著梁大人一起到南方的魚米之鄉沾沾油水，這縣太爺之位，眼下也就剩那麼幾個競爭者了。

大雍朝廷規定，舉人屢試不第超過三次的，可以向吏部報備，也可以在當地縣衙掛上牌子，在有缺的時候可以當個鄉紳小吏什麼的。而這幾位，正是在鄉紳小吏的位置上當了好幾十年的人。如今梁大人要走了，他又如此器重宋明軒，萬一宋明軒不往上唸了，被梁大人舉薦當了縣太爺，那他們可咋辦呢？所以這幾位今日來都備足了銀兩，足以讓宋明軒這三年裡頭安安穩穩地唸書進學，不用想著回河橋鎮的事情了！

梁大人見宋明軒一臉推辭的表情，一邊喝酒一邊笑著道：「宋老弟，你就收下吧，你要是不收這銀子，他們幾個回去沒準還睡不著覺呢！」

宋明軒如何知道這其中的道理？他本來就是想著還要進學的，故即便梁大人這麼勸他，他還是一個勁兒地謙虛道：「正所謂無功不受祿，晚輩怎麼好意思收這麼重的禮呢？這不合規矩！」

梁大人這會子喝得有些上頭了，聽了這話哈哈笑了起來，一把將宋明軒拉到自己的跟前，湊到他耳邊小聲道：「書呆子，讓你收你就收！你現在還不是官身，隨便收銀子無妨，等你以後頭上有了烏紗了，想伸手還不敢了呢！」

宋明軒見梁大人說得這樣直白，只紅著臉，一時間也不知道如何是好，那幾個人又笑得這樣諂媚，總讓宋明軒覺得心裡難安。

正這時候，王鷹從院外進來，見了宋明軒便把手裡頭的一個紅木雕花匣子遞給他道：「明軒，這是我剛回家的時候，村口小橋邊上有人讓我交給你的，說是給你和彩鳳的新婚賀禮。」

宋明軒這會子也是喝得面紅耳赤的，見王鷹這麼說，便從位子上站起來，跟著他往外頭走了幾步，只是天色已暗，村口的小橋邊上早已經沒了什麼人影。

宋明軒打開盒子一看，裡頭是兩根男女款式的髮簪，男款的髮簪上雕刻著靈猴的圖案，幾隻小猴子都趴在大猴子的身上，憨態可掬的樣子；女款的則是五彩金鳳的花樣，上頭鑲嵌了各色碧璽寶石，璀璨奪目，一看就是價值連城的東西。

「是什麼人給你的，你瞧清楚了沒有？」宋明軒看了這東西，一時沒猜到是誰送來的，便開口問王鷹。

「我沒見過，看著像個小廝，遠遠的還停著一輛馬車，沒瞧見車裡有沒有人。」

宋明軒合上了匣子，瞧見蓋子上燙金的三個大字：珍寶坊。宋明軒雖然不識貨，但也知道這珍寶坊是京城最大的一間首飾坊，開在朱雀大街上，平常接待的客人都是京城裡的侯門富戶，能送這樣一份賀禮過來的人，只怕也是非富則貴的。

宋明軒見人已經走了，也不多糾結，又往院裡頭陪起了梁大人來，直到天色漸漸暗了下來，大家才各自起身告辭。

院子裡點起了篝火，這時候才輪到村子裡的人真正熱鬧起來。

宋明軒剛才陪著梁大人他們喝了不少酒，這會子有些上臉，看著臉色紅彤彤的。

寶哥兒見了就抱著他的腿，一個勁兒地道：「爹爹不要再喝酒了，娘不高興了！」

宋明軒笑著摸了摸寶哥兒的髮頂。

幾個小夥子便笑著逗寶哥兒道：「寶哥兒快鬆手，你爹喝飽了酒，就可以和你娘一起給你添小弟弟了！」

寶哥兒還是不依不饒地抱著宋明軒，仰著脖子道：「太婆說，只要吃了果果就能生弟弟的，爹爹不要喝酒！」

宋明軒只得蹲下來，向他說道：「寶哥兒乖，去找彩蝶小姨玩，爹不喝酒，爹就跟叔叔們聊聊天。」

寶哥兒這才半信半疑地鬆開了手離開。

宋明軒又被拉上了桌，幾個人倒上了酒，開始敬起酒來。

王鷹嘆了一口氣道：「咱不說瞎話，我們兄弟幾個，誰沒暗地裡喜歡過彩鳳？」

幾個小夥子聽了，都紅了臉頰。趙彩鳳可是趙家村一枝花，他們私下裡真沒少惦記過！孫水牛雖然心裡不服氣，可到底是一個村的，因此還是來參加了酒宴，聽了這話便開口道：「彩鳳好好的一棵白菜，被你這頭豬給拱了！」大家喝多了酒，說話便都有些隨興了。

宋明軒也是知道孫水牛心裡想些什麼的，況且大家夥兒都是村裡人，如今他娶了彩鳳，這事也算過去了，便笑著道：「彩鳳是顆好白菜，多謝你們哥兒幾個嘴下留情，便宜了我！」

王鷹笑著道：「還是舉人老爺會說話，這話我愛聽！彩鳳是我們幾個便宜給你的，那你就乖乖地把這一碗酒喝了，哥幾個就算是放過你了！」

宋明軒看著那大碗公裡頭的酒，還真有些害怕。剛才他作陪梁大人他們幾個，用的是小酒盅，這會兒一下子換成了大碗公，真是有些招架不住了。他略略皺了皺眉頭，心下苦笑，卻還是將那酒碗給端了起來，放到嘴邊正要喝下去時頓了頓，道：「兄弟們對我的恩情，我和彩鳳都沒齒難忘，希望喝了這碗酒，咱以前的事情就過去了。」說完，抬起頭就將那碗酒往自己的喉中灌了下去。

大家見了，連連起鬨叫好，也都把酒給一口乾了。

宋明軒喝完酒後，打了一個飽嗝，差點就憋不住地吐出來。

王鷹見了，心下便生出些歉意來，連忙把宋明軒扶到了一旁。「我說明軒，我就是開個玩笑罷了，你這讀書人怎麼就那麼老實呢？還真喝啊？」

宋明軒緩過了勁兒來，揮了揮手笑道：「沒……沒關係，你這還幫了我呢，不然一個個都來一碗，我可真就招架不住了。」

王鷹替宋明軒順了順背，見他當真沒什麼事情，便又扎進人堆裡喝酒去了。

王鷹剛走，宋明軒便忍不住扶著牆頭吐了起來。

趙彩鳳這會兒倒是不餓了，方才陳阿婆悄悄地送了幾個喜餅進來，讓她墊了墊肚子。聽著外頭男人們那「乾乾乾」的聲音，趙彩鳳忍不住為宋明軒捏了一把汗，這要真這樣一直乾下去，宋明軒可不得被乾出病來了？

揣著這惴惴不安的心思，趙彩鳳終於等到了宴席結束。外頭的賓客已經散得差不多了，宋明軒家裡沒有兄弟，只有趙文扶著，跌跌撞撞地往洞房裡頭進來，趙彩鳳忙不迭就上前接了過來，開口數落道：「沒那麼大的酒量就別學人家用大碗公，這下好了吧？」

宋明軒晃了兩、三下，忽然就不晃了，握住了趙彩鳳的手，開口道：「彩鳳，我沒醉。一想到妳還在房裡等著，我怎麼忍心醉了呢？」

趙彩鳳聽著這幾句甜言蜜語，就知道宋明軒這會兒正是半醉半醒的狀態，也沒跟他計較。

這時候李奶奶也跟著進來了，見趙彩鳳扶著宋明軒，忙開口道：「彩鳳快坐下，蓋頭還沒掀呢，還沒算禮成！」

趙彩鳳這才想起自己頭上還蓋著紅蓋頭，只好放下了宋明軒，又重新坐到了炕上。

李奶奶走上前來，端著放了一桿秤的紅漆盤子，開口道：「請新郎官挑開喜帕，從此稱心如意。」

宋明軒此時帶著三分醉態，屋子裡又點著朦朦朧朧的紅燭，越發讓人覺得像在夢中一般，他拿了喜秤，稍稍挑開了半點喜帕，瞧見趙彩鳳那尖尖的下頷，柔聲問道：「彩鳳，是妳嗎？」

趙彩鳳這時候倒是有些擔心了，早上這妝容嚇壞了寶哥兒，如今宋明軒又喝得七葷八素的，這萬一要是沒認出自己來，那多尷尬啊？怪不得古代有洞房之後才發現媳婦被掉包的事情，這種種因素加起來，新婚之夜新郎能認出新娘的概率確實不高啊……

宋明軒顫了顫身子，秤桿子挑開了趙彩鳳臉上的喜帕後，微微愣了一下，隨即眉梢嘴角都帶上了幾分笑意。

李奶奶見了，往後退了兩步道：「新郎官可別光顧著高興，還有交杯酒沒喝呢！咱就先出去了，這大喜的日子，新郎官可要知道心疼新娘子才行呀！」

宋明軒聽著又臉紅了幾分，拉著趙彩鳳的手道：「娘子，妳怎麼被打扮成這個樣子了？」

趙彩鳳見宋明軒果真沒了幾分醉態，這才笑著道：「快別說了，先讓我洗個臉再說。」她忙不迭地去牆角的臉盆架子前洗臉。

宋明軒坐在凳子上，就見趙彩鳳彎著腰，翹著小巧的臀，那嫁衣把她身上的曲線勾勒得極好，一時間口乾舌燥了起來。

趙彩鳳擦乾了臉後，轉頭見宋明軒目不轉睛地看著自己，便笑著問道：「看什麼呢？沒瞧見過姑娘家洗臉嗎？」

宋明軒低下頭，見趙彩鳳坐到了自己的跟前，便開口道：「娘子，我們喝合巹酒吧。」

趙彩鳳見宋明軒的聲線是難得的溫柔，也紅了臉頰，稍稍地點了點頭，兩人各自端了一杯酒在手中，宋明軒把手伸了過來，趙彩鳳會意，繞過了宋明軒的胳膊，捏起了大紅喜服的袖子。

兩人相視一笑，各自喝光了杯中的酒水。

趙彩鳳見宋明軒那副面紅耳赤的樣子，就知道他定然沒少喝酒，便出門打了乾淨的水進來，兩人一起洗漱更衣，忙完這一切後，外頭已經靜悄悄的，沒有一點兒聲音了。趙彩鳳脫了嫁衣、散了頭髮，把炕上的花生、紅棗都用布包起來，丟在一旁，這才「哎喲」一聲，大字形地倒在炕上躺起屍來了。

房裡點著的大紅蠟燭還在一個勁兒地跳躍著，照得整個房間忽明忽暗的。

宋明軒這會兒早已經累趴下了，睡在了趙彩鳳的身側，微微合著眼睛，似乎是睡著了。

趙彩鳳側過身子，在宋明軒的耳上輕輕地咬了一口，小聲地道：「相公，你忘了你答應過我的事情了嗎？」

宋明軒睜開眼睛，身子忍不住發熱了起來，卻還嘴硬道：「娘子，不早了，我們睡了吧。」

趙彩鳳眯著眼睛笑了笑，抱在宋明軒胸口的手緩緩下滑，直到那個早已敏感得變形的地方，小聲地道：「那你睡吧，反正，也不要你動……」

雲雨之後，兩人都有些虛軟地躺在炕上，趙彩鳳覺得自己渾身一點兒力氣也沒有，就連和宋明軒鬥嘴的精氣神都沒了。

宋明軒從趙彩鳳的身上翻了下來，伸手摟著她的脖頸，讓她靠在自己光裸的胸口，呼吸還帶著幾分粗重的輕喘。

趙彩鳳抬起頭，看見宋明軒額邊被汗水黏濕了的碎髮，伸手輕輕地用手指梳理了幾下，小聲道：「叫你慢點慢點，你非使這蠻力，這回累著了吧？」

宋明軒的眸中還帶著幾分水色，身體的每一個毛孔都在品味著雲雨之後的餘韻，低頭在趙彩鳳的額際蹭了兩下道：「洞房花燭夜，累一點算什麼？妳躺著，我起來打水，幫妳洗洗。」

趙彩鳳聽了這話，臉頰又忍不住紅了起來，埋在宋明軒的胸口裝死。「不要啦！拿個帕子擦擦就好了，這會兒出去打水，萬一把家裡人吵醒了怎麼辦？」

宋明軒這會兒也還累得沒回過力氣來，輕輕地「嗯」了一聲，拉上被子把兩人捲在一起，把趙彩鳳摟在被窩中。

「彩鳳，今兒我去接妳之前，阿婆找我說了幾句話，我也在阿婆跟前發了一個誓言，這誓言，我也打算讓妳聽聽。」

趙彩鳳這會兒睏勁上來了，宋明軒的聲音又這樣柔柔的，她也沒聽真切，「嗯」了一聲算是應了。

宋明軒嘆了一口氣，正經地道：「阿婆讓我好好對妳，千萬不能跟我爺爺一樣，我說了，這輩子都不納妾，只要妳一人。不管我宋明軒以後能不能出相入仕，妳趙彩鳳都是我今生唯一的妻子。」

趙彩鳳還停留在現代一夫一妻的制度下，壓根兒沒想過這個問題，她哪裡知道，古人不娶妾，尤其是有權有勢的男人不娶妾的，那都算是稀罕事了。

也許是方才的一番歡愛讓她累壞了，宋明軒低下頭，瞧見趙彩鳳已經趴在自己的胸前睡著了，均勻的呼吸噴灑在宋明軒滾熱的胸口，他忍不住收了收手臂，將趙彩鳳抱得更緊一些。

忽然間，趙彩鳳身子一震，睜開眼睛，呆滯地停留了片刻，才開口道：「完了！喜帕上沒落紅，明兒一早你娘要來驗貨的！」

宋明軒聞言，也顧不得身上各處肌肉的痠痛，一個魚打挺兒，翻身看了一眼被壓在兩人身下的那條白色喜帕。

有錢人家的喜帕都是白色的絲綢，可宋家家徒四壁，所以不過就是一塊白色的棉布，而現在這棉布上面已經布滿了各種亂七八糟的痕跡，讓趙彩鳳看一眼都恨不得把臉給摀上。

宋明軒想了想，起身下床，這時候房裡的紅燭還沒熄滅，就著昏暗的燭光，宋明軒從桌上的針線簍子裡拿出一根繡花針來，正打算要戳入自己的指尖時，卻被趙彩鳳攔住了。

「你等等！繡花針先在火上烤一烤。」

趙彩鳳套上了中衣下床，才走兩步便覺得腳底發飄。

宋明軒見她那個樣子，忙放下繡花針上前扶她，兩人一起在凳子上坐下了，研究起這落紅的問題來。「是不是滴上幾滴就可以了？」

「我也不知道，上回在高粱地沒注意，就看見地上有血，也沒在意有多少。」趙彩鳳這回是真的不知道了，不過似乎並不是很多。

宋明軒咬了咬牙，拿起繡花針在燭火上烤了一下後，忍痛閉上眼，用力戳進了自己的無名指，一時間，指尖上擠出了血珠來。

趙彩鳳急忙把喜帕放在下面，看著兩滴血珠落在了上頭，這才放下了喜帕，低頭含住了宋明軒的指尖。

手指尖忽然傳來的濕熱感讓宋明軒睜開眼睛，就見趙彩鳳的舌尖在傷口處細細地舐舔著，讓他有一種酥酥麻麻的感覺。宋明軒倏地彎腰，把趙彩鳳抱上了炕頭，方才被趙彩鳳舔過的指尖不安分地滑向那幽密的丘壑……

第二天一早，雞叫過了三遍，然而房裡的趙彩鳳和宋明軒卻還是沒有動靜。楊氏昨晚一晚上沒有睡好，隱約是聽見了從隔壁傳來的聲響，她也沒聽真切，總之只要聲音不大，那麼宋明軒應該沒把趙彩鳳弄疼到哪兒。

楊氏還沒來得及燒一鍋熱水、喊了孩子們出來，就被許氏給喊了出門。她以為是趙彩鳳他們起來了，要開始敬婆婆茶了，因此忙不迭地整理了一下衣服。

誰知許氏卻笑著把楊氏給拉到了一旁，小聲地道：「昨晚折騰了半宿，讓他們倆好好睡一會兒吧！我昨兒下半夜原本起來打算小解，聽見他們房裡頭有響動，生怕壞了他們的好事，愣是把尿給憋回去了。」

楊氏聽了這話，也是眉開眼笑了起來。「他們年紀輕，血氣方剛的，自然有幾分好奇，等過些時日就好了，不然傷了身子，怕也是不好的。」

許氏聽了，跟著點頭道：「妳說的有道理，等過些時日，明軒進了書院裡去，到時候兩人分開一陣子也就好些了。」

楊氏和許氏兩人商量過宋明軒上書院的事情，楊氏這些日子在京城裡頭過，自然也聽說了不少有關於玉山書院的事情，說那個書院一旦進去了，考上進士那就是十拿九穩的事情，裡頭出了不知多少個狀元、榜眼、探花了。

許氏是一個望子成龍的，聽說有這麼好的一個去處，也不管家裡頭有幾個銀子，砸鍋賣鐵也是要供宋明軒唸下去的。不過幸好宋明軒中了舉人，縣學裡每年給的補貼也多了，再加上宋明軒帶回來的銀子及昨兒個的禮金，就算維持個幾年有些問題，但先讓他入學，應該也是夠了。許氏這輩子沒見過那麼多的銀子，昨兒等人走光了才放在房裡秤了秤重量，足足有二、三百兩呢！許氏怕家裡遭賊，把那些銀子都壓在炕下面，這才安安穩穩地入睡。

楊氏昨兒也瞧見了那些客人送來的銀子，那都是實打實的元寶，加起來怕也有個好幾百兩，就算去掉了給李全張羅這宴席的銀子，宋家往後的日子應也不會太難過了。這樣一來，趙彩鳳也用不著太累，不用貼補太多銀子供宋明軒，楊氏心裡頭也算稍微對得起趙彩鳳一些了。

兩人見他們小夫妻倆完全沒有要醒的意思，便笑著先去廚房裡頭張羅早飯。昨天宴席吃剩下來的東西，早就讓村裡人給帶回去了，他們兩家人除了宋明軒，就沒有一個頂用的男人，剩菜就是留下來，也要餵牲口的。

許氏從桌上端了一碗蹄膀、一隻沒動過的全雞，推到了楊氏的跟前道：「昨兒村裡的男人都來了，只有錢木匠沒來，他是妳家老二的師父，我特意留了這幾樣，妳讓妳家老二送過去。他前幾天還特意過來，把明軒房裡的房門給裝上了，還新做了幾張凳子，讓他們小倆口擺房裡用，我覺得怪不好意思的。」

楊氏聽了這話，也只是點了點頭。城裡那些個事情沒有人知道，錢木匠來幫忙那兩天她又故意避開了，所以許氏並不知道兩人如今有些說不明白的關係。

楊氏接過了東西，笑著道：「那就多謝大嫂子了，一會兒我就讓趙文送去。」

許氏瞧見楊氏臉上神色淡淡的，忽然就起了心思，笑著道：「親家妹子，我說句不中聽的話，咱們村改嫁的寡婦也不少，我如今是年紀大了，明軒又成家了，家裡還有個拖油瓶寶哥兒，脫不開身，可妳年紀還輕，妳就沒想過這事嗎？不是我說，隔壁村裡頭看上錢木匠的可不少呢！」

楊氏聽了這話，越發覺得難堪，臉色微紅地道：「大嫂子妳說的什麼話呢？妳也說了隔壁村看上錢木匠的不少，那他這麼多年也不找個續弦，肯定是心裡頭不想了，何必熱臉貼了他的冷屁股？再說了……我也沒覺得他有多好！」

許氏聽楊氏這麼說，那口氣足足能酸倒了一排牙，便笑著道：「怎麼？大妹子，妳有這心思？不然讓老姊姊我給妳走這一趟？」

楊氏急忙道：「嫂子妳可千萬別，我還想在這村裡頭過日子呢！」

許氏見楊氏這麼說，便也不提這話了，又開口道：「昨天收到的那些禮金，我秤了秤，足有二百四十多兩，除去這次辦酒席花費的六十兩銀子，還能盈餘一百多兩，這些銀子我統統都交給彩鳳，如今你們全家都在京城，我又沒這個本事，只好把明軒託付給了你們，妳以後也別當他是女婿，只當自己又多了一個兒子吧。」

楊氏聽了，一個勁兒地點頭道：「嫂子放心，明軒是我從小看著長大的，小時候雖然沒有個攀親的心思，可也知道他是再好不過的一個孩子，如今當了我女婿，我定然是更疼他的。」

許氏滿意地笑了笑，又嘆了一口氣道：「唉……如今他也算是苦盡甘來，熬了出來，希望他以後的日子都能順順利利的才好呢！」

楊氏聽了這話，也跟著嘆了一口氣，看著桌上放著的這兩碗菜，想起錢木匠來，心下又覺得有幾分難受，所幸如今趙彩鳳已經和宋明軒成婚了，這樣她也算了卻了一樁心事。

新房裡頭，紅燭已經燃盡了，趙彩鳳和宋明軒也已經醒了過來。兩人見外面沒有人聲，只當是許氏和楊氏都還沒有起床，便也不著急起來。

宋明軒摟著趙彩鳳，讓她靠在自己的肩頭，昨夜一宿縱慾，趙彩鳳的下眼瞼上還留下了一點烏青，宋明軒用指腹輕輕地抹過去，趙彩鳳這才睜開眼睛，慵懶地扭了扭身子。

趙彩鳳在現代最嚮往的事情就是睡覺睡到自然醒，然而到了古代之後才赫然發現，其實早睡自然就會早醒，有時候她深深地對公雞這個天然鬧鐘深惡痛絕，但事實證明，睡夠了還就是睡不著了。

宋明軒見她臉上還有些疲累之色，笑著道：「天亮了，要不然妳再睡一會兒，我先起來。」

趙彩鳳抱著宋明軒的脖子不讓他走，伸腿的時候，膝蓋卻不小心碰到了某處早上特別容易興奮的地方。

宋明軒微微擰眉，翻身夾住了趙彩鳳肇事的膝蓋，低頭咬上她紅痕遍布的胸口……

兩人又是一番早晨鍛鍊之後，宋明軒趴在趙彩鳳的身上，長長地吁了一口氣。

趙彩鳳伸手擰了一把宋明軒腰線上的肉，皺眉道：「不大對勁，我娘和你娘平常雞沒叫就能起來的人，怎麼今兒這會子了還沒個動靜？」

宋明軒這時候還累著，媳婦在懷，即使是當解元的，也有腦子不夠用的時候，想了想便道：「肯定是昨天太累了，今天就沒能起來，外頭不是沒動靜嗎？」

趙彩鳳也不想為這個事情糾結了，在古代做這種事情實在太不容易了，跟打游擊一樣，一點兒隱密性也沒有，厚臉皮大概也就是這樣被練出來的。

其實就在剛才，楊氏和許氏經過了他倆的房門，聽見了裡頭的動靜，滿腦子想的都是馬上要抱孫子了，這高興得都忘記挪步子，便站在門口沒走了。這時候聽見兩人在房裡嘀咕，才反應了過來，忙忍著笑聲走了。

趙彩鳳這時候正處於高潮後的躺屍狀態，聽覺正是最靈敏的時候，忽然聽見了門口的一串笑聲，後背頓時就嚇出了一聲冷汗來，推著宋明軒道：「快起來、快起來！她們早醒了，在門外聽著動靜呢！」

宋明軒本就是臉皮薄的人，聽了這話，臉頰頓時就紅到了耳根，早把方才那一股爽氣勁兒給嚇忘了，連忙起身穿衣。

櫃子裡是楊氏給趙彩鳳準備的幾套沒穿過的新衣裙，說是這兒的傳統，新媳婦在婆家頭幾天要穿新衣服。幸好這幾日天還不算太冷，還能再穿幾日夾衣，只怕再過上半個月，這北方的天氣是要換上棉襖了。

前兩天在家裡整理衣服的時候，趙彩鳳就瞧見了以前楊氏他們穿的棉襖，那裡頭的棉花早已經結成了餅，又硬又死，連老鼠都不願意咬了，這樣的棉襖穿在身上，如何能保暖呢？

趙彩鳳聽說這古代有錢人家的棉襖裡面揣的不是棉花，而是蠶絲，她們雖然還沒富裕到可以穿蠶絲襖，可也總不能讓孩子們凍著了，趙彩鳳決定，等這次回了京城，一定要去製衣坊裡頭給全家人一人做一件棉襖，寶哥兒、許氏、陳阿婆也一個不漏，到時候託李全給帶回來。

兩人穿好了衣服，就聽見許氏在後院餵雞的聲音了，宋明軒先開了門出去，趙彩鳳跟在身後，轉身看了一眼炕上那烏七八糟的白帕子，羞愧得要死。

許氏見兩人起來了，便放下手裡餵雞的簍子，笑著道：「喲，起來了？早飯在灶房裡頭呢，昨天阿婆他們累了，這會兒還沒起呢，你們兩個倒是起得早了。」

宋明軒這會兒臉還紅著，聽了這話越發不好意思了起來。

趙彩鳳扯了扯他的袖子，對許氏道：「那……娘，我們就先去洗漱了。」

許氏笑著點了點頭。瞧兩人那模樣，分明就是偷到油的老鼠，高興著呢！

趙彩鳳洗了一把臉，瞧見楊氏抱著趙彩蝶起來了，便想過去逗趙彩蝶玩一下，好緩緩自己這尷尬勁兒。

楊氏見了，急忙攔住了她。「彩鳳，妳可別回來，三天才回門呢！」

趙彩鳳鬱悶地道：「這不就在隔壁嗎？也不讓回去？」

楊氏一本正經地開口。「那是當然的。這是祖上留下來的規矩，不能壞！」

雖然趙彩鳳不能回自己娘家，但是楊氏他們能過來。楊氏幫趙彩蝶穿好了衣服後，帶著孩子們一起來了宋家，見許氏還在忙裡忙外的，便開口道：「彩鳳，還不幫著點妳婆婆，早點忙完了，妳也該敬婆婆茶了。」

趙彩鳳聽楊氏這麼說，這才反應了過來，急忙喊了許氏坐下，親自到廚房裡頭沏了一壺茶出來。

這時候陳阿婆也起來了，趙彩鳳便請了陳阿婆上座，恭恭敬敬地給兩人敬茶。

陳阿婆說了幾句吉祥話後，從兜裡拿出來一對金耳環，遞給趙彩鳳道：「我也沒什麼貼己東西了，早些年供明軒唸私塾，家裡頭值錢的東西也賣得差不多了，只剩下這個，妳留著戴著玩吧。」

趙彩鳳見了，推辭道：「阿婆，我沒有耳洞，這東西用不著，您還是自己留著吧！」

陳阿婆眼神不好，湊過去看了一眼趙彩鳳的耳垂，見上頭果然沒有耳洞，便蹙眉道：「那怎麼行，送出去的東西，怎麼能收回來呢？妳留著，等妳穿了耳洞再戴吧！姑娘家，怎麼連個耳洞也沒有呢！」

楊氏聽了，倒是有些不好意思了，笑著道：「小時候她怕疼，所以一直沒穿，如今大了也就把這事情給忘了。」

許氏笑道：「不礙事、不礙事，家裡正好有炒熟的黃豆，一會兒我來幫彩鳳把耳洞給穿了！」

趙彩鳳一聽，當場嚇得半死。昨晚不過是借了妳兒子手指尖上的一點血應急，今兒就要把我的耳朵給打穿，多大仇啊？趙彩鳳連忙縮著脖子，恨不得躲到宋明軒的身後。

宋明軒見了，知道趙彩鳳怕疼，笑著勸道：「娘，這事不著急，等哪天彩鳳想要了，再穿也不遲。天還沒冷透呢，這個天腫著一個耳朵出門也不好。」

許氏聽了這話，就知道是宋明軒心疼媳婦了，笑著道：「隨你們，只是這耳洞，該穿的還是要穿的。」

趙彩鳳見自己終於躲過了一劫，稍稍鬆了一口氣，又給許氏敬了茶，接了許氏一個紅包。

一家人正打算一起吃個早飯時，卻聽見大門外頭有人笑著道——

「這大門口都只開一個了，看樣子是真的兩家人併成一家人了，真是可喜可賀呀！」

趙彩鳳才覺得這聲音有些耳熟，果然就瞧見宋老二媳婦正朝著裡面進來。

見宋家、趙家兩家人都在，宋老二媳婦忙陪笑道：「大嫂子，昨兒是正日，原本是要過來討一口喜酒喝的，但是老爺子那脾氣，你們也知道，家裡沒人敢跟他擰著來。」宋老二媳婦雖然這麼說，但其實昨日宋家人沒上門的理由是因為梁大人在呢！在陳阿婆這件事上頭，宋老爺是占不到半點好處的，他們要是上門鬧了，沒準還得不償失呢，所以等今天客人都散了，這才敢過來露臉。

「人我是當著你們的面請了，來不來那是你們的事，我家也不缺你們那幾個隨禮銀子，至於喜餅全村的人都有分，也沒單單少了你們一家。妳今兒過來還有什麼事嗎？」許氏對這一群人也不盡瞭解，略帶警惕地問道。

宋老二媳婦笑著道：「大嫂子，妳說我能有啥事呢？還不是老爺子他，今兒一早怎麼就想通了，說是想請了明軒和他媳婦回去瞧一瞧，順便去祠堂裡頭磕個頭罷了。」

許氏聽了這話，頓時就有些鬆動了，本朝對孝道非常之看重，一個人學問再好，如果是個不忠不孝之徒，那是會被人詬病的，因此許氏想了想後，開口道：「明軒，既然這樣，那你就帶著彩鳳再回去一次吧，不過就是磕個頭罷了。」

宋明軒並不是一個得理不饒人的人，上回的事情實在是觸及了他的底線，可如今見宋老二媳婦巴巴地又跑來了，便也開口道：「二嬸子，我跟妳走那是給妳面子，但若是再出什麼么蛾子，那我這輩子都不會再往宋家祖宅那邊去了。」

宋老二媳婦聽了這話，心裡頭那叫一個不是滋味，恨不得把宋老爺那老頭子給千刀萬剮了。要不是指望著那幾間宅子，她才不幹這種損陰德的事呢！

原來宋老爺喊她過來，是另外有了主意，昨兒他們遠遠地就聽見了橋頭這邊的熱鬧，也悄悄來打聽過了，說是這地方上的鄉紳都來了不少，這回宋家收禮只怕是收到了手軟。

那林氏見了，少不得眼熱了起來，便唆使了宋老爺，說要讓自己的姪孫女給宋明軒當小妾，還說現在的舉人老爺哪個沒有個三妻四妾的？宋明軒如今當了舉人，自然要有舉人的派頭，若不納上一房妾室，以後出門也是會被人笑話的。那宋老爺對林氏早已是言聽計從，因此便喊了她過來，讓她先把人喊回去。

宋明軒根正苗紅的一個正直青年，哪裡能想到那群人會有這麼齷齪的想法？趙彩鳳作為一個現代姑娘，更是不能理解這種簡直讓人作嘔的極品思維。所以，兩個人都以為是那宋老爺子突然開竅了，覺得有一個當舉人的孫子也不錯，這才喊他們回去的。

許氏不放心他們兩個人回去，拎著幾樣昨天沒動過的菜，說是要放在祠堂裡頭供著，便跟在他們後面一同去了。

宋老二媳婦瞧著幾人跟在後面，都各自有著戒備的神色，越發慌亂了，時不時地回頭看一眼，見他們還跟著，這才強擠出幾分笑來。

趙彩鳳見那宋老二媳婦皮笑肉不笑的樣子，總覺得有幾分怪異，通常有這種表情的人，多半心裡有鬼，就像罪犯不管用什麼辦法偽裝，最後總會有暴露自己的一天。趙彩鳳拉了拉宋明軒的袖子，湊到他耳邊小聲道：「我怎麼瞧著你二嬸子那笑，有點黃鼠狼給雞拜年的感覺呢？」

宋明軒見了，不屑道：「他們本來就是黃鼠狼，一窩的黃鼠狼！」

趙彩鳳聽了，噗哧地笑了起來，和宋明軒十指相纏，牽著手一邊走一邊道：「我也知道他們是一窩黃鼠狼，但是我瞧著你二嬸這感覺，有點像是黃鼠狼快要出動了？」

宋明軒便又抬眼看了宋老二媳婦一眼，臉上的神色帶著幾分鬱結，開口道：「若不是想讓娘和阿婆安心，我也不願意跑這一趟，做給人看罷了。一會兒妳什麼話都別說，只管跟在我後面。」

宋明軒這幾句話說得正義凜然，沒想到成親才不過一夜的工夫，他的男子氣概越發地濃厚了，還真有幾分霸道夫君的樣子。趙彩鳳心裡頭甜甜的，點了點頭，踮腳朝他臉上親了一口。

這時候，那宋老二媳婦正好回過頭來，瞧見了這麼一幕，心裡頭更鬱悶了。人家新婚燕爾的，喊了人過來談納妾的事情，還真是做得出來！平常她覺得自己已經夠不要臉面的了，可比起那老倆口，自己果然還是嫩了點。

許氏見宋老二媳婦這一路上笑得都這麼尷尬，心裡頭也有些不對勁了，加快步子趕了上去，臉上堆著笑和她拉起了家常來。

「我說二嬸子，老爺子怎麼就回心轉意了呢？他的脾氣妳也不是不知道，說一不二的人，別一會兒我們去了，他又冷著一張臉給我們看吧？如今明軒怎麼說也是個舉人了，這說出去也不好聽啊！」

宋老二媳婦聽了這話，也是無奈，見許氏湊上來打探消息，便蹙眉道：「大嫂子，這話我偷偷告訴妳，今兒喊明軒過去，那是老爺子疼他，有好事，大大的好事呢！」

許氏聽了，越發覺得後背涼涼的。正巧她昨天晚上和李全結帳，荷包裡頭還有幾兩碎銀子，忙拉過宋老二媳婦的手，把那荷包塞給了她道：「二嬸子，不是我說，我瞧妳是個明白人，咱以前關係再差，那也都是姓宋的一家人，如今我家明軒算是要熬出頭了，以後好日子還在後面。他不是個忘本的人，老爺子瞧這光景，還能活幾年？可你們畢竟是他的親叔叔嬸嬸，他不會忘了你們的。」

宋老二媳婦見許氏又是塞錢、又是說了那麼多貼己的話，心下也微微一動。宋家如今有幾個銀子，她心裡頭也清楚，除了那祖宅還值些銀子外，外頭的田地也不過就夠他們一家過日子而已，平常家裡頭的男人也要出去跑個生意，才能把這日子稍微過得像樣點。如今宋明軒一眨眼就中了個舉人，家裡頭的銀子就跟天上掉下來的一樣，瞧，這許氏一出手就是幾兩碎銀子，簡直豪氣啊！

宋老二媳婦掙扎了半宿，瞧著這路上四下無人，便停下腳步，開口道：「大嫂子，我偷偷地跟妳說，妳就當不知道，反正這事兒對明軒來說也不是壞事。就是啊，老爺子心血來潮，想給明軒納個妾！」

許氏聽了這話，頓時火從心來，「呸」了一聲，把籃子裡的菜往地上一砸，指著宋家祖宅的方向怒罵道：「這、這、這……」許氏是沒有宋明軒那個魄力，直接罵「老畜生」，但也氣得不輕。回頭瞧見他們小夫妻倆還手拉手地往前走來，轉身大聲道：「明軒、彩鳳，你倆回去！」

宋明軒見許氏忽然就變了臉，也嚇了一跳，正想要上前問兩句，趙彩鳳卻攔住了他。

「算了，娘讓我們回去，我們就先回去，聽娘的。」趙彩鳳瞧見方才許氏那臉色，就知道肯定是有什麼非常不好的事情發生了，宋明軒對那邊的態度已是非常不耐煩了，這要是讓他知道了，還不曉得要氣成什麼樣子呢，只好先勸著宋明軒回去了。

宋老二媳婦見許氏忽然變臉了，鬱悶道：「大嫂子，妳這是怎麼了？這也是老爺子疼明軒，妳怎麼喊他們回來呀……」

許氏這會兒是氣得要死不活的，稍稍緩了口氣，想想還覺得鬱悶，於是憋著一股氣道：「妳回去告訴老爺子，我把明軒給趙家當上門女婿了，用不著祭宋家的祖先了，讓他省著這顆心，好好保重身子，咱家明軒，就不給他送終了！」

宋老二媳婦聽了這話，愣在了當場，看著許氏道：「大嫂子，妳妳妳……妳這是說氣話吧？明軒可是個舉人老爺，妳讓他去做倒插門……」

許氏瞪了宋老二媳婦一眼，冷冷地道：「信不信隨妳，反正明軒過幾日就要跟著彩鳳他們一家進京了！」

卻說宋老二媳婦一時也分不清許氏說的是氣話還是當真的，急急忙忙的就回宋家祖宅傳了這個口信，結果宋老爺子聽了，氣得兩眼一翻，差點兒就上不來氣了，把一家人嚇得團團轉，以為這就要辦喪事了。

另一邊，許氏知道這事情瞞不住宋明軒，便開口把這事情跟他說了，並說自己是一時氣憤，所以才隨口胡謅出來的氣話。

沒想到宋明軒聽了，卻半點也沒有生氣，一臉淡然地道：「即便娘妳說的是真的，我也沒什麼不願意的。這樣的祖上人家，讓人知道了也不過就是被人笑話而已。」

趙彩鳳聽了，心裡倒是美滋滋的，心道難得宋明軒生活在古代，還沒有大男人主義，當真是開明，只怕以後對楊氏和他們趙家都會照顧得很啊！

# 第三十三章

小夫妻倆又在家裡住了三天，走完了回門禮，便商議著要回京城去了。

「如今距離開年春闈，不過才四個多月的時間，我想著相公還是不要冒這個險較好，即便中了，名次只怕也不能靠前，到時候又要參加殿試、這一連串的考試下來，身子也吃不消。」趙彩鳳分析了一下這春闈的考試流程，發現從二月分開始一直到四月分，一直都在考試，而且這些考試的結果，將直接影響到宋明軒將來的仕途。這次春闈就算宋明軒能中，但要是名次不高，頂多也就是在一群進士裡頭泯然眾人而已。要這樣，還不如好好準備個三年，爭取能像這次一樣，一舉高中，別說中一甲前三名，至少二甲前十名，那也能在皇帝面前刷不少好感度。趙彩鳳看了一眼許氏推到了自己跟前的銀子，一錘定音道：「就這樣定了，明年春天咱不考，進京第一件事情就是把你在玉山書院的床位搞定了，讓你不會輸在起跑線上。」

宋明軒其實內心是很渴望能試一下的，因此忍不住道：「不然我進去試一試，若是題目趁手，那就做了；若是不趁手，就早些出來？」

楊氏和許氏兩人並不懂這其中的彎彎曲曲，聽宋明軒說的挺有道理的，便點頭道：「明軒說的似乎也有些道理，不然咱就進去試試？」

趙彩鳳卻還是搖了搖頭，開口道：「考試這種事情，怎麼能碰運氣呢？雖然運氣也很重要，但真才實學才是第一位，你想知道卷子，等春闈結束後有的是機會知道，何必非要進去受那幾天的罪呢？」

宋明軒見趙彩鳳不同意，也只好收起了自己的想法，可心裡頭多少還是有些不甘心。

趙彩鳳有自己的主意，對於她來說，一來，宋明軒年紀還小，中舉人不過就是高中畢業考中了大學，真正大學畢業要工作那也是四年後的事情了；二來，宋明軒的身子確實不大好，春闈不過就是通往仕途的第一步，那之後還有複試、殿試、庶起士選拔考試，哪一項不是要用腦筋的？所謂身體是革命的本錢，這要是身子沒養好，一切都是白搭。

許氏對宋明軒的身子也很是不放心，尤其是這幾天發現他們小倆口半夜裡不睡覺之後，越發擔心了起來，抬起頭看了一眼宋明軒眼瞼下那一塊烏青，點頭道：「彩鳳說的有道理，你去書院學學也好、也好……」至少不會整夜抱著媳婦就想啃了！

趙彩鳳這幾天也是被他折騰得不行了，宋明軒畢竟年紀輕，對這種事情很是熱衷，總有幾分食髓知味的意思，兩個人又是新婚，一個撩撥、一個悶騷，摟到一塊兒就又燒起來了，燒完了又後悔，然後每夜都要這麼燒一回、後悔一回，也不知道是為了啥……

商量好了進京之後的事情，兩人便洗漱了睡在床上。說實話，也怪不得宋明軒這幾日老是想著那件事情，畢竟古人的業餘生活實在是太匱乏了，這個點才戌時初刻，兩人就已經在床上躺著了，若是不做那事情，還能做些什麼呢？

宋明軒見趙彩鳳安安靜靜地睡在一旁，便伸手摟上她的腰，把她抱到懷裡來，低下頭在她的額上親了一口。

趙彩鳳其實還沒睡著，見宋明軒這樣動手動腳的，便推開他道：「今晚咱就老老實實睡覺成嗎？」

宋明軒雖然有些不大樂意，可想起趙彩鳳被他折磨了好幾夜，便也老實地點了點頭，緊了緊臂膀，讓趙彩鳳睡在自己的懷裡。

「娘子，其實我想了想，來年春闈，我未必不中，娘子為什麼不讓我試試呢？」宋明軒還在為方才討論的事情糾結，他是當真不想再累著趙彩鳳一家了，雖說現在手頭上有幾個銀子，可在京城花銷大，這三年的玉山書院唸下來，還不知道要花掉多少銀子呢，宋明軒覺得自己不能再等了。

趙彩鳳抬起頭，看了一眼宋明軒略顯凝重的眉宇，心道：這孩子，不過就是敦倫了幾回，說話口氣都跟個大男人似的了，果然，男人是讓人讀不懂的一本書啊！不過，眼前的這本書，讀著還真是有滋有味得很呢！

趙彩鳳捲著宋明軒身上的衣帶，修長的大腿壓著他半邊身子，慢悠悠地道：「正所謂知己知彼，百戰不殆。你如今雖然中了解元，可對於會試卻還是一無所知，就算學問上你沒什麼問題，可經驗上總歸是缺了一些。至於不讓你進去試試，還不是因為擔心你這身子？」

趙彩鳳說著，便伸出手指在宋明軒的胸口戳了兩下。

宋明軒一把抓住了趙彩鳳的手指，翻身把她壓在了身下，咬著她的耳朵，小聲地道：「我的身子好得很，娘子這幾日難道沒品出來嗎？」

趙彩鳳見宋明軒說著說著，心思就又不正了起來，故意扭頭道：「這算什麼？你沒聽說過人家厲害的人，一夜能有七次嗎？你這樣一晚上頂多一、兩回的，能算是身體好的嗎？」

趙彩鳳其實也不過就是想滅一滅宋明軒的威風，可誰知這麼一說，宋明軒就更來勁了，拉開了她的褻褲就探了進去！趙彩鳳哪裡來得及躲？半推半就的又被他吃了一回豆腐……

雲雨之後，宋明軒還覺神清氣爽，趙彩鳳卻已累得不成樣子了。她深深相信，在這方面，造物主肯定給男人開了金手指，否則為什麼每次明明是對方動的，可最後累的還是自己？

趙彩鳳扶額思考了半晌，最後才開口道：「好吧，既然你想去參加春闈，我也不攔著你，只是你一切計劃還是照常進行，春闈不過就是去看看場子，熟悉熟悉環境，別抱著真去奮力一搏的念頭就好，要還是像上次一樣讓人從考場裡頭揹出來，那還是在家歇歇吧。」

宋明軒見趙彩鳳答應了自己的要求，樂得眉開眼笑的，在她的唇邊又親又舔。

趙彩鳳一巴掌把他給拍開了，翻身睡覺，等她都睡了一覺後，發現自己下身已經清清爽爽的，倒是像被人擦乾淨了一樣，再抬眼，卻見宋明軒並不在炕上，而是披著一件衣服坐在書桌跟前，拿著筆蘸飽了墨，正低頭沙沙地寫著字。

那如豆的燭光輕微地跳動搖曳著，照出宋明軒挺拔筆直的腰桿，趙彩鳳看著看著，就覺得眼眶熱呼呼的，悄悄地起身，拿了衣架上的一件長袍，從身後為他披上。

宋明軒扭頭，和趙彩鳳四目相對。

趙彩鳳眼睛尖，瞧見那紙上的題頭寫的是「和離書」三個字，便玩笑道：「相公，我們才成婚幾日，你這就要把我休了嗎？」

宋明軒聞言，嚇了一跳，一把拉了趙彩鳳坐在自己懷裡，開口道：「這和離書是幫阿婆寫的，阿婆其實一早就想和那老頭子和離，只是她說不出口罷了。」

趙彩鳳聽了，不解地問道：「那老頭子這麼不喜歡阿婆，為什麼沒把阿婆給休了呢？」

宋明軒冷笑道：「他沒這個膽子罷了，休妻是要犯了七出之條才能休的，阿婆沒有過錯，他也不好休妻。」

趙彩鳳點了點頭，又問道：「那你打算怎麼辦？」

「明兒我們不是要回河橋鎮嗎？我把這和離書給梁大人看一下，讓梁大人派了師爺寫一份放妻書，送回來給那老頭子簽一下，也就成了。」宋明軒說到這裡，微微擰了擰眉頭，坦言道：「彩鳳，我這麼著急想要春闈入仕，是想早日讓阿婆和娘過上好日子。我一個人受些苦沒關係，但不能拖累著全家跟我一起熬這三年的工夫。」

趙彩鳳聞言，頓時就紅了眼眶，低下頭來，默不作聲。也許她確實替宋明軒謀劃了一條可能是最好的道路，可她終究沒有想到，原來他的心頭還深藏著這些鮮為人知的孝道。

趙彩鳳抱著宋明軒的脖子，把頭埋在他的脖頸中，嗅著他身上淡淡的墨香味，小聲地道：「相公，這次你辦酒席剩下來的銀子，我們一分也別帶走了，讓娘去向趙地主家買幾塊地，租給村裡頭的人，以後收租子錢吧。」

宋明軒抬起頭，幾乎不可置信地看著趙彩鳳，哽咽地看著她，眼眶早已紅了。

「這錢本來就是因為你中了舉人才得的，雖說用在你考科舉上頭沒什麼不好，可你在外頭勤學苦讀，家裡頭的老娘和奶奶卻還過著窮日子，以後就算是金榜題名了，這說出去也不像話，所以我想明白了，我們小夫妻兩個辛苦些沒什麼，不能讓娘累壞了身子。阿婆年紀也大了，寶哥兒我們又不方便帶出去，不如就讓娘歇歇，在家裡帶帶寶哥兒、收收租子錢，過些清閒日子吧。」按照趙彩鳳前世的性子，要做出這樣的選擇恐怕是不可能的，可是如今跟宋明軒在一起，她是真狠不下這心來了。她心疼自己的小丈夫，背負著這樣的壓力，拚了命一樣的要去考科舉。

宋明軒聽趙彩鳳說完這一席話，一時間激動得說不出半句話來，愣了片刻才開口道：「彩……彩鳳……妳……妳這樣會不會……太委屈了？」

趙彩鳳瞧宋明軒臉上分明帶著欣喜卻強忍著的表情，撇撇嘴道：「知道我委屈就好好用功，以後讓我好好享清福、當官太太，每天都能數錢數到手抽筋！」

宋明軒一個勁兒地點頭道是。

趙彩鳳摟著宋明軒笑了起來，忽然又反應了過來，道：「這也不行，要能讓我數錢數到手抽筋的話，那你豈不是大貪官了？算了算了，能讓我每天睡覺睡到自然醒也就成了！」

第二天一早，宋明軒便把昨晚兩人商量好的事情告訴了許氏。

許氏聽了，先是震驚得不敢說話，最後見趙彩鳳果真把銀子都拿了出來，這才越發覺得自己這兒媳婦真是找得太值了！

「娘，我前些日子聽李叔說，現在趙地主家的旱地是六兩銀子一畝，家裡辦酒席後總共還有一百八十多兩銀子，可以買上三十畝地，剩下的銀子你們留著零用。」

許氏聽完這話，頓時就傻眼了，結結巴巴地開口道：「彩……彩鳳，上回我說讓明軒當你們家上門女婿那事，可不算數的，妳這樣……倒讓我心裡沒底了。這些錢本就是明軒中舉得來的，你們小夫妻去了京城哪兒不要花錢？我總不能真的讓明軒當妳家倒插門的吧？」

趙彩鳳聽許氏這麼說，忍不住笑了，握著小拳頭捶了捶宋明軒的胸口道：「娘，妳看他有幾兩肉，能吃掉我家多少糧食？還倒插門呢！我娘怎麼說也是生了兩個兒子的人，你們老宋家就他一個，他樂意，我娘也不敢要呀！」

許氏原也不是那個意思，聽趙彩鳳這麼一說，反倒不好意思了起來，笑著道：「那是，比生娃還是妳娘有本事些。」

趙彩鳳見許氏並不推託了，也知道這事大抵定下來了，便讓宋明軒帶上了銀子去找李大叔。這些年來李家在趙地主家沒少買田地，這事情還是李全比較在行。

忙活了一天，總算是把地契給拿到了手，宋明軒拿著手裡的地契，心裡頭都是暖的，伸手遞到許氏的跟前道：「娘，這是地契。李叔說了，妳不用親自上地裡頭看去，他那邊有認識靠譜的佃戶，是隔壁村的，到時候只管收租子就成了。雖然錢少些，但用不著自己去田裡張羅，落得個清閒。」

趙彩鳳聽了這話，覺得李全人既熱心又精明。許氏和陳阿婆都是女人，這要是請了自家村裡的人，遇上豐年也就算了，萬一要是遇上收成不好的年分，沒準人家還厚著臉皮不肯給租子錢呢！

家裡的事情安排好後，趙彩鳳一家也該上路了。經過了買地這件事情，許氏對趙彩鳳那是恨不得掏心掏肺的好了，只嘆宋明軒真是腦門上寫了個「福」字，能遇上這樣的好姑娘。

李全的牛車在門外等著，寶哥兒瞧見楊氏抱著趙彩蝶上了牛車，便從許氏的懷裡掙了出來，抱著趙彩鳳的大腿，一個勁兒地喊娘。

趙彩鳳瞧著寶哥兒那光溜溜的腦門子，頓時就紅了眼，蹲下來，哄著他道：「寶哥兒乖，娘和爹去京城裡頭賺大錢，給寶哥兒買糖吃、買米粉吃，還買很多很多花花綠綠的小人兒，寶哥兒要不要？」

寶哥兒抱著趙彩鳳的大腿哭了起來，聽趙彩鳳這麼說，小小的身子抽噎著，口齒不清地道：「要……要……寶哥兒要吃的，也要小人兒，寶……寶哥兒還要娘……嗚嗚嗚……」

趙彩鳳以前沒個弟弟、妹妹，對於朋友家的小孩也談不上什麼感情，只覺得偶爾逗著玩還挺好的，自從穿越來了古代，遇上趙彩蝶，她才算是體會了一把照顧孩子的感受。可趙彩蝶和自己是姊妹，上頭還有楊氏捧在手心疼著，這麼一比較，寶哥兒簡直就跟可憐蟲一樣了。

許如月死了半年多，宋明軒就在京城待了三個多月，寶哥兒一直是和許氏和陳阿婆在一起的，這麼小的男孩子正是塑造性格的時候，可他身邊卻連個男人也沒有，也難怪說起話來奶聲奶氣的，且別人稍微一大聲，他就快嚇哭了。趙彩鳳這時候心軟得都要感覺自己母愛氾濫了，彎腰抱起了寶哥兒，放在懷裡哄了起來，正想說「要不然就一起帶出去吧」，許氏已上前把寶哥兒接到了自己手中。

許氏一邊拍著寶哥兒的後背一邊道：「你們快走吧，別耽誤了時辰，早些去河橋鎮落腳，孩子就交給我吧。」

寶哥兒這時候正是剛會說話、最黏人的時候，這幾天趙彩鳳沒事就抱著他玩，又給好吃的、又逗他，他哪裡肯讓趙彩鳳走？只伸著兩隻小膀子，從許氏的懷裡探出了身子，要往趙彩鳳的懷中撲過去。

趙彩鳳這下是真的不忍心了，忍不住要伸手去接，卻被宋明軒給攔在了前頭。

宋明軒轉身道：「彩鳳，妳先跟娘上車吧。」

趙彩鳳又看了一眼寶哥兒，哭得跟小淚人一樣，她不禁牽著宋明軒的袖子道：「怪可憐的，不然咱帶著他？」

宋明軒推了她的肩膀一把，讓她先上車，轉身對許氏道：「娘，我們先走了，過年的時候等院子裡的倒座房建好了，妳帶著寶哥兒和阿婆來京城玩幾天。」

許氏連連擺手道：「不了不了，等過年再說過年的話，這還好幾個月呢！你出去了之後好好唸書，用不著記掛家裡頭的事情，好好待彩鳳。」

宋明軒回頭看了一眼趙彩鳳，點頭道：「妳放心吧，兒子已經長大了。」

許氏聽了這話，安慰地笑了笑道：「你以前是有那麼些小孩子脾性，如今瞧著，倒的確是長大了，不過娘還有一句話要勸你。」

宋明軒見許氏忽然就嚴肅了起來，也正色凝神道：「娘有什麼教誨，儘管同兒子講。」

許氏笑道：「你都是舉人老爺了，我還能有什麼教誨？我不過就是勸你一句，你和彩鳳年紀都小，那種事情也不急於一時。我最近聽牛家村的年輕媳婦說，這姑娘家太早生孩子對身子不好，牛家村不是出了個送子觀音嗎？每年都會回村裡頭給他們村的年輕媳婦檢查身子、講一些和生娃有關的事情，這話就是那送子觀音說的，那肯定就錯不了啊！」

宋明軒聽了這話，頓時就面紅耳赤了，開口道：「娘，妳放心吧，未中進士之前，我和彩鳳暫且先不談子嗣的事情。」

許氏這麼說，一來是擔心宋明軒的身子；二來也當真是聽了牛家村人說的話，心裡頭有些發怵。這女人一生最大的一個難關，莫過於生孩子了，如今就連鄉下的有錢人家，也都屁顛屁顛地跑到京城的寶育堂去生孩子。趙彩鳳樣樣好，可這身條子實在是嬌小了些，看樣子就不是一個容易生養的，所以許氏就想著，這讓趙彩鳳再長個兩、三年，沒準到時候生孩子還能順利些。

「說起來，這都是你們小倆口的事情，我一個做娘的也確實不好干涉你們什麼，不過就是放心不下罷了。」

宋明軒原本還擔心許氏催著要孩子，聽她這麼說，倒是鬆了一口氣，又想起趙彩鳳這幾日被他折騰得晚上也沒睡好，眼珠子看著都大了一圈，越發小雞啄米一般地點頭道：「娘說得對，我都聽妳的。」

許氏見宋明軒這老實的樣子，心下也安慰了幾分。這會兒寶哥兒也不哭了，便哄著寶哥兒，開口道：「寶哥兒乖，給你爹作個揖，讓他早日考上狀元爺！」

宋明軒伸手摸了摸寶哥兒的腦門，眼裡含著淚，轉身上了牛車。

宋明軒上了車後，趙彩鳳扯了扯他的衣袖，朝著他眨了眨眼，道：「你可真是狠心的爹啊，兒子哭那麼凶，竟說丟下就丟下了。」

宋明軒這時候卻不說話，見趙彩鳳故意來逗自己，只微微一笑，湊到她耳邊道：「妳這麼喜歡孩子，那咱們也生一個吧？」

趙彩鳳大驚失色，一想到方才許氏跟宋明軒說話時那一本正經的表情，不禁鬱悶道：「你娘找你說那麼一番話，難道就是為了讓我們早點生孩子？」雖然趙彩鳳覺得這個可能性很大，但還是有點接受不了這個現實啊！她才做了一把千古賢媳，把銀子都給了婆婆安置養老的土地，結果婆婆一眨眼就要讓她趕緊生娃，這樣以怨報德的行為，她真是要欲哭無淚了！趙彩鳳在心裡默默地哀怨了半刻鐘，正打算認命的時候，卻聽見宋明軒再度開口。

「我娘讓我疼著妳點，別老想那事情，孩子可以過幾年再生，先把眼前的事辦好了。」

趙彩鳳方才都已經快絕望了，忽然間聽到這麼大一個好消息，瞬間就激動了起來，一個勁兒地道：「你娘真是好婆婆，我沒白孝順她了！」

楊氏一手抱著趙彩蝶，一手摟著趙武，見他們兩夫妻這樣高興，也忍不住笑了起來。

到了河橋鎮，宋明軒第一件事情就是親自到了胡家登門道謝。到了胡家才打聽到，胡福經過梁大人的上下疏通，命總算是保住了，發配到嶺南做苦工去了。宋明軒雖然對此事還覺得有幾分歉意，但殺人償命，也是天經地義的事情。

胡老爺親自接待了宋明軒，又命下人去太白樓訂了酒宴，召集了梁大人、周夫子、秦師爺，還有上回趕著去宋明軒家中送銀子的幾位鄉紳，大家在一起熱鬧了一番。

宋明軒原本就不勝酒力，幾杯下來便有些醉意。

那幫人聽說宋明軒還要繼續進京赴考，也知道這縣太爺的缺算是空了出來，就越發高興了起來，一個勁兒地敬酒。

胡老爺在這群人中算是稍有名望的，也知道他們心裡頭想些什麼，笑著說道：「聽說明兒宋解元就要進京？往年都是縣衙派了驛站的車送去京城赴考的，只是這驛站的車未免也太簡陋了些，且一車裡頭還有別的搭車的人，倒是委屈了宋解元。」

眾人一聽，紛紛立馬表態。

陳舉人搶先道：「明兒一早，我就派人去接宋解元，保證把宋解元送到京城，進了家門我再讓人回來！」

胡老爺聽了很是滿意，點了點頭，瞧見宋明軒身上只穿著單薄的夾衣，便又開口道：「宋解元，如今這天氣已經入秋了，你身上這一身衣服可不成啊！這早晚天涼，要是病了，可要耽誤學業的。」

宋明軒這會兒雖有些醉意，但四下看了一眼，見除了年紀較大的胡老爺，其他眾人也都穿著夾衣而已，正想客氣幾句，就又聽見有人開口了。

「胡老爺放心，我家有上好的皮草，還是那年我春闈的時候用過的！春闈正是二月裡，那天氣可叫一個冷啊，可偏生還不准帶夾衣，若不是有那皮草，我一早就凍死在試場裡頭了！沒想到如今那東西又有用武之地了，我今晚就回去叫我那婆娘給找出來，明兒一早給宋兄弟送過去！」馬舉人立即表態。

宋明軒聽了，只一個勁兒地推辭。

胡老爺哈哈笑道：「好好好！你們就是得好好關愛這群後生才是啊！這河橋鎮有多少年沒出過進士了？宋公子一路從案首考上了解元，以後沒準還能中會元、狀元呢！你們手指縫裡頭隨便漏些東西出來，就能養出個狀元，可不是賺了？」

眾人聽胡老爺這麼說，都哈哈笑了起來，一個勁兒地奉承道：「若論有眼力，還是您老最厲害！瞧瞧咱縣太爺，這馬上就要升遷了，您啊，這才是人生贏家，找了個乘龍快婿了！」

胡老爺聽了這些馬屁精的話，也笑得合不攏嘴，開口道：「有句俗語怎麼說的，寧欺白頭翁，莫欺少年窮！你們啊，這看人的本事，還真得跟我學學！」

宋明軒喝得七葷八素的，被梁大人的手下給送回了雞籠巷。

趙彩鳳披著衣服迎了出來，瞧著那模樣就來氣了，可當著外人的面也不好發作，一把扶著宋明軒，又向那兩個捕快陪笑了半天，等人走了，這才扯著宋明軒往房裡去。

楊氏聽見了動靜，也從房裡迎了出來，見宋明軒喝多了，忙問道：「要不要我來幫忙？」

趙彩鳳看了一眼靠在自己肩頭、一身酒氣的宋明軒，擺手道：「娘妳進去睡吧，一會兒我給他洗把臉，睡一覺就好了。」

楊氏見自己也幫不上什麼忙，正巧裡頭趙彩蝶又睡得不安生，小孩子大約是認床了，這會兒正在房裡哭噎著，又見趙彩鳳臉上有些不好看，便勸慰道：「彩鳳，妳別生氣，這應酬上的事情，明軒也是不得已的，他走了這條路，總要認識幾個人，不然別人能白給他銀子花嗎？」

趙彩鳳想了想，也只得嚥下了這口氣，拖著宋明軒往房裡去。偏生楊老頭家的房門矮，宋明軒又是瘦高的人，趙彩鳳沒想起來那門框的高度，「咚」一聲，宋明軒的頭就撞到了門框上去了！

宋明軒「哎喲」一聲，頓時酒就醒了一半。

趙彩鳳聽見聲音，這才想起來楊老頭家的門框較矮，急忙稍稍彎下腰，抬起頭看的時候，宋明軒的腦門上已經被撞出一個紅包來了。趙彩鳳扶著宋明軒坐到炕上，見他還沒完全清醒，便轉身倒了一杯水，遞給他道：「不會喝酒就少喝幾杯，酒桌上你老實個什麼勁兒！」

宋明軒本就知道自己酒量不好，原本也沒喝幾杯的，後來胡老爺敬的酒他推託不掉，這才多喝了兩杯，又怕回來後趙彩鳳不高興，所以打算在路上打個盹，沒準回家睡醒了，酒也醒了。可誰知道馬車到家了，他自己反倒沒醒過來，所以那兩個捕快才當他喝醉了，給扶了進來，這會兒被這麼撞了一下，宋明軒也清醒了，接過了趙彩鳳手裡的茶杯，稍稍抿了一口，道：「我心裡有數，本就已經推辭了許多，只是有些實在推不掉。」

趙彩鳳見他這會兒說話倒是有幾分清醒了，也知道方才碰的那一下不輕，想了想終究還是不忍心，便出門到隔壁人家借了一個雞蛋煮熟了，想給宋明軒揉一揉。

酒喝多的人特別容易入睡，趙彩鳳回來的時候，就見宋明軒已經躺在炕上又睡著了。瞧著他那四仰八叉的樣子，趙彩鳳再一次感嘆，這哪是找了個相公呀？分明就是養了一個大兒子啊！趙彩鳳幫宋明軒把鞋脫了，瞧著那雞蛋還是滾熱的，便包上了布條，趴在宋明軒邊上，輕輕地幫他滾著額頭上的瘀血，希望能早些消腫。

宋明軒睡得迷迷糊糊的，睜開眼便看見趙彩鳳穿著交領中衣在他眼前晃來晃去，他的視線瞥見那領口的一抹春光後，就怎麼也移不開了。

趙彩鳳正專心致志地替他揉傷口，冷不防就覺得腰間一緊，身子被宋明軒翻到了炕裡頭，宋明軒撐著兩手支在趙彩鳳的身側，看著她的眼神帶著幾分炙熱。

趙彩鳳伸手推了一把宋明軒，見他一動也不動的，便開口道：「又發什麼酒瘋呢？」

宋明軒愣了半晌，喉結上下滾動了一下，啞然道：「娘子，我好像要酒後亂性了……」

趙彩鳳一時沒明白宋明軒的意思，待她回過神來，覺得下身忽然就走風了，冷得自己哆嗦了一下。

一時間乾柴烈火，又熊熊地燃燒了起來……

趙彩鳳躺在炕上，累得連眼珠子都不想再眨一下，想了半日不知道說什麼好，最後只嘆息道：「也不算喝得太醉，至少還知道自己要酒後亂性了。」趙彩鳳說完這句話，忽然覺得耳根處熱呼呼的，扭過頭一看，就見那人已經趴在自己的身上睡著了！這……真是太沒品了！她剛想開口埋怨幾句，宋明軒又突然睜開眼睛了。

宋明軒帶著幾分幽怨的語氣開口道：「娘子，我餓了……」

趙彩鳳翻了一個白眼，心裡暗想：這不是才吃飽饜足了嗎？怎麼又餓了？正想挖苦他幾句，卻聽見宋明軒的肚子裡傳來一陣咕嚕嚕的聲音。

趙彩鳳便帶著幾分嫌棄地看著宋明軒，取笑他道：「你都上館子吃了，怎麼還餓呢？」

宋明軒翻了個身，無奈地道：「只一味的勸酒，菜都沒吃幾樣，當然餓了。」

趙彩鳳也是上過酒桌的人，知道宋明軒所言不虛，可想了想，這會兒家裡也沒什麼吃的，只得翻身從自己的枕頭邊上拿出方才給宋明軒揉傷口的雞蛋來，笑著道：「喏，你將就著吃吧！」

宋明軒接了雞蛋，拿在手裡看了一圈，心想方才自己不過是睬了一會兒而已，趙彩鳳還出去給自己煮了一個雞蛋？想到這裡，他就覺得這個雞蛋都金貴了起來，一時間還有些捨不得吃呢！

趙彩鳳見宋明軒看著個雞蛋發呆，便從他手上把雞蛋拿了過來，笑著道：「我來比比看，是解元老爺的頭硬呢，還是這雞蛋殼硬！」趙彩鳳說著，便把雞蛋帶有氣室的那一頭往宋明軒的腦門上敲了一下，雞蛋啪地一聲就碎開了。

宋明軒摀著自己的額頭，在炕上滾，哭喪著臉道：「完了完了，兩邊都長個包了，沒法兒出門見人了！」

趙彩鳳見宋明軒這小樣兒，便把雞蛋剝好了殼，放在他的唇邊道：「你不吃，那我就吃掉它啦！」

宋明軒趕緊移開手，張開嘴巴在雞蛋上咬了一口，一邊吃，一邊目不轉睛地看著趙彩鳳。

趙彩鳳被他這麼看著，臉上越發紅了起來，心裡納悶道：原本還覺得他像個男人了，看樣子還是小孩子嘛！看來男人的成長和ＸＸ○○的次數，還是沒有必然的關係啊……

第二天一早，昨天晚上宴席上說好的那些事果然沒黃了，陳舉人家派了馬車過來，馬舉人也託小廝把自己現在用不著的皮草給送了來，孟舉人沒來得及獻殷勤，因此封了二十兩銀子讓家裡送來，說是略表一下心意，作為對宋解元的嘉獎。

趙彩鳳瞧著這架勢，越來越明白為什麼范進中了舉人得瘋啊！就這樣天天坐在家裡頭就有人給你送錢的日子，換了誰不得高興瘋了啊？

一家人上了馬車，瞧著河橋鎮越來越遠，心下倒也生出了一絲不捨來。

趙武撩了馬車簾子看了一眼，皺著眉頭道：「娘，我跟你們一起去了京城，那先前私塾先生那邊的學不上了嗎？」

趙武提起了這個，趙彩鳳這才反應了過來，用手肘碰了宋明軒一把，開口道：「等回了京城，你能託劉公子打聽打聽附近有沒有可靠的先生嗎？小武這學業也不能荒廢了。」

宋明軒點頭道：「這個妳放心，京城的私塾多，且大戶人家一般都有族學，也能收一些外家的子弟，那些族學裡頭的先生，請的都是名師，有的還是致仕的老翰林，若是小武有這個造化能拜上一位名師，倒是可以早一些去考童生的。」

趙彩鳳如何不明白這個道理？擰眉想了半日，問道：「你那位韓夫子肯定知道誰家的族學好，可人家想著你當他孫女婿呢，會不會……」

宋明軒聽了這話，臉頰頓時脹得通紅，鬱悶道：「韓先生不是這樣的人，這裡頭一定有誤會。」

趙彩鳳見他分分鐘就要急了的表情，也就不再繼續說下去了，笑著道：「管他誰要打你的主意，現在你反正是我的了。」

宋明軒見趙彩鳳說起這個時臉上那霸道的神色，有些心旌蕩漾了起來，握著她的手不肯鬆開。

這時候趙彩蝶剛好睡醒了，睜開眼就瞧見宋明軒紅著個臉頰，小聲道：「姊夫羞羞臉！」

宋明軒聽了，越發恨不得找一個洞鑽下去得了。

馬車一路行駛在通往京城的官道上，比起幾個月前，趙彩鳳和宋明軒兩人戰戰兢兢地揹著行李、兩眼一抹黑地往京城來，這次車裡頭不光多了楊氏和兩個孩子，更多的，是這一路上的歡聲笑語。

宋明軒低頭看了一眼懷中趙彩鳳的睡顏，小心地把她摟在懷中，暗暗下定決心，這輩子一定要讓她過上好日子，頂頂好的日子！

宋明軒回京之後知道的第一件大事，就是九月初的時候，韃子在邊關蠢蠢欲動，為了過冬，又打算到大雍境內來搶一把了。蕭將軍奉了皇帝的命令，去京畿大營指揮抗敵工作，順便帶走了在順天府衙當捕快的蕭一鳴。

這消息是宋明軒去劉家出席謝師宴時，韓夫子透露給他們的。

韓夫子教了蕭一鳴三年多，雖然打罵得比較多，但也知道他並非是冥頑不靈的紈袴子弟，如今見他還是重操祖業，行武去了，其實心中也很為他高興。

宋明軒回到家中，心裡一時百感交集，又想起大婚當日有人送來的那一對簪子，如今想想，除了蕭一鳴，還有誰會有這樣大的手筆？這幾日奔波勞頓，事情又多，宋明軒一時也忘了跟趙彩鳳交代這事，日子久了，倒顯得自己有些刻意為之，甚是小肚雞腸了起來。

宋明軒從包裹裡頭拿出那匣子，鄭重其事地放在桌上，瞧著那上頭精美的燙金字體，心中嘆道：也不知何年何月，自己也能讓彩鳳戴上珍寶坊的首飾、穿上天衣坊的衣服……

宋明軒正愣怔時，趙彩鳳和楊氏已經從門外派了喜餅回來了。

這附近住的都是窮人，家裡也都困難，若擺上幾桌筵席，請了人過來，到時還要收人家分子錢，反倒不好。況且趙彩鳳算了一下身上的銀子，只怕在京城辦了筵席就更拮据了，所以一家人商量後，只去雜貨鋪裡頭買了幾樣乾果、喜糖，又自己做了喜餅，挨家挨戶的都派了些，權當是自己的一片心意了。

趙彩鳳拎著個空簍子進門，回身對楊氏道：「娘，我瞧著那翠芬真是可憐，我們這才回去幾日，她的身子怎麼就病得重了呢？」

楊氏聞言，笑著道：「我倒是覺得她如今雖說是病著，可心裡頭卻高興呢！她病了，郭老四就回來瞧她了。妳沒聽見她說嗎？郭老四親自請了寶善堂的大夫，來給她抓的藥呢！」

「那怎麼今兒去送喜餅，沒瞧見郭老四人呢？」趙彩鳳聽楊氏這麼說，不屑地道：「狗改不了吃屎！妳還真信她的話啊？那不過就是說給我們聽的，怕落了面子吧？我瞧著郭老四未必就回來瞧了，不過她屋裡的藥包上，倒確實是寫了寶善堂的字樣，只怕翠芬這回病得不輕了。」

楊氏嘆了一口氣，又想起宋明軒來，總算還有幾分安慰，遂開口道：「也不是所有男人都像郭老四那樣的，咱家明軒就不一樣，又老實又待媳婦好，彩鳳妳可要好好珍惜啊！」

趙彩鳳聽了這話，紅著臉頰道：「娘啊，這怎麼又說到我身上來了呢？再說，男人要變壞也不是一朝一夕的事情，我想那郭老四定然也是有他好的時候，不然翠芬能這樣死心塌地地跟著他嗎？宋明軒以後是個什麼德行，還說不準呢！」

楊氏聽了這話，不禁皺著眉頭數落趙彩鳳道：「妳這孩子，大白天的說什麼胡話？明軒能和那郭老四比？郭老四不過就是個舉人，咱明軒可是解元，舉人的頭頭！」

趙彩鳳見楊氏跟自己急了，也不敢再說下去，心下腹誹道：剛才也不知道誰先拿宋明軒和郭老四比的……

其實趙彩鳳心裡對宋明軒還是很有信心的，但一想到他有一個那樣的極品爺爺，她也確實有點擔心，這宋明軒會不會遺傳到一些隱藏基因，是要到後半輩子才會凸顯出來的呢？

宋明軒見趙彩鳳和楊氏兩人聊得熱鬧，遂起身迎了出去。

趙彩鳳見宋明軒倒是回來得早，便開口道：「今兒回來得很早啊，劉家沒留你吃晚飯嗎？」

宋明軒抬眸看著趙彩鳳，眉眼中滿溢著柔情密意，回道：「留了，但是夫子說今晚還有別處應酬，所以用過了午膳就散了。」

楊氏見兩人說話的時候還像以前那樣眉來眼去的，也知道他們最近正是蜜裡調油的時候，便接了趙彩鳳的簍子，往裡頭邊走邊說：「我先去店裡頭幫忙，一會兒就要開夜市了。彩鳳妳記得張羅晚飯，喊弟弟妹妹回來吃飯。」

趙彩鳳應了聲，見楊氏解了圍裙就要出門，忙囑咐道：「娘，妳晚上要是太晚了，就別回來了，聽說最近路上不安生，弟弟妹妹我會照顧的。」

前兩日剛回來的時候，就聽余奶奶說起了最近順天府的新案子，說是幾個晚歸的小媳婦被人在路上給糟蹋了，如今這凶手是誰還沒找出來呢！楊氏雖然不是什麼小媳婦了，可她平常操勞慣了，這個年紀從後頭看去，身材還如少女一般，趙彩鳳自然是要多關照幾句的。

楊氏也知道這件事，但她畢竟上了年紀，因此聽趙彩鳳這麼說，笑著道：「人家看上的都是小媳婦，哪裡看得上我們這樣三、四十的老婆子？倒是妳自己小心些，入夜之後可千萬別出門，把家裡的門關緊一些。」

趙彩鳳見楊氏這樣隨意，不免擔憂了起來，在現代她遇過不止兩、三件強姦致死的案子，死者都不是啥絕代美人。對於那種犯罪分子，他們重視的壓根兒就不是妳的臉，而是妳下身那個洞罷了……不過這些話自然是不能跟楊氏直說的，就算說了出來，楊氏也斷然不會相信的，所以趙彩鳳只能又苦口婆心地勸說道：「娘啊，女子一個人走夜路本就危險，就算不遇上劫色的，遇上個劫財的不也嚇人嗎？過了戌時妳可真別回來了，若實在想回來，我讓相公接妳去。」

楊氏一聽要讓女婿去接，如何好意思？連連擺手道：「不用了、不用了，晚了我不回來就是了！」

趙彩鳳見楊氏答應了，這才稍微放下點心來，送了她到門口，轉身瞧見宋明軒站在自己身後，臉上帶著幾分欲言又止的表情，就知道他肯定又有什麼事情要向自己老實交代了。

「你進書院的事情，怎麼說的？有沒有落實了？要交多少的銀子？小武私塾的事情有沒有問一下劉公子？可有熟識的先生可以介紹的？」趙彩鳳也沒問他到底有什麼事情，只把今天囑咐他的事情先一件件地問了起來。

宋明軒見趙彩鳳滿臉關切地問著，也一五一十地回道：「書院那邊倒是沒有什麼問題，因我是本屆的解元，韓夫子說可以免了束脩，只要花一些吃用和床位的銀子就夠了。」

趙彩鳳聽了，不由得驚嘆道：「原來這裡也有這樣的好政策，能減免學費啊！」

宋明軒見趙彩鳳高興，便又接著道：「小武的事情也安排好了，杜家有族學，請的先生是致仕的老翰林傅先生，杜家大房、二房還有族裡的幾個公子正好都是開蒙的年紀，也都是這兩年才進學的，小武雖然年紀大了點，但開蒙遲，基礎差一些，進去也正好可以趕上功課。劉公子知道我們艱難，說不收我們束脩銀子。」

趙彩鳳雖然不知道那致仕的老翰林多麼有學問，但寶善堂杜家在京城也算得上數一數二的富戶了，他家請的先生，怎麼可能會差呢？只是這樣的好事，對於趙彩鳳他們家來說，也未免太好了一些。一想到趙武穿著一身也許連小廝都不如的衣服，要在一群貴公子中唸書學習，這對於一個孩子的心智，也確實是一種折磨和考驗。

趙彩鳳想了想，開口道：「這事情，我還要問問小武的意思。」

宋明軒這時候倒是有些不明白了，疑惑道：「這麼好的事情還用問嗎？那傅先生是先帝時候的狀元爺呢，很多侯門公府都未必能請得動他當西席。」

趙彩鳳抬眸看了宋明軒一眼，見他沒猜中自己的心思，也有些鬱悶，開口道：「我說問問小武的意思，又不是嫌棄人家先生不好。你想想，你小時候不過就是上一個鎮上的私塾，都還有富戶家的少爺欺負你，整日裡跟你打架，這杜家是那樣有錢的人家，就算杜家本家的少爺們家教好，可族學裡的其他孩子未必就不是那種嫌貧愛富的人，我可不想小武受人欺負。」

宋明軒聽了這話，才茅塞頓開了，一個勁兒地拍著自己的腦袋道：「我光顧著高興，倒是沒想起這個來，是我的疏忽了！」

兩人聊完了正事後，趙彩鳳見宋明軒沒接著往下說，可臉上那揣著事的表情卻早已把他給出賣了，便靠到他懷中，抱著他的腰，湊到他耳邊道：「相公，你就沒有別的話要跟我說了嗎？」

趙彩鳳平常很少像這樣主動獻殷勤，宋明軒被她這麼一摟腰，就覺得整個身子都僵硬了些，連說話的聲音都瞬間啞了幾分，臉紅道：「也……也沒什麼……就是上回我們大婚時收了一樣禮，我這幾日事情多，忘了對妳說了。」

趙彩鳳聞言，心下暗暗笑了起來，其實先前整理回京行李的時候，她就瞧見了那禮盒。來參加婚宴的客人們送的禮品，宋明軒都有記錄，唯獨這一樣是沒記下來的，因此趙彩鳳就忍不住偷偷打開看了一眼。只怪他們兩人實在太窮了，認識的有錢人又只有那麼幾個，趙彩鳳頓時就想起了蕭一鳴。

宋明軒抱著趙彩鳳，兩人順勢坐到了床沿上。

趙彩鳳瞧見宋明軒那發紅的面皮，小聲道：「你現在告訴我也是一樣的呀！」

宋明軒擰著眉頭，把趙彩鳳環在懷中，下巴抵在她的肩頭，像一個做了壞事的孩子，想了想，這才開口道：「我今兒聽說，蕭公子跟著蕭將軍去了京畿大營，應是從軍去了。」

趙彩鳳聽了這話，故意問道：「好好的，怎麼提起蕭公子來了？不過我說句實話，這讓蕭公子唸書，還不如讓他從武來得好，都說龍生龍，鳳生鳳，老鼠的兒子會打洞。這世上每個人的天賦都不一樣，有些事情也確實不能強求的。」

宋明軒最後還是決定老實坦白，道：「妳我大婚那日，應是蕭公子派人送了那樣賀禮來，我當時喝多了，便沒告訴妳……那東西就在桌上的匣子裡頭。」

趙彩鳳見宋明軒終於把話給說了出來，也知道他心裡必定是把這件事情給放下了，視線往那匣子上瞟了一眼，笑著道：「那以後等蕭公子大婚時，我們也送一份賀禮給他，這樣也算是禮尚往來了。」

宋明軒聞言，眸子頓時就亮了，彷彿一下子又有了活力一樣，小聲道：「那娘子，妳不怪我這些天沒把這事情告訴妳嗎？」

趙彩鳳伸出指尖點著宋明軒的鼻頭道：「怪你什麼？怪你太多心了吧！我和蕭公子本來就沒什麼，你這一個人在這裡神神叨叨些什麼呢？難道非要我們有什麼，你才滿意嗎？」

宋明軒聽了這話，頓時又紅了臉，翻身把趙彩鳳壓在身下，狠狠地親熱了一回，這才把她給鬆開了。

晚上，楊氏果真沒有回來，大抵是楊老頭也覺得最近不安生，所以沒放她回家。

趙彩鳳收拾完了碗筷，幫兩個孩子都洗漱好了，正要轉身離去，卻被趙彩蝶給喊住了。

「大姊！娘不在家，大姊能不能跟彩蝶一起睡，彩蝶一個人害怕！」

小姑娘噘嘴的樣子甚是可憐兮兮，趙彩鳳見了，便上前揉了揉她的髮頂，小聲地安慰道：「彩蝶別怕，大姊在這邊陪著妳，好不好？」

趙武這會兒也已經洗好了躺在床上，聽了這話便翻身把趙彩蝶拉到了自己的身邊，一副小大人的模樣，開口道：「彩蝶乖，今天三哥陪妳睡。大姊現在和姊夫成親了，要陪姊夫睡，不然的話，他們就生不出小寶寶來。」

趙彩鳳聽了這話，頓時兩隻眼睛都直了，扭頭看著趙武道：「小武，你在私塾裡頭都學些什麼呢？這些亂七八糟的誰教你的呀？」

趙武見趙彩鳳瞬間瞪起了眼珠子，嚇得哆嗦了一下，小聲道：「娘……娘說的呀……」

趙彩鳳這下也沒轍了，擰眉道：「別在妹妹面前瞎說，明白不？」

趙武本來就很怕趙彩鳳，見她生氣了，一個勁兒地點頭，又勸趙彩蝶道：「小蝶，我們倆睡吧？」

趙彩蝶躲開趙武的手，爬到了趙彩鳳的懷裡，悄悄地抬頭看了一眼趙武，道：「我不要跟你睡，我不要跟你生小寶寶！」

趙彩鳳聽了這話，忍不住就笑了起來，接著略略嘆了一口氣，鬱悶地道：「以後在家裡，誰也不准提小寶寶的事情。彩蝶乖乖睡覺，不然大姊可要走了。」

趙彩蝶趕緊把頭埋在趙彩鳳的胸口，偷偷地看了她一眼後，閉上眼睛假裝睡覺了。

小孩子的睏勁來得很快，不一會兒，趙彩蝶就真的睡著了。

趙彩鳳把她放在床上，蓋好了被子，吩咐趙武道：「今天娘不在家，你晚上睡覺不准欺負妹妹，要記得給妹妹蓋被子，知道不？」

趙武從被子裡露出一個腦袋，聽話地點了點頭。

趙彩鳳正要離開，想了想還是不放心，便開口道：「算了，我今晚還是睡這邊吧，萬一你們晚上不老實，踢了被子，這種天氣可是要受涼的。」

趙武見趙彩鳳這嘮嘮叨叨的樣子，便有些嫌棄地道：「姊，妳怎麼才嫁人就跟娘一樣嘮叨叨的了？妳就放心吧，我現在已經是大人了，妹子交給我，妳和姊夫生小寶寶去吧！」

趙彩鳳聞言，順手就給趙武一個爆栗。

趙武嚇得急忙就把脖子縮進了被窩裡，一個勁兒地道：「姊我不敢了，我不敢亂說了……」

趙彩鳳收回了手，倒是想起了白天和宋明軒商量的事情，便開口道：「小武啊，咱家如今條件不好，可是娘也不捨得把你一個人留在河橋鎮，但你來了京城，這書還是要唸下去的。眼下有個機會，讓你去一戶有錢人家的族學裡頭上課，你要是願意呢，咱過幾天就跟人說一聲，讓你過去上課；你要是不願意，那姊再找別的私塾，看看能不能讓你接著上學。」

趙武方才還是嬉皮笑臉的樣子，聽了這話，頓時也嚴肅了起來，擰眉想了想，問道：「姊，有錢人家請的先生肯定也是很厲害的先生，是不是？」

趙彩鳳瞧著趙武那猴精的樣子，笑著道：「可不是？有錢人家嘛，當然是請的好先生，可不像我們鄉下，隨便一個窮秀才都能去當先生的。」

趙武低頭想了想後，一本正經地道：「那我就去有錢人家的族學裡頭上課吧！」

趙彩鳳瞧著趙武那下定決心的表情，再次確認道：「那你可不准反悔啊！有錢人家的先生是好，可在那裡頭上課的，都是些公子、少爺什麼的，我們家窮得沒去要飯都已經算好的了，你進去了，要是被人欺負了咋辦？萬一瞧見人家吃好穿好的，心裡頭不受用了又咋辦呢？」

趙彩鳳對於孩子的教育理念其實是比較開明的，她覺得心理健康比學問更重要，趙武如果不能擺正自己的心態，那麼再好的先生也教不會他做人的道理，所以她必須得試探試探他。

趙武聽了趙彩鳳這話，只瞥了她一眼，臉上揚起幾分得意，道：「有錢有什麼了不起的？我還有一個當解元的姊夫呢！他們能比得過我這個嗎？」

趙彩鳳聽了這話，也被趙武給逗樂了。看來自己是多心了，窮人家的孩子早當家，趙武未必是她想像的那樣，禁受不起半點兒糖衣炮彈的。她點點頭道：「說的有道理，這一條，這世上還真沒幾個人能跟你比呢！那咱就說定了，等過兩日，讓你姊夫帶著你去見見先生。」

趙武一個勁兒地點頭，見趙彩蝶翻身時踢了被子，便伸手幫她把被子蓋好了，笑著道：「姊，妳怎麼還不走呢？快去陪姊夫呀！」

趙彩鳳嗔了趙武一眼，從床沿站起來，彎腰把兩人的被子都蓋好了，這才轉身出門去了。

這時候時辰尚早，宋明軒還沒有睡，趙彩鳳進門後見他還在那邊埋頭書寫，便開口道：「小武答應去杜家上族學了。」

宋明軒聞言，點了點頭，筆下卻沒有停。「小武腦子活，是塊讀書的料子，好好培養，過兩年考個童生大抵沒問題的。」

趙彩鳳湊過去看了一眼宋明軒寫的東西，問道：「你這又寫的什麼文章？還沒進書院就用功了起來？」

宋明軒並沒有馬上回答趙彩鳳，只一心一意地把最後一個字寫完了，這才放下了筆，開口道：「韓夫子要把這次玉山書院中舉的人的答案裝訂成冊，給新入書院的後輩做參考。我並不知道書院有這樣的傳統，之前除了最後一科有默背下來，前頭兩科都沒有默下來，趁著這會兒安靜，便稍微想了想，想到多少，就先默多少出來。」

趙彩鳳擰眉道：「這都一個多月前的答案了，你還能記得嗎？」

宋明軒笑著道：「三天才考一科，答案都刻在了腦子裡，自然是記得的，不過還要好好想一想。」

趙彩鳳見宋明軒這麼說，上前為他又多磨了一點墨，小聲地道：「那你寫一會兒，等等我先去外頭燒些熱水，等好了再喊你洗漱去。」

房間裡燭光如豆，靜靜的閃爍著。趙彩鳳依舊是原來在趙家村時那荊釵布裙的樣子，她磨墨的時候小指微微翹著，低頭看了眼宋明軒寫的文章，雖然看不懂上頭的內容，可瞧著這一排排整齊劃一的小楷，也讓人覺得賞心悅目得很。

宋明軒忽然間就思如泉湧，筆蘸飽了墨水，略略思索片刻後，又低頭寫了起來。

趙彩鳳磨好墨後，轉身撩開了布簾子出門。

宋明軒目送她離去，看著那布簾子愣怔了半晌，凝神的時候才發現趙彩鳳早就離去了，只好又回過神繼續寫了起來。

趙彩鳳燒好了熱水從灶房裡頭出來時，外頭正好傳來幾聲急促的敲門聲，緊接著就聽見余奶奶在外頭大聲疾呼——

「彩鳳、彩鳳她娘，妳們在不在家呀？」

這一條街到了晚上都安靜得很，也很少有人天黑了還上門串門的，因此趙彩鳳一聽這聲音就莫名緊張了幾分，急忙放下了手裡的木盆，走到門口應門道：「余奶奶，您這是怎麼了？有事嗎？」

余奶奶見趙彩鳳在家，稍稍定了定神，開口道：「妳聽聽，這外頭的聲音，是不是翠芬家的旺兒在哭啊？」

趙彩鳳和翠芬家還隔著一個呂家，並不常聽到她家的動靜，這時候被余奶奶一問，才凝神聽了起來，一會兒後才擰眉道：「好像是有小孩子在哭，您不說我還聽不見呢，聽著有點像遠處的夜貓叫春。」

余奶奶聞言，忙開口道：「妳隨我去翠芬家看一眼吧，今兒晚上郭老四回來過，我瞧他走的時候臉色不大好。翠芬還病著呢，這會兒孩子又在哭，別是出了什麼事吧？」

趙彩鳳聽了這話，越發好奇了起來，問道：「今兒下午我和我娘去給翠芬送喜餅的時候，她還笑著說郭老四最近常回來看她，這不是好事嗎？怎麼余奶奶您瞧著不大高興的樣子？」

「屁好事啊！翠芬這個傻丫頭，死要面子活受罪罷了！郭老四給了她銀子，讓她回老家去，她不肯，說自己病了，沒力氣回去，郭老四這才請了大夫來給她瞧病的，不然怎麼可能這麼好心呢？」

趙彩鳳聞言，恍然大悟道：「我就說了，狗改不了吃屎，怎麼可能郭老四一下子就開竅了呢？原來是為了這事啊！走，余奶奶，我跟您一起瞧瞧翠芬去。」

趙彩鳳說完，轉身向宋明軒說了一聲，便跟著余奶奶一起去了翠芬家。

# 第三十四章

翠芬家是比趙家更小的兩間房的小院，除了客堂以外就只有一間正房。由此可見，當初翠芬和郭老四來京城時，定然是夫妻的身分，不然兩個人也不會同居一室。古代人的思維很保守，像這樣孤男寡女出門的，除了夫妻之外，他們也想不出其他的可能性了。

靠近院門，裡頭孩子的哭聲就越發明顯了，趙彩鳳上前一邊敲門一邊喊道：「旺兒，快開門，余奶奶和彩鳳小姨來看你娘了！」

余奶奶焦急地在門外等了片刻，伸長脖子，恨不得往裡頭看去。

趙彩鳳想起方才余奶奶說郭老四回來過，便伸手用力推了一把門，果然發現門並沒有上鎖。趙彩鳳急忙推門進去，就聞到院子裡有一股濃濃的中藥味，爐子上的火已經熄滅了，藥汁溢得滿地都是，旺兒的哭聲從房裡頭傳了出來。

余奶奶急忙往裡頭走了幾步，見地上有一個打翻了的藥碗，翠芬形容枯槁地躺在床上，已經沒了神智，旺兒跪在她跟前，一個勁兒地哭著，嘴裡含糊其辭，也不知道在說些什麼。

「彩鳳，妳快進來，翠芬好像不行了！」余奶奶一見翠芬那架勢，一下子沒忍住，含淚開口喊道。

趙彩鳳忙就跟著進去，見翠芬臉色蠟黃地靠在炕上，嘴唇發黑，手上的青筋暴露，半點神智也沒有。趙彩鳳下午和楊氏過來時，就覺得翠芬的氣色不好，可那時候她還能說上幾句話，雖然沒什麼精神，好歹整個人是清醒的。當時趙彩鳳就覺得有些不對勁，只是一時想不起來，她最近和宋明軒新婚燕爾的，一些精氣神都被兩人滾在了床榻上，腦子似乎都沒以前靈活了。

趙彩鳳又看了翠芬一眼，急忙伸手探了探她的鼻息，鎮定地道：「余奶奶別急，人還沒死呢！看樣子像是中毒了！」趙彩鳳說著，便在房裡四處尋找了起來，見窗臺上還放著兩包藥，就伸手拿了過來，拆開來看了一眼，可她也不是學中醫的，自然分不清這些中藥的藥效，翻了兩下便開口道：「余奶奶，您在這兒看著翠芬，我讓我相公去找個大夫來！」趙彩鳳說完，急忙就出門找宋明軒去了。

好在這討飯街巷口就有一家藥鋪，這個時辰坐堂的大夫正好還沒有走，沒過多久，宋明軒便找了大夫回來。

那大夫摸著脈搏看了半天後，一臉嚴肅地道：「這是中毒的症狀，不過瞧著應該是慢性毒藥。幸好發現得早，還能留下一條命來，不然的話，只怕你們要替她收屍了。」

宋明軒聽了那大夫的話，也嚇了一跳，瞧見趙彩鳳攤在桌上的藥材，便伸出手在裡頭翻了片刻，拿出一樣東西來，遞給那大夫看了一眼。「大夫，這個東西可是烏頭鹼？」

房間裡頭只點了一盞油燈，光線昏暗，但那大夫接過去看了一眼，便確認道：「正是烏頭鹼！這東西有劇毒啊，怎麼會在這藥材裡呢？」

趙彩鳳聽了這大夫的話，心裡頭頓時就明白了幾分。

余奶奶是個直腸子的人，聞言不禁開口道：「這藥材怎麼可能有問題？這可是寶善堂——」

余奶奶的話還沒說完，趙彩鳳急忙開口道：「寶善堂是京城的大藥鋪，斷然不可能做這種事情，只怕是這藥材被人動過手腳了吧？」

余奶奶被趙彩鳳這麼一提醒，頓時就反應了過來，壓低了聲音，湊到趙彩鳳的耳邊小聲地道：「妳……妳是說，這藥郭老四動過手腳？」

這時候大夫正在為翠芬放血清除毒素，翠芬的臉色略略好了一些。

那大夫並沒有聽到她們兩人的嘀咕，站起來道：「原來這藥就先別吃了，先吃幾帖清除毒素的藥，把體內的餘毒清一清，再治她的痰症吧。」

宋明軒聞言，忙上前送了大夫出門，跟著他去藥鋪裡頭抓藥。

趙彩鳳聽了方才余奶奶的話，見旺兒還跪在翠芬的床前哭鼻子，便小聲道：「余奶奶，您別亂說，這讓孩子聽見了不好。」

余奶奶瞧了旺兒一眼，嘆息道：「大人這窮折騰，受苦的都是孩子。」余奶奶上前，拍了拍旺兒的肩頭道：「今兒跟奶奶回去，和小涵、小淼一起睡吧！我家做了窩窩頭，你晚上還沒吃吧？」

旺兒從小只跟翠芬一起生活，雖是男孩卻性格柔弱，方才聽了那大夫說能保住翠芬的性命，這才回過了一些神來，小心翼翼地開口道：「余奶奶，我娘她不會死吧？」

余奶奶見他那可憐兮兮的樣子，實在也是心疼得緊，便安慰道：「方才那大夫都說了，你娘沒事，你還擔心什麼呢？放心吧，你今晚在我家睡一覺，明天你娘就好了！」

旺兒聽了這話，臉上的神色還是將信將疑的，只拉著翠芬的手不放開，倔強地道：「我想陪著我娘，她一個人睡會害怕的。」

趙彩鳳見了也是不忍心，遂開口道：「旺兒乖，跟著余奶奶回去，彩鳳小姨會陪著你娘的，這樣你娘就不會害怕了。」

這時候旺兒的肚子忽然咕嚕嚕地響了起來，余奶奶便笑道：「傻孩子，晚上還沒吃東西吧？你娘病著，也起不來煮飯。」

旺兒略羞澀地低下頭，小聲道：「我吃了彩鳳小姨送來的喜餅，可好吃了！」

趙彩鳳聽了這話，又嘆了一口氣，對余奶奶道：「余奶奶，您帶著旺兒回去吧，翠芬姊這邊我看著點，一會兒等我相公回來了，我倆輪流守著她。」

余奶奶聽了這話，也稍微放下些心來，道：「幸好你們小夫妻倆在家，老呂家外出擺攤去了，我兒子又還沒回來，這要是真出點事情，可要嚇死我老婆子了！」

趙彩鳳在現代也不是一個善於搞鄰里關係的人，通常都是兩耳不聞窗外事的，不然也不至於旺兒哭了半天，她只當是發春的野貓了，此時聽余奶奶這麼說，還覺得有些不好意思呢，笑著道：「要不是您耳朵尖，恐怕還真要鬧出人命來了呢！」

余奶奶帶了旺兒離開之後，沒過多久，宋明軒就抓了藥回來了。趙彩鳳在井邊泡藥材，和宋明軒閒聊了起來。

「那藥包裡的毒藥，肯定是那郭老四放進去的，你說他娘的他還是個人嗎？」

宋明軒頭一次見趙彩鳳這樣罵粗話，偷偷地瞟了她一眼，謹慎地把藥材檢查了一下，這才遞給了趙彩鳳道：「這新配的藥材應該是對的。」

趙彩鳳見宋明軒那小心翼翼的樣子，便笑著問道：「你怎麼知道這是對的？」

宋明軒笑著道：「小時候在先生家瞧見過一本醫書，上面畫著各式藥材的樣子，我看著和上面的差不多。」

趙彩鳳這下是真的服了宋明軒了，越發覺得自己找的這個小老公能幹，忍不住伸手敲了敲他的腦門道：「相公，你的腦子怎麼那麼好使呢？這都多少年前看過的書了，你還記得啊？那我問你，要補腎，哪種藥材比較好？」

宋明軒聽趙彩鳳這麼說，便想起了這幾日晚上敦倫的次數也確實有些不知收斂了，頓時就臉紅了，支支吾吾地道：「這個……這個我也不知道……」

趙彩鳳見宋明軒不敢說，便嘆了一口氣道：「那可真是可惜了，姥爺前兩日還說腰疼，我想著大約是年紀大了，有些腎虛，打算拿藥材給他泡一些藥酒喝喝，你要是不知道，那我只能去問藥鋪裡的掌櫃了。」

宋明軒聞言，見趙彩鳳並未提及兩人之間的事情，想了想才道：「海馬有溫腎壯陽的功效，倒是可以給姥爺泡上一點，每日裡稍微喝上一些，也有養生之用。」

趙彩鳳見宋明軒這般老實，偷偷地看了他一眼，噗哧地笑出聲來。「剛才是誰說自己不知道的？」

宋明軒瞧見趙彩鳳臉上露出那種調戲成功的得意樣子，恨不得立時就找個洞鑽進去算了。

兩人在院子裡你儂我儂了片刻，待聽見房裡頭依稀傳出些動靜來，趙彩鳳便蓋好了藥爐子，讓宋明軒生火熬起來，自己先進了房裡頭。

翠芬這時候已經醒了過來，神智卻似還未完全清醒，眼睛也尚未睜開，只一個勁兒地啞聲喊道：「旺兒……旺兒……」

趙彩鳳看著也覺得可憐，便從桌上的茶銚子（注）裡倒出一碗水來，彎腰送到翠芬跟前，慢慢餵她喝了進去。

翠芬喝了水，略略平靜了一會兒後，這才睜開眼睛來，瞧見是趙彩鳳坐在自己跟前，一下子便清醒了過來，臉上多了幾分羞澀。

翠芬四下看了一眼，見旺兒不在，正打算開口問，那邊趙彩鳳已開口了。

「旺兒被余奶奶帶回去了，他方才一個人在家裡哭個不停，所以我們就都過來瞧一瞧。」趙彩鳳說完，起身把手裡的茶碗放到桌上，轉身問翠芬道：「翠芬姊，妳這幾日喝的藥是郭老四給妳送來的嗎？」

翠芬聞言，臉上又露出淡淡的、似是欣慰的神色來，輕聲道：「這是上回他請的寶善堂的大夫過來瞧過以後，給我開的藥，我吃了也覺得比以前好些了。也不知道今兒是怎麼了，下午喝過藥就覺得沒什麼力氣，人也渾身沒啥精神。」

趙彩鳳見她這樣子，分明還對那郭老四有幾分心思，不禁勸慰道：「翠芬姊，妳別傻了，那郭老四平常怎麼對妳和孩子的，妳心裡不清楚嗎？這狗能改得了吃屎嗎？妳知道他為什麼對妳那麼好，還給妳請大夫、幫妳抓藥嗎？那是想毒死妳！妳知道他在藥裡頭做了什麼手腳嗎？他在裡頭投毒了！」

翠芬聽了這話，頓時就懵了，愣了好半天才道：「怎麼可能呢？老四他不是這種人，他便是再沒良心，也不會做這種事情，一定是你們弄錯了……」

趙彩鳳見翠芬那一副寧死不肯相信的表情，頓時就著急了，瞧見宋明軒正好從外頭生好了火進來，便把他拉到了翠芬的跟前，開口道：「翠芬姊，就算我說的話妳不信，我相公說的，妳也總該信吧？相公，你來告訴翠芬姊，她這是怎麼了？」

宋明軒瞧著眼前這病容憔悴的女子，雖狠不下心腸，卻也不得不如實道：「翠芬姊，彩鳳說得沒錯，妳吃的藥裡頭，確實有著有毒的中藥，方才來看過的大夫也說了，那是毒藥。」

趙彩鳳聽了，義憤填膺地道：「妳聽聽，我騙妳了沒有？妳快醒醒吧！等好了，咱把那

注：銚子，音ㄉㄧㄠˋ•ㄗ，一種大口、有柄的煮器，用砂土或金屬製成，常用來煎藥或煮茶等。

郭老四告到順天府尹去，讓他吃幾年牢飯，才知道什麼叫作悔改！」

翠芬瞧著這兩人言之鑿鑿的樣子，一時間無言以對，過了良久，忽然就激動了起來，從床榻上勉強直起了身子，對著趙彩鳳和宋明軒一味地磕頭道：「彩鳳、宋舉人，我求你們，千萬別把這事說出去！老四不能坐牢，他開春就要去考功名了，這個時候坐牢，他這輩子就完了啊！」翠芬說完，又一個勁兒地磕起頭來。

那額頭碰在床板上的聲音「咚咚咚」的，像是撞在了趙彩鳳的心口一樣難受。趙彩鳳有些不可置信地道：「他都這樣對妳了，妳還這樣……妳、妳犯得著嗎？妳這是圖個啥呢？」

宋明軒拉了趙彩鳳一把，將她摟在了懷中，見翠芬身形蕭索地在床上顫抖，開口道：「翠芬姊這麼說，我們自然也沒什麼好說的，只是妳自己要小心著點，郭老四如今既有這樣的心思，怕是早已經對妳……」絕情的話一時也說不出口，宋明軒說到這裡，略略嘆了口氣。

翠芬怔了怔，過了良久才開口道：「老四的意思我清楚明白得很，等我身子好些了，就帶著孩子回鄉去吧……」

趙彩鳳聽到這裡，已經是忍無可忍了。所謂可憐之人必有可恨之處，她這回算是領教到了。正是因為有翠芬這種人的存在，中國才會幾千年來都生活在父權社會。女人不為自己爭取利益，甘願做男人的附屬品，這社會如何能進步呢？趙彩鳳實在是氣不過了，連帶著看宋明軒也覺得不順眼，甩開宋明軒的袖子，氣呼呼地往門外去了。

宋明軒瞧見趙彩鳳一臉氣憤的出門，也跟了出去，卻在門口停了下來，趙彩鳳正在門口拿蒲扇小心翼翼地搧著爐火。

宋明軒緩緩地走過去，給趙彩鳳搬了一張凳子，趙彩鳳卻不肯坐，撅著屁股讓開了。宋明軒又把凳子推過去，趙彩鳳又往旁邊讓了一讓。

其實趙彩鳳這會兒生氣，一是氣翠芬簡直讓人無話可說；二則是氣宋明軒居然還同意了翠芬那讓人無話可說的觀點，這真是兩人世界觀的最大分歧了！這才剛成婚不久呢，就發生了這麼大的分歧，往後的生活該怎麼過呢？趙彩鳳雖然抱著「他們是古代人」的想法，可還是沒辦法理解翠芬這到底是圖的什麼？

宋明軒見趙彩鳳這般躲來躲去的，分明就是在生悶氣，也不跟她囉嗦了，自己在那小凳子上坐了，長胳臂一伸，一把就將趙彩鳳給抱在了懷裡。趙彩鳳用力掙扎了幾下，可宋明軒哪裡能讓她反抗？低下頭對著她的唇瓣就吻了起來。

趙彩鳳手裡握著蒲扇，不及反抗，只好半推半就地按著他的胸口，舌尖抵死躲避了一會兒，最後也只能繳械投降了。

過了良久，宋明軒才鬆開了趙彩鳳，見她還是一副氣呼呼的表情，這才勸慰道：「有些人妳再怎麼勸也是沒用的，除非他們能自己想明白。這世上像阿婆那樣會反抗的人並不多……其實阿婆一開始也沒有完全反抗，如果她一開始就完全反抗，那麼這世上就沒有我爹，也就不會有我了。」

趙彩鳳方才還是滿腔的怒意，可聽了宋明軒這柔軟的話語，心情似乎也平靜了不少。其實宋明軒說的道理她何嘗不懂呢？別說是在古代，就是在現代，法律對男人的保護也是多於女人的。趙彩鳳嘆了一口氣，開口道：「算了，你說的有道理，皇帝不急，我這個當太監的急什麼呢？只是苦了孩子啊……」趙彩鳳最近回鄉下和寶哥兒接觸多了，也頗有一種母愛氾濫的感覺，往宋明軒的懷中又靠了靠，蹙眉道：「那怎麼辦？那這事我們不管了？就任由郭老四這樣胡作非為了？這種人就算做了官，那也是個敗類啊！」

宋明軒擰眉想了想，一時也沒想到什麼辦法，便開口道：「我聽說郭老四也在玉山書院就讀，等我去了書院後，我會會他，看看他究竟是個什麼樣的人？」

趙彩鳳見宋明軒說得一本正經，不禁撇撇嘴道：「什麼人不人的？他壓根兒就不是個東西，是個畜生！」

宋明軒今兒是第二次見趙彩鳳爆粗口了，忍不住瞟了一眼懷裡看上去嬌滴滴的媳婦兒，心下戚戚然，這別人家的男人犯錯，她都能義憤填膺成這樣，這要是自己有些錯處，可不得日日夜夜的跪搓衣板了？宋明軒想到這裡，忽然覺得後背涼颼颼的，忍不住打了一個哆嗦。

在宋明軒懷裡的趙彩鳳感覺到了他的異樣，抬眸看了他一眼，問道：「相公，你怎麼了？」

宋明軒回過神來，忙不迭地開口道：「沒、沒什麼！這會兒夜深了，有點涼了。」

卻說自那日翠芬被害之後，這討飯街上終究還是傳出了點閒言碎語，趙彩鳳和宋明軒兩人雖然守口如瓶，但人家余奶奶平素就靠這些娛樂八卦活著，總不能也讓她把嘴堵起來吧？

這幾日店裡頭生意頗好，每日一早趙彩鳳就和楊氏兩人去店裡幫忙，直到巳時兩人才往回趕，先去菜市口買了菜，再回家張羅午飯，等吃過了午飯，楊氏才拎著飯菜，到廣濟路給老倆口送飯過去。

這日，宋明軒正巧帶著趙武去了劉家，趙彩鳳見兩人還沒回來，就知道必定是劉家人留了他們吃午飯，便讓楊氏稍微炒了兩個菜，先給楊老頭他們送過去，自己在家裡等著宋明軒他們回來。果然過了午時，宋明軒才帶著趙武從外面回來，身後還跟著一個提著大包小包的小廝。趙彩鳳忙不迭就迎了出去，見趙武拉長著一張臉，只當是這事情沒成，正想安慰兩句呢，卻聽宋明軒開口了。

「今兒杜太醫帶著他們家的小少爺一起來的，見了小武喜歡得緊，小武又懂事，帶著小少爺玩得很好，所以杜太醫說了，讓小武住到杜家去，和小少爺同吃同睡。他們家原先有兩個書僮，只是唸書都不上心，皮得很，正想找一個唸書好的。」

趙彩鳳聽了這話，又見趙武那皺成一團的小臉，忍不住笑了起來，道：「這下好了吧，你這猴子頭的性子，能裝得了一天乖巧，看你還能裝上幾個月幾年的？」

趙武聽趙彩鳳這麼說，滿臉鬱悶地道：「是姊夫說的，見了那些人都要恭敬守禮，不可大聲喧譁，不然他們就不收我去他們族學了，所以我才處處憋著的。至於那個小少爺，大姊妳沒瞧見，長得可好看啊，跟個白粉團子一樣，我就是好奇才跟在他後面多看了幾眼而已，哪裡有帶著他玩了？」

趙彩鳳見趙武的唸書問題終於搞定了，心中也落下一塊大石頭。在古代要得到良好的教育，真是一件要求爺爺、告奶奶的大事，像宋明軒這樣天資聰穎，憑藉自學都能考上解元的，那真是算鳳毛麟角的了。

趙彩鳳回屋裡拿了一些乾果送給替他們搬東西的小廝，把人送走之後，這才關門折了回來，掃了一眼放在石桌上劉家送來的東西。除了幾樣吃食之外，都是一些緞面布疋，還有用布條捲起來的一捆蠶絲，瞧著總有一斤來重。趙彩鳳用手掂了掂，笑著道：「這下好了，這些都夠一家人做上一件棉襖了。」眼下天氣冷了，早晚穿著夾衣已經有些讓人瑟縮難耐了。趙彩鳳瞧了一眼宋明軒身上略顯陳舊的長袍，和趙武身上看著明顯短了一截的小褂子，開口道：「最近天氣冷了，是時候要給你們趕製冬衣了！」

入了秋，天色晚得早，楊氏午後送了飯菜過去，楊老頭便不讓她再幫忙夜市了。楊氏在店裡頭把午市用過的碗筷都洗乾淨了，申時末刻就回了家裡。趙彩鳳早已經做好了晚飯，楊氏瞧見客堂裡桌上堆著的東西，便知道又是劉家送的。

趙彩鳳把趙武上學的事情和楊氏說了一聲，楊氏臉上頓時就露出笑來，一個勁兒地道：「怎麼就讓我們遇上了這樣的好事？那以後小武跟著杜家的少爺，這眼界、氣派，肯定比一般村裡的娃兒強多了！」

宋明軒笑著道：「劉公子小時候就是王府少爺的書僮，如今學問也比那少爺好了不少。」

楊氏一邊點頭，一邊嘆息道：「這如何是好？得了他們家這麼多的恩惠，倒是讓我不好意思了。明軒啊，你瞧著劉家有什麼東西缺的，我也好準備了，給他們送些過去。」

宋明軒擰眉想了想，搖頭道：「倒是沒瞧見他們家缺什麼。我心裡也是過意不去，劉夫人只說，等我和八順兄弟去了書院後，讓我好好照顧著他。」

楊氏蹙眉又想了半晌，也確實覺得家裡沒啥拿得出手的東西，想想便作罷了，瞅著桌上那些面料，問道：「你們什麼時候去書院？彩鳳，這幾日妳也要幫明軒整理整理行李了，知道不？」楊氏賢良習慣了，對趙彩鳳的要求也是一切以男人為中心，逼著她往賢妻良母的道路上走呢！

趙彩鳳聽了，忙開口道：「平常的東西都整理得差不多了，還差兩件冬衣，我瞧著今兒劉家送來的緞面還有蠶絲，倒是可以給一家人都添一件冬衣的，只等著娘回來，幫我們畫了樣子，好裁剪了趕工呢！」

楊氏聞言，笑著道：「妳又會做冬衣了？誰不知道當初明軒那一件喜服還是他偷偷摸摸替妳縫的呢！」楊氏嘆了一口氣，終究是自己的閨女自己心疼，所以她瞧見了也沒和許氏吱聲。「東西放著吧，吃了晚飯我們一起裁剪，我教妳怎麼做。這冬天的衣服都是雙層的，上錯了袖子可就穿不進去了。」

趙彩鳳一個勁兒地點頭，趕緊收拾了東西，一家人吃了起來。

如今一家人的生活算是穩定了，趙彩蝶的伙食也改善了不少，每日除了有米粉、麵條吃，還有一碗雞蛋羹。趙彩蝶雖然瞧著年紀小，可骨子裡精著呢，瞧見趙武吃飯慢了點兒，便把自己跟前的雞蛋羹推到了趙武面前，道：「三哥，小蝶吃飽了，這個給三哥吃！」

趙武嚥了嚥口水，想了想，把頭搖得跟撥浪鼓一樣。「不行不行，這都是小孩子吃的東西，我已經是大人了，不吃這個！」

楊氏見了，笑著道：「還大人呢，個頭比這桌子高不了多少。你妹妹留給你吃的，你就吃吧！」

趙彩鳳瞧著，有些不好意思，急忙道：「是姊不好，咱小武也還沒長大呢，明兒開始姊晚上蒸兩個雞蛋，你們一起吃！」

趙武聽了這話，越發不好意思了，紅著臉道：「那我就明兒晚上再吃好了，小蝶妳快吃吧，涼了不好吃！」

也許是古代人營養不良的原因，趙武今年都九歲了，可瞧著卻跟現代五、六歲的孩子差不多高，坐在凳子上，腦袋也只剛剛露出桌面，趙彩鳳想到這裡就又想起自己這矮冬瓜一樣的身材了。都十五了，還如此之嬌小，也不知道還能不能再長些個子？趙彩鳳雖然沒有量過自己的身高，但目測一下，自己大概也就只有一百四、五十公分的樣子。

雖說十五歲並非已到了不長個子的時候，可她畢竟已經月經來潮了，往後能長的空間就少了很多，況且最近和宋明軒敦倫的次數也確實有些多，白日裡她就算不做什麼，也總覺得渾身沒什麼力氣，走路都軟綿綿的，沒有往日風風火火的樣子。

楊氏其實也瞧見了趙彩鳳這些變化，可她只當是趙彩鳳如今嫁人了，知道收斂了，所以行為舉止也比以前更柔和了些。作為男子，誰不希望自己的媳婦溫婉如水？更何況楊氏篤定趙彩鳳將來是要當官太太的人，所以這樣也沒什麼不好的。

眾人吃過了晚飯，楊氏去灶房收拾了東西，趙彩鳳便在客堂裡頭翻找面料。

趙彩鳳把那些面料一塊塊地鋪在了桌面上，拉著兩個小的問道：「彩蝶喜歡哪一塊？自己選一個。小武，你選兩個，你要去杜家唸書，穿得太寒酸可不行。」

趙彩蝶興高采烈地選了一塊粉色的；趙武選了一塊月白的，還有一塊寶藍色的。趙彩鳳默默點頭，心道這兩個孩子的審美觀到底還是正常的。

趙彩鳳原本是想拉著宋明軒出來自己選的，可宋明軒愣是不肯，只說趙彩鳳做什麼他就穿什麼，趙彩鳳於是笑著道：「我可不會做什麼棉襖，讓我做，我就只會做一條棉被，你直接裹在身上就好了。」

宋明軒聽了，隨口道：「若真是棉被，那我要把妳一起裹在裡頭！」

趙彩鳳聞言，頓時就紅了臉。宋明軒現在真的是越來越色了，偏生他是個讀書人，罵人不帶個髒字，耍流氓也不帶個色字。趙彩鳳便假作生氣地道：「要裹你自己裹，我可不耐煩和你裹一張被子！」

宋明軒原本只是隨口一語，哪裡有什麼別的意思？可見趙彩鳳這樣紅著臉數落自己，頓時也就品出了幾分深意，不禁脹紅了臉道：「娘子，我……我沒有那個意思……我的意思是……只要、要是娘子做的東西，便是一條棉被，也要……也要和娘子一起……一起……」

趙彩鳳見他那支支吾吾的樣子，也知道是自己想多了，噗哧一聲笑了出來。「一起什麼啊？你就不能少說兩句嗎？每次都撩騷，把我弄得火燒火撩的，你就高興了？天那麼冷，動兩下被窩都漏風了。幸好你就要去書院住了，再被你折騰幾天，我可受不住了！」

宋明軒聽了這話，自責得要死。其實他最近已經刻意不怎麼去想這事情了，但畢竟年紀輕，兩人又是新婚燕爾的，晚上被窩裡悄悄話說了幾句，就會忍不住動手動腳了起來，撩了火不燒一把，又總覺得不盡興。不過趙彩鳳說得沒錯，最近確實天氣冷了不少，這稍微動一下，被窩裡頭就透風，身上冷了，只能再賣力地動，這樣才能稍微熱一點。

「娘子……」宋明軒瞧著趙彩鳳紅撲撲的臉頰，忍不住將她抱在懷中，認錯道：「娘子，此去玉山書院，要到年末才能回來，娘子也可以好好養身子了。」

趙彩鳳其實也沒有怪宋明軒的意思，畢竟那事情你情我願的，這會兒聽宋明軒這麼說，到底有些不忍心。這會兒才九月中旬，到年底還有兩、三個月的時間，小夫妻才熱呼了幾天就要分開那麼長時間，還真是讓人有些捨不得呢！

趙彩鳳想了想，便抱著宋明軒的耳朵咬了起來，小聲道：「那等你去書院的前一晚上，咱們再來一次，這幾日先讓我歇歇……」

趙彩鳳在宋明軒懷裡賴了好半天，楊氏已經在外頭裁好了衣服，趙彩鳳出門看了一眼，見桌上已分好了一堆堆裁剪好的面料，數來數去數量是對的，可瞧著那顏色似乎不大對勁。

楊氏知道趙彩鳳是個聰明人，也沒打算瞞著她，開口道：「我給妳二弟還有錢大叔也都裁了一件棉襖，不過這棉襖做起來費功夫，我先把明軒和老三的趕出來。」

趙彩鳳頓時就明白了，笑著開口道：「娘啊，相公的那件我自己做，明兒我就跟著余奶奶學去。實在不行就請余奶奶幫個忙，咱送些東西給他們家，也是一樣的。」

楊氏笑著道：「妳要是願意學，那是最好不過的。娘不是說妳，但這女人家要算賢慧，會掙錢還是其次，主要還是針線要好。家裡頭男人出門，別人上下看一眼，就能把妳看出個子丑寅卯來了。明軒這麼爭氣，妳也不能讓他出去丟了面子，妳說是不是？」

楊氏平常瞧著溫順得很，可這話說出來，趙彩鳳還真是沒話反駁她了。賺銀子讓宋明軒穿好的那自然重要，可眼前銀子不湊手，看來還是得委屈一下自己的十根手指頭了。

趙彩鳳緊趕慢趕地熬了幾夜，總算在宋明軒臨走之前把棉襖給做好了。雖然針腳還有待改善，但宋明軒穿上之後，能抬得起手、伸得直腿，就說明應該沒有什麼特別離奇之處。趙彩鳳連宋明軒試衣服都懶得看，只覷著眼睛，洗洗就上床睡覺去了。

宋明軒試過衣服之後就脫了下來，爬上床，自身後把趙彩鳳給抱住了。

趙彩鳳睏得跟狗一樣，感覺到身後有個熱呼呼的東西靠過來，正好她熬夜做針線，這幾天手指凍著呢，便下意識地一把抓住了那暖物，挲摩著當湯婆子用。

宋明軒頓時就僵直了身子，在趙彩鳳耳邊輕輕吐出一口熱氣。

趙彩鳳暖了兩下手後，睏意來襲，閉上眼睡去了。

宋明軒翻了個身，任由下身那地方一柱擎天地高聳著，瞧著趙彩鳳的睡顏，終是沒忍心再去吵醒她，只伸手把她攬入懷中，親了兩口就睡下了。

第二天一早，劉家那邊就派了人過來，說是劉八順已經在外頭馬車上等著了。

趙彩鳳拎著包裹，把宋明軒送到巷口，就瞧見兩輛馬車停在路口處，劉八順正站在馬車邊上。

見了兩人，劉八順迎上前，笑著道：「嫂夫人，宋兄就交給我好了，嫂夫人一切放心！」

這時候，另外一輛馬車裡傳出了一句嗔怪聲，笑著道：「還不知道誰照顧誰呢！這才過了多久，你就忘了你在貢院裡怎麼坑宋大哥的了？」

劉八順聞言，臉色脹得通紅，一時卻也無言以對。

趙彩鳳聽見是錢喜兒的聲音，知道她是故意開玩笑，笑道：「他們這一對難兄難弟也算有福分了，還都能高中，可不就是命中注定的緣分？」

錢喜兒聽了，笑著挽起了簾子，探出頭來道：「彩鳳，妳先別回去了，跟我出去逛逛。」

送走了宋明軒，趙武也去了杜家的族學，趙彩蝶又在余奶奶家玩，因此趙彩鳳想了想，開口道：「那我回去跟鄰居說一聲，一會兒我娘回來了，別到處找我。」

趙彩鳳回家換了一身衣服，跟余奶奶打過招呼，等出門的時候，宋明軒和劉八順已經走了，趙彩鳳心下有些傷神，這才分開呢，就開始掛念了。

錢喜兒見了，便開口道：「宋大哥說，一會兒瞧見妳出來，他又要捨不得了，所以乾脆沒等妳出來就走了。」

趙彩鳳見錢喜兒看穿了自己的心思，不禁有些羞怯，忸怩地道：「哪有什麼捨不得的？就他事多，妳和八順還不是一樣嘛！」

錢喜兒知道趙彩鳳和宋明軒正是新婚，肯定跟自己和八順是不一樣的，但見她這樣羞澀，也不好意思再說了，岔開話題道：「眼看著就要入冬了，大姑奶奶喊了我去寶育堂，給夫人熬一些固元膏，順便也熬一些自己調理一下，我也替妳熬一份。」

固元膏這個東西，趙彩鳳在現代也是知道的，那可是很值錢的東西，老北京同仁堂一罐子得賣不少錢。不過趙彩鳳在現代很健康，且她自己又是個法醫，雖說不替人看病，但也是屬於西醫類別的，所以對這些中藥滋補的東西沒怎麼關注過，如今聽錢喜兒這麼說，倒也有興趣過去看看，不過這東西貴，白吃人家的總是不好，所以便推辭道：「東西我就不要了，我瞧著自己挺好的，平常癸水也算準時，且不痛不癢的，這身子骨應該是健康的吧？」

錢喜兒聽趙彩鳳這麼說，上下打量了她幾眼，笑著道：「妳身子好不好我可看不出來，得要店裡的大夫瞧了才知道，不過我自己倒是清楚。我原本也以為自己的身子是好的，結果給大姑爺把過了脈，才知道自己身子不好。前幾年我跟妳一樣，又瘦又矮的，後來還是吃了大姑爺開的藥方，這個頭才長了起來，身子也比以前更結實了。說來也奇怪，八順也想要長高些，大姑爺卻說那藥他吃不得。」錢喜兒說完，噗哧地笑了起來，稍稍挽起簾子看了一眼。

外頭已是深秋天氣，有一絲涼風鑽了進來，錢喜兒身邊的丫鬟見了，忙開口道：「姑娘快別挽簾子，外頭風大，仔細灌了風著涼！」

趙彩鳳被那風一吹，也冷得打了個哆嗦。因為這幾日急著給宋明軒和趙武趕冬衣，所以她和楊氏都沒空出手來給自己做衣服。趙彩鳳在現代的時候很抗凍，大冬天穿一件保暖內衣加羊毛大衣就能抗過去了，可到了古代，這功能就徹底喪失了，這時候一哆嗦起來，身子就抖得跟得了帕金森氏症似的。

錢喜兒見了，忙開口道：「妳出門也沒帶件披風，如今雖說還沒到穿夾襖的時候，但是外頭風大，拿披風擋一擋總是好的。」

趙彩鳳也知道現在還沒到穿棉襖的時候，可耐不住自己冷啊！她笑著道：「我也不知道為什麼，感覺自己比以前怕冷了。」

那丫鬟見聞，笑著裝作一本正經地道：「這要是被大姑爺聽見了，肯定會說彩鳳姑娘畏寒怕冷、氣色不好，一定是哪裡哪裡有病，要好好調理！」

錢喜兒也被那丫鬟給逗樂了，笑道：「妳又知道了？妳這一天三、四回地提大姑爺，我也算明白了，妳定是看上大姑爺了，改明兒我就跟大姑奶奶說一聲，讓她把妳帶去杜家！」

那小丫鬟聽了，一臉鬱悶地道：「好姑娘，我錯了還不成？大姑爺除了大姑奶奶，連個妾室也沒有，奴婢就算有賊心，也沒有人要呀！」

趙彩鳳聽了，也哈哈地笑了起來。對於這劉七巧「送子觀音」的名號，她雖然早有耳聞，奈何一直都沒有緣分見一面呢！

三人又閒聊了片刻，便已來到了寶育堂的門口。聽說這寶育堂原先是公主府的一個別院，後來劉七巧在水月庵結了善緣，出家為尼的大長公主便把這裡送給了劉七巧開寶育堂。這對大雍來說，是一件極好的事情。據說寶育堂開業至今，已經迎接了上萬個新生命了，就連宮裡頭的貴人也都樂意在她這邊生產。生意能做到這分上，真是讓人佩服啊！

趙彩鳳想了想自己的小麵館，心裡又鬱悶了幾分，貨比貨得扔，人比人得死啊！她高考時一定是腦抽了才會填寫什麼法醫專業，如今他媽的連個死人也難見到！

錢喜兒引了趙彩鳳下車，兩人一同進了大門，繞過影壁，就瞧見外院的三間正房門口搭著一間抱廈，抱廈裡早已坐滿了看診的病人，門口還站著一排人，個個伸著脖子往裡面看。

這時候，裡頭出來一個年輕男子，對著門外排隊的人喊道：「今天的號滿了，後面沒排到號的，明天趕早！五十號後頭的人，用過午膳再來，早上看不到了！」

趙彩鳳看著這架勢，心道這可一點兒都不比現代的名醫門診差啊！

錢喜兒拉著趙彩鳳從邊上繞了過去，笑著道：「熬固元膏在後面，今兒也不知道大姑爺在不在，若是休沐的日子，他也會過來看診的。若是他不在，我也不敢讓胡大夫給妳開後門，被大姑奶奶知道了，是要罵的！」

正這時候，忽然有一個看著二十三、四的年輕媳婦從遠處走過來，瞧見錢喜兒，便滿臉堆笑地道：「妳今兒怎麼過來了？家裡頭沒事嗎？」

那人說話爽朗，看著就是一個能幹的人，見趙彩鳳站在錢喜兒身邊，略略掃了一眼，還沒發問，那邊錢喜兒已經向她介紹了起來。

「姊，這是宋舉人的娘子，我跟妳提過的，彩鳳。」

原來這打招呼的人正是錢喜兒的姊姊，原名叫大妞，後來跟了劉七巧改了名字叫紫蘇，是這寶育堂的管事媳婦之一，如今大家都稱她春生家的。

紫蘇又打量了趙彩鳳一眼，笑著道：「妳們今兒來巧了，大爺和大奶奶都在呢！不過奶奶進去給人接生了，只怕沒有一、兩個時辰出不來，大爺在前頭看胡大夫的醫案，我帶妳們進去。」

錢喜兒一聽，眼珠子頓時亮了起來，笑著道：「那太好了，上回大姑爺給我開的那藥，我想讓彩鳳也吃些呢！」

紫蘇聽聞，笑著道：「藥可不能亂吃，得對症才行。我帶妳們進去，妳找大姑爺給彩鳳妹子瞧一瞧，我看著她的氣色確實不大好。」

趙彩鳳也知道自己最近氣色不好，大抵是趕冬衣給趕的，打了個哈欠道：「最近睡得少，人總是有些睏頓，興許補兩日覺就好了。」

錢喜兒哪裡知道趙彩鳳這是每日趕冬衣趕的，她只知道趙彩鳳和宋明軒新婚燕爾的，她雖還沒過門，可那些事情多少還是知道一些的，聽趙彩鳳這麼說，嚇了一跳，壓低了聲音問道：「彩鳳，宋大哥晚上都不讓妳好好睡覺嗎？」

趙彩鳳這次可沒往那地方想，隨口道：「也不能怪他，這不急著要嗎？」

錢喜兒聽了，內心暗自崩潰，這看似溫文爾雅的宋舉人，原來在房事上居然是這樣……厲害的？

趙彩鳳見錢喜兒臉色都變了，不禁細細品味了一下她們方才的對話，內心頓時如草泥馬一樣狂奔而過，哭喪著臉道：「喜兒，是冬衣……急著要，趕了幾個晚上了……」

錢喜兒聞言，頓時脹紅了臉頰，兩人各自一副無辜的表情，最後都忍不住笑了起來。

寶育堂的診室裡頭瀰漫著淡淡的藥香，雖然外頭還排著上百號的病患，可這診室裡卻是靜悄悄的。幾個大夫都有自己獨立的診室，隔成了小的隔間，各自詢問著病人的狀況。

杜太醫的手從趙彩鳳纖細的脈搏處移開，神色自若地掃過趙彩鳳稍顯不安的臉上，開口問道：「宋夫人最近癸水可準？」

趙彩鳳被問起這個，擰眉又想了片刻後，開口道：「前幾個月還算準，這個月大約也就這幾日了。」趙彩鳳說完，心下就湧起一股淡淡的不安來。雖然她知道什麼時候是安全期、什麼時候是排卵期，但這半個月來，她和宋明軒的次數確實多了些，儘管有好幾次到了最後的關頭，趙彩鳳都讓宋明軒射在了外頭，可是，高粱地和洞房的那幾次，還是在裡面……趙彩鳳想起這個就嚇出一身冷汗來。也怪自己太疏忽了，總覺得如今才十五歲，這身子也沒發育正常，說起來也不可能一下子就中了的？

杜太醫稍稍點了點頭，神色越發嚴肅。

趙彩鳳不禁跟著提心吊膽了起來，小心翼翼地問道：「杜太醫，我的身子沒什麼事吧？」

杜太醫微微一笑，顯得俊秀儒雅，淡淡地開口道：「這個要問宋夫人自己呀，人的身子，自然是自己最清楚的。」

趙彩鳳這下是真的急了，看病就看病，打什麼啞謎呀？難道真的有了？趙彩鳳覺得自己已經坐立不安了，擰著眉頭道：「我、我覺得還好，沒什麼不對勁的地方。」

杜太醫瞧見趙彩鳳的臉都有些紅了，也不再賣關子了，提起筆來，低頭一邊寫醫案一邊道：「宋夫人最近可是有些畏寒？」

趙彩鳳正想回答，那邊錢喜兒聽了，已搶先開口。

「是呢，方才過來的路上還說冷！不過這天氣是挺冷的，她穿得也有些單薄了。」

杜太醫又點了點頭，蘸飽了墨水的筆便唰唰地寫了起來。

趙彩鳳好奇地瞥了一眼，見上面寫的是：恣情縱慾，腎精虛損，腰疫、四肢發冷、畏寒……這這這……這上面寫的每一點，不都是自己的真實寫照嗎？趙彩鳳的臉頓時就紅了，鬱悶地看了一眼杜太醫，見他面色自若，似乎早已經習慣了一樣，她不禁嘆了一口氣，心道：這兒是看婦科病的，杜太醫只怕對我這種症狀早已經瞭若指掌了。

杜太醫開完了藥方子後，遞給了一旁的小廝，開口道：「找掌櫃的抓藥去。」

錢喜兒聞言，忙問道：「大姑爺，彩鳳病得不嚴重吧？」

杜太醫笑著道：「不嚴重，吃一、兩個月的藥，養一養也就回來了。正好宋舉人和八順去了書院，宋夫人也可以好好養身子了。」

趙彩鳳聽了這話，簡直恨不得找個洞鑽進去得了！

一旁的錢喜兒聽了，先是愣了一下，隨後方笑著道：「果然是能好好養一養了！」

不多時，小廝就抓了藥過來，趙彩鳳拿了荷包要付銀子，卻被杜太醫攔住了。

「妳是七巧的老鄉，銀子就免了吧。牛家莊和趙家村就在隔壁，稱老鄉也不為過了。」

趙彩鳳有些不好意思，便開口道：「杜太醫，我家在廣濟路開了一家麵館，你家在廣濟路上也有一家藥鋪，以後讓你們夥計到我家麵館吃東西，我打半價。」

杜太醫笑著道：「那敢情好，上次去巡店，就聽說廣濟路上開了一家雞湯麵館，手藝相當不錯，看來就是你們家的店了？」

趙彩鳳笑著道：「正是。拉麵師傅是我姥爺，他做了幾十年的拉麵，那麵條你想要多細就多細、想要多粗就多粗！」

錢喜兒聽了，也忍不住嚥了嚥口水道：「被妳這麼一說，我都覺得嘴饞了。」

趙彩鳳便道：「這會兒也快晌午了，不如這樣，我帶妳去吃一碗麵。平常我們店裡也是有女客的，都在裡頭的天井裡吃，清淨得很呢！」

錢喜兒頓時就來了興致，點頭道：「那好，我今兒就偷偷地在外面吃一頓！」

兩人拿了東西出來後，便讓趕車的送到了廣濟路上的店鋪裡頭。

這時候午市剛開，鋪子裡已經坐了不少人。

楊氏瞧見趙彩鳳拎著幾帖藥下來，嚇了一跳，忙不迭地迎上前問道：「彩鳳，妳這是怎麼了？難不成……」楊氏頭一個就想到趙彩鳳是不是有喜了？因此急著把她拉到天井裡頭問了起來。「彩鳳，妳是不是有了？」

趙彩鳳一時也不好意思說，自己不但沒有，反而還落下個腎虛的毛病，真是羞到姥姥家了！

錢喜兒見楊氏緊張，便笑著道：「大娘妳別著急，彩鳳沒有懷上。我家大姑爺說，她如今身子有點虛，也不適宜懷孩子，開了幾帖藥讓她好好調理調理，大娘想抱外孫，還要等些時日了。」

楊氏聽了，恨不得謝天謝地了。她也不想趙彩鳳這時候懷上孩子，一來年紀小、身子弱；二來嘛，宋明軒也沒辦法好好唸書。這要是兩頭耽誤了，那真是得不償失了。

「那敢情好！不瞞妳說，咱彩鳳要是也有妳這個身材，便是懷上了我也不擔心，可是妳瞧瞧她，這都是個小媳婦了，還跟個孩子一樣呢！」

趙彩鳳聽楊氏這麼說，還有些不服氣呢，她雖說個子不高，可這胸口的兩坨肉，還是很能分辨出性別的！

錢喜兒聽了，笑著道：「我前幾年也跟彩鳳一樣，就是吃了我家大姑爺的藥才好的，大娘妳儘管放心好了。等宋大哥考中進士的時候，彩鳳的身子也好了，到時再生個胖娃娃，就一門雙喜了。」

趙彩鳳聽了這話，臉就更紅了，嗔了錢喜兒一眼道：「妳瞧瞧，妳還是個大姑娘呢，就這麼不害臊了，整日裡胖娃娃、胖娃娃的，改明兒告訴妳家八順去！」

錢喜兒聞言，急得就要來搗趙彩鳳的嘴。

楊氏便笑著出門張羅生意去了。

趙彩鳳的藥喝了一個多月，楊氏給全家做的冬衣也總算做好了。

其間趙彩鳳也沒有閒著，給許氏、陳阿婆還有寶哥兒各做了一件棉襖，雖然針腳還是一如既往的粗糙，可裡頭的棉花倒是揣得貨真價實的多。因為絲綿有限，所以只有孩子們的棉襖裡頭揣著的是蠶絲，大人們一律都是用棉花夾著點蠶絲做的，手感比蠶絲做的棉襖硬一點，但棉花是今年剛收成的，所以穿著也暖和。

許氏從李全手裡接過這幾件棉襖的時候，眼眶都紅了，一個勁兒地問道：「他們小倆口可好呀？鋪子裡的生意好不好？」

李全笑著道：「明軒倒是沒瞧見，不過彩鳳看著氣色不錯，比之前圓潤了些。麵鋪的生意那叫一個好啊！如今天冷了，吃一碗熱呼呼的雞湯麵，京城裡頭的大老爺們就好這一口！」

許氏聽了也就放下了心來。

陳阿婆前些日子收到了宋老爺簽下的放妻書，心情也好得很，如今走起路來都覺得腿沒那麼跛了，聽說趙彩鳳捎了東西回來，放下手裡的玉米棒子，牽著寶哥兒出去瞧去。

陳阿婆摸著緞面做成的棉襖，一個勁兒地道：「我老婆子活這麼久，還沒穿過這麼暖和的棉襖呢！」

許氏拿著寶藍色的小棉襖在寶哥兒身上比了比，笑著道：「彩鳳這針線活的手藝是不怎麼樣，可難得的是那孩子有這片孝心！」

陳阿婆直點頭道：「可不是？我們家要是沒彩鳳，這日子怎麼過喲！」

李全見兩人都高興得很，便又接著道：「彩鳳說了，讓妳們今年在家別準備年貨了，等他們院裡的倒座房建好了，接妳們和寶哥兒一起去過個團圓年。」

趙彩鳳和宋明軒走的時候，雖然也提起過這件事，可許氏並沒有往心裡去。想想趙家的日子也不好過，租的房子定然也是簡陋得很，她哪裡還好意思說要過去呢？可如今見李全又來傳話，也知道趙彩鳳並不是說著玩的，便笑著道：「那敢情好！他叔，你別著急走啊，我家裡剛磨了玉米粉，你下次去時幫我給他們帶過去。」

李全開口應了。「東西我不急著拿走，等哪天我要上京去了，只在門口喊一聲，嫂子妳再把東西裝上就行了。」他這陣子沒有經常往城裡跑了，因為八寶樓的徐大廚回了老家，沒了鎮店的八寶鴨，樓裡的生意是一落千丈，所以李全送菜的次數明顯少了很多。好在他年輕有幹勁，如今手裡頭的田地又多，因此又開始聯繫別的酒樓送菜，等過陣子穩定了下來，這日子就又能過得紅火起來了。

許氏一個勁兒地點頭。

李全又問道：「對了，這兩日我不在村裡，大嫂妳可知道錢木匠在不在家？」

許氏點頭道：「在呢！前兩天我瞧見他帶著趙家老二才回的村，你去他家看看。」

李全去找錢木匠的時候，就見錢木匠正在院子裡殺前幾天獵回來的一頭獐子和幾隻野兔，還有幾隻野雞早已經收拾妥當了，在院子裡的竹竿上掛著；趙文正在刨木頭，動作有些生疏卻很認真。

錢木匠見李全過來，忙洗了一把手，招呼他到裡面坐。

李全就著院子裡的小凳子坐了下來，也沒先開口，看了一眼一旁認真幹活的趙文，玩笑地道：「以前我說把我家大虎送來給你當學徒你還不要，如今趙家老二你倒是教得歡實啊！你也夠能耐的，有這個耐心。」村裡人誰都知道趙文腦子不好，並不把他當正常人來看，可如今李全看在眼裡，發現趙文確實比以前能幹了許多，雖然見了陌生人還是膽小愣怔，但比起以前唯唯諾諾的樣子，已經不知好了多少。況且如今瞧他刨木頭的樣子，還真有些架勢了。

錢木匠聽李全這麼說，嘆了一口氣道：「我也沒別的啥能為趙大哥做的了，想當年，這宅子的地還是趙大哥幫忙才搞到的，不然我一個外鄉人，哪兒住去？」

李全忍不住又問道：「你說你家在餘橋鎮，怎麼就不回去呢？家裡頭一個親人都沒了嗎？」

錢木匠遲疑地點了點頭，有些欲言又止地開口道：「……沒了。」說到這裡，錢木匠便轉了話題。「你今兒過來，有什麼事嗎？難不成是專程過來串門的？」

李全笑道：「聞到你這院子裡的肉香就過來了。怎麼，又打了獵物打算過大年了？」

錢木匠笑道：「眼看著天就要冷了，再過幾天沒準還要下雪，到時候這獵物可不好找了，所以趁這會兒先備上一些。再說了，年輕人要吃點肉才長力氣。」說著便看了眼趙文。

李全點了點頭，這才把趙彩鳳的話說給了錢木匠聽。

原來討飯街上小院裡的倒座房已經快建好了，如今剩一些木工活需要請人。楊氏心裡自然是想請了錢木匠的，只是她不敢說，再者楊氏也想念趙文，畢竟也有好一陣子沒見了。

趙彩鳳知道楊氏的心思，便偷偷地給李全傳了一個口信，讓他回村問問錢木匠，若是他願意來呢，那就過來；若是不願意，也不勉強人。

李全又道：「肯定是趙家嫂子想老二了唄！你要是願意去，那就過去，要是自己去麻煩，那就等幾日我帶你們去，你看著辦吧。要是不去，你也給句準話，我也好回了人家。」

錢木匠擰眉想了想，一時間也無法下定決心。

那邊李全又開口道：「其實要我說，你和趙家嫂子湊一對得了！錢大嫂都去了十幾年了，趙家嫂子如今也出了孝。不是我說，趙家嫂子年輕的時候，模樣也挺好的，雖然比起錢大嫂似乎差了些，可人賢慧啊──」

李全的話還沒說完，錢木匠便低下頭，沈聲道：「去就去吧，只是你再別提這事了，我一個大老粗沒關係，趙家嫂子的名聲要緊。」

李全見他應下了，拍了拍他的肩膀，眉開眼笑地道：「也不懂你彆扭個啥，白得了一個舉人女婿還不樂意？你瞅著吧，你這會子把人往外頭推，後面還不知道有多少人排著隊呢！」

錢木匠聽了這話，驀地覺得臉上熱辣辣起來了，有些不好意思，便伸手從一旁的竹竿上拎了一隻野雞下來，扔到李全的懷裡道：「堵起你的嘴來，少胡說八道的！」

# 第三十五章

越靠近年關，別的生意都冷清了下來，這麵鋪的生意倒是越發地好了，這幾天趙彩鳳和楊氏都在店裡頭幫忙。

趙武在杜家當書僮，那叫一個舒服，趙彩鳳和楊氏每隔十來天去看他一眼，只說他個子高了，人也胖了。杜家的老太君也很喜歡趙武，零嘴吃食也不知道賞了多少。

這日，楊氏去探視趙武，還被老太君給請了進去，閒聊了許久才出來，原本是去給趙武送東西的，結果反倒被杜家給送了一堆東西回來，楊氏自己都覺得不好意思極了，便對趙彩鳳道：「下回還是妳去好了，我估摸他們見我們莊稼人窮苦，什麼都要讓我往家裡帶，我都不好意思了。」

趙彩鳳瞧了一眼，其實也就是一些日常小吃，還有幾件尋常不穿的衣服，並沒有什麼值錢的，便笑著道：「一定是娘人緣好，杜家老太太才喜歡妳的。我以前聽喜兒說，這杜家老太太最不喜歡的就是鄉下人，為了這個，杜太醫和劉家大姑奶奶沒少受罪，差點兒就沒能成，後來還是靠著太后娘娘賜婚才成的呢！」

楊氏聽得一愣一愣的，她一個鄉下人，到如今見過最大的官也不過就是縣太爺梁大人，聽了這話便開口嘆道：「那劉家大姑奶奶怎麼就那麼能耐呢?咋就能讓太后賜婚呢？」

趙彩鳳聽了這話也很不是滋味，心道：難不成這劉七巧也是穿越來的？如今她自己還在為填飽肚子而奮鬥，而劉七巧卻已經走向了事業的巔峰，成為人生贏家了，她就是邁開步子追，怕也是追不上啦！唯一的希望便是宋明軒好好努力，爭取早日高中進士，讓她當上官太太，也好妻憑夫貴一回了。

「娘啊，人比人得死啊！咱還是不想這些了，快把東西放下來，我們準備準備開午市吧！」

楊氏把東西放到了裡頭的小房間裡，出來的時候見趙彩鳳正在幫著楊老頭揉麵團。

趙彩鳳個子矮、力氣小，拉麵學了有兩個月了都沒能拉得起來，為此還苦惱得要命。其實她也不是拉不起來，只是自己這臂力，一次只能拉一碗麵，工作效率實在是太低了。

楊老頭這會兒正坐在一旁休息抽旱煙，一隻手扶著腰，蹙眉道：「老了，年紀大了，不頂用了。」

趙彩鳳便笑著道：「姥爺您歇一會兒，這會兒客人還沒來呢！門口的告示我都貼出去了，招學徒，包吃包住，每月一兩銀子，年底還有分紅呢！」

趙彩鳳自認自己這個條件開得很好，在古代，當學徒基本上是沒錢的，不光沒錢，還要服侍師父呢！趙彩鳳肯給錢培養，唯一一個條件是——要在店裡頭做十年。

楊老頭笑著道：「這都幾天了，也沒幾個人來。我說彩鳳，要不咱先招一個小二過來，讓妳和妳娘休息休息？」

趙彩鳳搖頭道：「那不行，我們這種洗碗、刷盤子的事情都不是手藝活兒，可姥爺您這拉麵就不一樣了，沒了您，我們這店面也開不起來。我之所以非要訂這十年的契約，就是不想找那些不老實的人，幹兩天拿了銀子就走了，那不是坑人嗎？」

楊老頭蹙眉道：「可妳還不要外地人，這京城本地的小夥子，哪個家裡沒幾兩閒錢的？誰會來學這個啊？」

「姥爺，我這也是沒辦法啊！不是我看不起外地人，是這外地人實在不好控制，您說他如果要回家過年，我總不能不讓他回去吧？可要是他回去了就不來了，我難道還千里迢迢地找他去？所以我想來想去，還是要本地人才行，畢竟跑得了和尚跑不了廟嘛！」趙彩鳳自己當了老闆後，也越來越明白了當老闆的難處，還真是有操不完的心啊！

楊氏一邊擦桌子一邊道：「不然就讓老二學拉麵得了，等過了年，我跟妳錢大叔說去。」

「娘，妳現在說得輕巧，到時二弟要是學不會，妳可不是得心疼糟蹋的麵粉了？」趙彩鳳倒不是看不起趙文，趙文畢竟智力有限，拉麵這東西瞧著簡單，卻很考驗人的協調性啊！宋明軒這麼聰明的人，學了大半個月都不敢親自試一下，讓趙文學拉麵，只怕也是難的。

楊氏聽了這話，頓時也打起了退堂鼓，鬱悶地道：「不然，咱還是把這請人條子改改吧？」

趙彩鳳一個勁兒地搖頭。「不改！」

正這時候，楊老太從外面探了一個頭進廚房。「彩鳳，有人要來學拉麵，妳快出來瞧瞧！」

趙彩鳳邊起身邊開口說道：「姥姥，您先問他是本地人不？」

楊老太正要開口問呢，那人見趙彩鳳走出來，抱著一個包袱大喊了一聲——

「小趙！真的是妳啊？哥哥我可找到妳咯！」

趙彩鳳定睛一看，竟是原來八寶樓的小順子，懷裡抱著個大包袱，探著腦袋站在店門口呢！「小順子，怎麼是你啊？你又回京城來了？」

「可不是？想著那事情也淡了，就又回來了。原本想回八寶樓去的，可東家說最近生意不景氣，用不上我了。」

趙彩鳳奇怪地道：「八寶樓的生意不是一直很好嗎？」

小順子皺眉道：「我向店裡的人打聽過了，說是徐大廚回老家了，請了幾個廚子都做不出那八寶鴨，原來的老客也不來了，東家正著急呢，到處找廚子。」

趙彩鳳聽了這話，擰眉想了想道：「八寶鴨做不出來，那就做些別的唄！」

小順子疑惑道：「八寶樓不做八寶鴨，那還能叫八寶樓嗎？」

趙彩鳳笑著道：「這世上叫八寶的可多呢，隨便八樣東西不就能叫八寶嗎？」不過這時候趙彩鳳也沒心思想這些，見小順子是來找工作的，便喊了他進門，開口問道：「原本我們這店裡是不招外鄉人的，不過我跟你認識，這一點就算了。我只問你一句，你願不願在這店裡頭幹上十年？」

小順子一聽十年，掰著手指頭就數了起來，驚嘆道：「再過十年我都二十七了，娶老婆咋辦？」

「娶老婆給你放假啊，我只讓你在這兒打工，又沒說不讓你娶老婆！」趙彩鳳笑著敲了敲他的腦門。

小順子想了想，點頭道：「那行！小趙，我信得過妳，咱就賣身給妳啦！」

趙彩鳳聞言，得意道：「少來，誰稀罕你了？我如今可是舉人太太了！」

趙彩鳳晚上回了家後，一直在想那八寶樓的事情。她當初在八寶樓打工的時候，八寶樓的生意還好得很，當然，除了徐大廚的八寶鴨之外，其他幾樣菜色也是各具特色的，可這一眨眼也不過就是幾個月的時間罷了，生意怎麼就差了呢？趙彩鳳一時也不能理解，但想著八寶樓那地方的勢口，便是隨便開一家雜貨鋪子，生意也不可能太差的呀！

趙彩鳳沒再糾結，打算等明兒有空再去八寶樓看看，順便也瞧瞧謝掌櫃和東家。

第二天一早，趙彩鳳醒來時，楊氏早已經去了店裡幫忙。楊氏知道趙彩鳳早上素來愛賴一會兒床，且如今天氣又冷，這一大早的要從被窩裡爬出來也確實不容易，所以把趙彩蝶抱到了趙彩鳳的床上後，便自己一個人先去店裡頭幫忙了。

趙彩鳳見趙彩蝶還在睡呢，便自己先起床洗漱去了，待弄好了早餐，剛想喊了趙彩蝶起來吃時，就聽見外頭有人敲門。

「彩鳳，妳家老二和他師父過來了！」

趙彩鳳忙不迭地出去開門，就見余奶奶笑咪咪地站在門口。錢木匠上回來的時候，給余奶奶家免費做了幾張小板凳，余奶奶到現在還念著，所以這回見到錢木匠來了，便熱心地迎了過去，替他叫門。

趙彩鳳本沒預料到錢木匠會來，上次錢木匠拒絕楊氏的時候，其實算是很決絕的，趙彩鳳心裡還想著，自己這樣去開口，對方會不會很尷尬呢？如今瞧見錢木匠果真來了，也知道終究是自己多心了，雖然大人之間的事情是複雜，但也複雜不到哪裡去。

小院裡的倒座房已經砌好了，如今剩下窗戶門框沒安上，裡面也沒幾樣家具，都要慢慢安置起來。這屋子一排三間的正房裡頭沒有安炕頭，到了冬天也只能用炭盆了，所以新蓋的這兩間倒座房，趙彩鳳便在窗戶下面都砌了炕頭，冬天的時候睡在上頭也就不冷了。

小院原本挺寬敞的，蓋了這兩間房後看上去就有些擠了，不過平常家裡也沒啥人，留出一舍地夠走動就好了。

趙文見了蓋好的新房子，笑著開口道：「姊，這房子是給我睡的嗎？」

趙彩鳳幾個月不見趙文，見他的個頭又拔高了一點，便笑道：「可不是？娘可想你了，如今房子蓋起來了，你可以在這裡多住一陣子。」

趙文聽了便興高采烈地道：「那敢情好！我師父也一起住這兒嗎？」

說者無意，聽者有心，錢木匠頓時就有些尷尬了。

趙彩鳳笑著道：「那可得問你師父的意思了。」

錢木匠越發覺得不好意思，撓了撓頭道：「房……房子還沒修好呢，就想著住了？我看，這房子是你姊蓋了給你娶媳婦用的吧？」

錢木匠這一招禍水外引倒是用得好，趙文頓時被激起了興趣，一個勁兒地問趙彩鳳是不是？趙彩鳳被問煩了，只好回答道：「等你有了喜歡的姑娘，咱再娶唄！」語畢，就見趙文嘿嘿地憨笑了幾聲，紅著臉不說話，趙彩鳳頓時就越發疑惑了。

趙彩鳳把錢木匠和趙文安置在討飯街裡頭的一處獨門小戶裡，離趙家大約只有半盞茶的路程，是伍大娘原先的一個住戶，年底回老家前退掉的，被趙彩鳳給湊巧租了下來。當初租下後從伍大娘那邊回來的時候，趙彩鳳心裡還很高興呢，覺得真是福星高照。原本她是沒抱著錢木匠會來的這個希望，沒想到他不光答應來了，且還就在附近找到了個院子。

其實趙彩鳳也在附近打聽過，這京城木匠的手工都很貴，像錢木匠這樣的手藝人，在京城賺的銀子肯定比在趙家村賺得多，趙彩鳳心裡就不明白了，為什麼錢木匠沒想過出來幹，要窩在趙家村那樣的小地方？況且，趙彩鳳還聽楊氏說起過，錢木匠原本並不是趙家村人，所以他能在趙家村扎根落戶十幾年，更是讓人不能理解。

趙彩鳳抬起頭瞧了一眼走在自己身邊、滿臉絡腮鬍子的錢木匠，一時也捉摸不透了。

因為錢木匠和趙文來了，趙彩鳳沒辦法去八寶樓，只在家裡頭一邊做針線，一邊等楊氏回來。

楊氏做完早市從廣濟路回來後，和平常一樣，在菜市口買了幾樣蔬菜回去，才走到門口，就聽見院子裡頭有叮叮咚咚的敲打聲音。楊氏並不知道錢木匠來了，只當是趙彩鳳請了城裡的木匠，因此一邊推門一邊笑著道：「妳這丫頭，請了木匠來也不跟我說一聲，我也好多買幾個菜，讓人家師傅吃好些呀！」

楊氏一進門，才抬起頭就瞧見錢木匠正拿著鋸子在鋸一塊木頭。

錢木匠聞聲也抬起了頭，兩人就這樣對上了眼。

楊氏忽然覺得心口上一緊，手裡的菜籃子落到了地上，幾棵大白菜從菜籃子裡面滾了出來，骨碌骨碌地滾到了錢木匠的腳邊上，愣了片刻才開口道：「她叔，你怎麼來了？」

錢木匠彎腰，把腳邊上的大白菜撿了起來。

楊氏忙尷尬地彎腰把籃子裡的菜撿起來，走到錢木匠跟前，面皮有些發麻地接過了他遞給自己的大白菜。

「彩鳳託李全給我帶的信兒，說是這裡有活幹，我在趙家村也是閒著，所以就過來了。」

楊氏看了一眼菜籃子裡的蔬菜，忙笑著道：「你等著，我出去再買些肉回來！」

錢木匠見楊氏轉身要走，趕緊開口道：「嫂子別忙。」

楊氏愣了下，停下腳步，扭頭看著錢木匠，帶著幾分少有的嬌羞。

「嫂子，我帶了獐子腿，還有幾隻醃好的野雞、野兔子，都在後院掛著，嫂子不用出門買肉了。」

楊氏原本以為錢木匠有什麼話要跟自己說，聽他只說了這幾句，頓時羞得面紅耳赤，挎著菜籃子道：「那……那我到後院做飯去！」

錢木匠看著楊氏往後院走去，那身段帶著幾分韻味，也不知道為什麼，忽然覺得心口也暖了幾分，大抵是因為這京城的冬天實在是太冷了些……吧？

楊氏做了幾個菜，招呼著大家夥兒一起吃過了。

趙彩鳳見楊氏在家，便說要去八寶樓走一趟，其實也是想留一些空間給楊氏和錢木匠。

楊氏知道趙彩鳳的心思，心裡雖有幾分害羞，終究還是讓她出門了，只囑咐她早些回來。

趙彩鳳走後，楊氏便從屋裡拿了兩件棉襖出來。楊氏的針線活做得又快又好，這兩件棉襖一早就做好了，原本是想等年底的時候，託趙文帶給錢木匠的，如今兩人既然來了，自然是早些給他們好。

「她叔，這棉襖是我平常空下來時做的，裡頭不光塞了棉花，還有一些蠶絲，穿著又輕又保暖，你和老二各一件。」

眼下天氣已經越來越冷，趙彩鳳早已經穿上了新棉襖，楊氏卻因為一直在給別人趕棉襖，所以至今自己身上穿的還是舊衣服。棉布洗多了，就變得又硬又舊，楊氏穿在身上，看起來有些笨重，連帶著她那雙手也更顯得枯瘦。

錢木匠見了，心下終究有些不忍，開口道：「嫂子妳不必這麼麻煩，我身上穿著獸皮，不冷。」

楊氏也不聽他再繼續說下去，只放下了棉襖，招呼趙文過來試衣服。

趙文一見有新衣服穿便高興地跑了過去，拿著新衣服在身上比來比去的，甭提多開心了。

趙彩鳳去八寶樓的時候剛剛過午市，以往這個時間，八寶樓裡頭總還有幾桌客人的，可今兒卻一個人也沒有。趙彩鳳進門，正好瞧見謝掌櫃站在櫃檯前算帳，一邊算，一邊蹙眉搖頭。

趙彩鳳迎過去問道：「掌櫃的，樓裡最近生意不好嗎？」雖然這話問得挺多餘的，可趙彩鳳一時也真沒想出別的開場白來。

謝掌櫃抬起頭，見是趙彩鳳來了，蹙眉道：「原來是小趙啊！生意好不好，妳難道沒看見嗎？」

趙彩鳳狐疑地道：「掌櫃的，就算是徐大廚走了，這樓裡的生意也不可能一落千丈啊！難道就請不來別的大廚了？」

謝掌櫃見趙彩鳳問起，便嘆息道：「東家正在請大廚呢，只是現在是年底，家家酒樓都在招人，一時間也確實找不到合適的大廚。」謝掌櫃說著，悄悄招手讓趙彩鳳靠過去，湊到她耳邊，指著門外某處道：「瞧見了嗎？斜對面開了一家九香樓，生意都被他們家給搶過去了。」

「他們家也做八寶鴨？」趙彩鳳忍不住問道。

「他們家倒是不做八寶鴨，可我聽人說，徐大廚這次之所以會走，就是他們東家背地裡搞的鬼！徐大廚當年和東家簽過契約，說是這輩子都不換東家的，且東家每年也給他分紅，可誰知道，就在這九香樓開業之前，徐大廚忽然就說要回老家去了。」

趙彩鳳聽到這兒，大約也明白了幾分，這徐大廚多半是收了九香樓老闆的銀子，所以才回鄉去的，這樣做既沒違反當初和黃老闆的契約，又能多得一筆銀子養老，確實是一舉兩得。

趙彩鳳緊了緊身上穿著的棉襖，京城到了十二月分，天氣就冷得要死，這讓前世是溫室生物的趙彩鳳覺得很不能適應。所幸她手腳算是快的，趕在第一次降溫之前，就把自己身上的棉襖做好了。雖然蠶絲都留給了幾個孩子，但好在這裡頭的棉花是今年新收的，在太陽底下曬得蓬鬆輕軟，穿在身上也不覺得笨重。

趙彩鳳看了一眼如今門可羅雀的八寶樓，總覺得這事情可能沒那麼簡單。瘦死的駱駝比馬大，八寶樓怎麼說也在這條街上開了十幾年了，就算眼下少了一個廚子，也不可能說倒就倒，除非是……有人惡意競爭？

謝掌櫃說完這些後嘆了一口氣，把手裡的算盤撥得噼啪響，無奈地道：「眼下快到年底了，東家的意思是，既然生意不好，不如就先把店面關了，等過完新年，咱再重新開業，到時候也能有個好兆頭。」

趙彩鳳剛才過來的時候，就瞧見斜對面那家九香樓的生意還算不錯，況且這條街本來就是人口密集區，在趙彩鳳看來，只要有人在，不怕生意不上門。況且在現代，年底那都是衝業績的好時候，從來沒聽說過做飯館生意的到了年底反而要關門的。趙彩鳳正想開口勸幾句呢，就聽見門口有馬車停下來的聲音，轉頭一看，是黃老闆帶著小廝過來了。

店裡生意不好，黃老闆也是面露鬱色，見趙彩鳳來了，倒是愣了一下，點頭打了個招呼後便急急忙忙地往樓上去，走了一半又回過頭來看了一眼謝掌櫃，開口道：「謝掌櫃一會兒上來一下，有些事要麻煩你。」

眾夥計聽了這話都提心吊膽的，生怕是黃老闆要遣散各位了，一個個面面相覷的，好不緊張。

趙彩鳳見黃老闆轉身要走，忙喊住了他道：「黃老闆，我有個建議，或許能讓八寶樓起死回生，不知道您想不想聽聽看？」

自從上回知道趙彩鳳是個姑娘家之後，黃老闆對趙彩鳳也是另眼相看的，如今瞧她那一臉胸有成竹的表情，便停下腳步，開口道：「好，謝掌櫃，你和小趙一起上來！」

小廝生好了火爐，烤得整個房間都暖融融的，趙彩鳳方才一路走來冷得很，臉上都被凍出兩團紅暈來了，便靠到角落裡頭暖了暖手，呵出一串長長的白氣來。

黃老闆坐下來，點上了他的煙桿抽了兩口。他本就是四十來歲的人，原先看著很顯年輕，大約是這幾個月生意不好，瞧著比以前老成了不少。瞧見趙彩鳳已經是一副少婦的打扮，黃老闆便開口道：「聽說小趙妳如今已是解元夫人了，還沒恭喜妳呢！」

趙彩鳳這時候手上身上都暖和了，頓時心情都愉悅了不少，笑著道：「恭喜的話咱以後再說。東家，我就想問您，您如今對這八寶樓有什麼打算？」

黃老闆抽了一口旱煙，吐出一串煙圈來，指了指靠牆的兩張椅子，示意他們兩人坐下，開口道：「其實八寶樓會弄成現在這樣，也是我一時大意，得罪了權貴。」

趙彩鳳聞言，心道果然是另有隱情！像京城這樣的地方，就算只是開一間小麵館都要交堂口費呢，黃老闆在長樂巷這邊的這個門面還不知道有多少人垂涎著，能讓他在這邊穩穩地賺了十幾年的銀子，也是他的本事了。

謝掌櫃聽了這話，原本有些駝背的身子頓時都直了起來，一臉擔憂地道：「東家，咱在這邊十幾年了，該打點的人也都打點過了，怎麼就得罪人了呢？給點銀子不成嗎？」

黃老闆擺了擺手，嘆息道：「也怪我，太貪心了，前兩年把這個店面盤了下來，就覺得這兒是我的了，這幾年給府上的錢有些少了。兩個月前府上派了個管事過來跟我談，說是見我這邊生意好，想入個股份，年底賺些分紅，我算了一下，覺得不划算得很，還不如跟往年一樣，送些年敬上去，所以就拒絕了。」

謝掌櫃聽了這話，驚訝道：「府上居然這樣欺人？那看來徐大廚離京，也是他們做的手腳了？」

「他們見我不肯讓他們入股，就索性買了斜對面的那間鋪子，本來是想請了徐大廚過去做掌勺的，但徐大廚和我簽過死契，自然不敢過去，不料那群人卻三天兩頭地去徐大廚家裡頭鬧，所以徐大廚也很為難，最後，還是我想的辦法，讓他藉故回老家去了，你們倒是別誤會了人家。」黃老闆又抽了一口旱煙，眉宇間的皺紋更深了幾分，抬頭看了一眼趙彩鳳，問道：「小趙，妳方才說有辦法讓八寶樓起死回生，倒是說出來讓我們聽一聽吧？」

趙彩鳳見黃老闆把隱情給說了出來，倒是有些不大好意思開口了，笑著道：「東家，我在京城算是初來乍到，也是奔著銀子來的，若是您能讓我入個股，我就把我的辦法說一說；若是東家不肯的話，那我還是乖乖走了算了。」

黃老闆聞言，哈哈地笑了起來。「我不肯讓府上入股，是因為那群人貪得無厭，只想著要得利錢。妳如今想的辦法若是能讓八寶樓起死回生，我就分妳一成的股分，妳說如何？」

趙彩鳳聞言，眼珠子頓時一亮。原先她說要入股，其實也拿不出幾個銀子，麵鋪裡頭賺的錢都花在流水上了，一時也沒盤點到底有多少盈餘，但若是不把這話說明白了，到時候自己出了主意卻看著別人賺銀子，心裡總也會抹不平的。

「如今八寶樓面臨的困難，就是做招牌菜八寶鴨的徐大廚走了，對面又開了一家同樣做淮揚菜的九香樓，而東家呢一時半會兒找不到一個能做好淮揚菜的大廚，所以店裡的生意才會一落千丈的，對不對？」

黃老闆聽趙彩鳳這麼分析了一下，便點了點頭道：「那九香樓所有的菜價，都比八寶樓便宜五文錢。我原本也想著要降價，但算過成本之後，發現若是降價了，雖和客人少一些的銷售額是一樣的，但在成本上面卻要高一些，所以就沒有用降價這一招。」黃老闆也是老江湖了，算一下就知道這裡頭的差別。若是生意好，那人事成本、材料成本都要提升，可最後做出來的營業額卻和沒降價一樣，肯定是得不償失的。

趙彩鳳想了想，這才開口道：「我來京城幾個月了，也沒有瞧見有專門吃火鍋的地方，如今正是冬天，要是能圍著爐子吃一口熱湯熱菜的，別提有多舒服了，而這火鍋最大的好處，就是不用大廚師傅自己做，只要配好湯底料，客人們自己涮著吃就可以了。」她這辦法也是方才被冷風吹了，靈機一動想出來的。這會子正是北京天最冷的時候，上館子吃飯的，若是廚房和包間距離遠一點的，端上桌時菜都冷了，吃起來確實不夠熱呼。雖然這八寶樓的包間裝潢得很豪華，間間都有熱呼呼的火爐，但這菜是涼的，未免就有些影響食慾了。要是這時候能吃上一鍋熱呼呼的涮羊肉，不論是麻辣的、三鮮的還是清湯的，把各色的菜餚往裡頭丟一丟，別提有多火熱了。況且，從最近麵鋪的生意來看，天氣冷了以後，吃麵的人明顯都多了一成，不為別的，只為了這一口寒風中的熱湯。

謝掌櫃聽著，忽然間就笑著開口道：「小趙，妳說的是打邊爐吧？我年輕時候去蜀地，在益州見過這樣的飯館，不過在京城好像確實還沒有這樣的館子。」

趙彩鳳就是沒瞧見京城有，這才提出來的，不然作為一個火鍋愛好者，她怎麼可能不去吃一趟呢！

黃老闆低眉想了片刻，忽然間抬起頭道：「京城有這種地方！只是有錢人去得少，不知道而已。」

趙彩鳳見黃老闆這樣說，便笑著問道：「果真有嗎？可能我來京城的時日尚短，所以沒聽說過。」

黃老闆敲了敲煙桿，站起身來笑著道：「我帶妳去看看，妳說的是不是這種。」

按說京城這麼大的地方，重慶小米、山西手擀麵都有，有一個四川火鍋也沒有什麼特別的。雖然趙彩鳳的活動範圍僅限於廣濟路到討飯街這一帶，但是這兩條街上基本上也是大大小小的攤子都有，就是沒瞧見一個做火鍋的，所以黃老闆這麼說，趙彩鳳一下子就興奮了起來，忙站起來道：「那敢情好！東家您帶我去瞧瞧，咱們實地考察一下，再看看八寶樓能不能做這個生意？」

黃老闆這時候也略有些興奮，點頭道：「說得好，先去看一眼！老謝，你也跟著一起去，咱就當提前吃晚飯了！」

趙彩鳳瞧了一眼外頭的太陽，可不是，這會兒大約也就申時左右，離吃晚飯的時候還早著呢！

黃老闆笑著說，那地方離這兒不近，過去也要小半個時辰，到那裡差不多也就可以吃起來了。

趙彩鳳坐在馬車裡頭，挽起簾子看了一眼外頭，冰冷的北風瞬間往車廂裡灌了一下，她立即冷得打了一個哆嗦，心道這還真是遠呢，吃一頓飯要跑這麼遠的路，那還不如在家躲被窩來得好。

黃老闆瞧見趙彩鳳向外頭張望的神色，便開口道：「這裡是城東，都是老京城裡頭窮人住的地方，幾十年前韃子進京的時候，就這兒躲的人最多。因為這裡偏遠些，我也不常來這邊，三、四年前的一個冬天，來這邊談生意的時候路過一家小店，賣的東西倒是跟小趙說的差不多，是吃涮菜的。那時候只覺得新鮮，生意也挺好的，別的也沒多想。我今兒就帶著你們走一趟，若是那店還紅紅火火地開著，那就說明這生意能做！」

趙彩鳳瞧了一臉黃老闆那張四四方方、儒商一樣的臉，心道：你這就唯心主義了，這萬一店沒了，咱就放著那生意不做了嗎？不過這話趙彩鳳沒說出口，這古代人有那麼點唯心主義也是正常的，跟現代人的唯物論大不相同。趙彩鳳想到這裡，忍不住笑了起來。

這時候馬車放慢了速度，外頭的車夫開口道：「老爺，這兒有一溜煙的矮房子，是這兒嗎？」

黃老闆挽著簾子，探出身子四下掃了一眼後，指著前頭一處門面，笑著道：「沒想到那家店還在，看來小趙的運氣不錯！」

馬車又往前行駛了一段距離後，在一個低矮的小門面房之前停了下來。

黃老闆先下了車，趙彩鳳扶著身子有點不大利索的謝掌櫃也下來了，轉身瞧了一眼連個像樣的招牌都沒有的門面。

因為這會兒還沒到開夜市的時候，店裡頭沒什麼人，門口的地方放著幾只用壞了的銅爐子，上頭打了不少的補丁，看來也是壽終正寢了。門口的布簾子沾著油水，掛在邊上。

裡頭人聽見外面的動靜，從裡面迎了出來，見門口站著一行三人，只在身前的圍裙上擦了擦手，笑著道：「喲，客官，來得可真早呀，這還沒開夜市呢！」

「沒什麼，我們先找個位置，等一會兒就成。」黃老闆領著趙彩鳳和謝掌櫃進去，左右看了眼這店裡頭的陳設，還是跟自己好幾年前來過的一樣。

趙彩鳳才進門，就聞到一股辣椒油的味道，前世她對這個味道可謂是深愛至極，曾經連續一週的午餐都是在海底撈度過的，這時候只聞了一下，就已經覺得肚子餓了。

謝掌櫃左右看了一眼，瞧著這店裡亂七八糟的樣子，忍不住皺了皺眉頭。八寶樓怎麼說也是長樂巷上的大酒樓，難道真的要做這種生意？

三人找了一個裡面不靠風口的位置坐了下來，剛才那一路奔波，這會兒身上都有些寒氣，忍不住摩挲著雙手，呵著熱氣想要暖暖身子。

方才招呼他們進來的中年媳婦往後廚招呼了一聲道：「當家的，生個炭爐，有客人！」她一邊說，一邊拿了三個碗過來，拎著茶銚子給他們三人都滿上了一碗豆漿。

謝掌櫃看著冒著熱氣的豆漿，正打算問一句，那婦人便笑著開口了。

「這是熱豆漿，這種天氣喝最好，又補身子還解辣。」

趙彩鳳端著碗抿了一口，心道海底撈裡面的飲料喝豆漿，原來還是有歷史根據的嘛！

黃老闆喝了一口豆漿，開口道：「咱們不吃辣的，就給我們來一個不辣的吧！」

那婦人聽了，笑著道：「我們店如今推出了鴛鴦便爐，一半是辣的、一半是不辣的，客官您要是不吃辣，就涮不辣的；若別人喜歡吃辣的，也可以叫一半辣的。」

黃老闆聞言，便抬頭問他們兩個。「你們兩個看看，要什麼口味的？」

趙彩鳳雖然很想吃辣的，可畢竟很久沒吃了，況且眼前還是兩個大男人，這萬一吃得自己嘴巴都合不上，一個勁兒地咂嘴找水的，只怕自己的淑女形象也就毀了，於是便笑著道：「就不辣的好了。」

沒過多久，爐子就搬上了桌子，趙彩鳳看了一眼，樣子和現代很多炭火火鍋店差不多，中間的圓筒裡面擺著炭火，外頭一圈是湯料，吃的東西都往裡頭涮。

那炭火燒得旺旺的，時不時從洞口冒出一絲火星子，謝掌櫃伸手在上頭烤了烤，笑著道：「熱呼倒是熱呼，這東西一上來，火爐都可以省一個了。」

不一會兒老闆娘就開始上菜了，這大冬天的，也沒有幾樣菜，蔬菜都是大白菜、馬鈴薯之類的。葷菜倒是不錯，羊肉切成了卷，高高地堆在了盤子裡頭，看著就讓人食慾大增。

謝掌櫃見了，不禁開口道：「這都生的，怎麼吃啊？」

黃老闆笑著搖了搖頭，挾了幾片羊肉丟到鍋裡，看著它們在裡頭翻騰、變色，最後漂在水面上，這才拿了一旁的漏勺，撈起來送到謝掌櫃的碗裡。

這時候老闆娘又走了過來，手裡捧著一個大缽子，拿出裡頭的大木勺子，給每人的碗裡都加了一勺料，笑著道：「這是蘸料，要蘸著吃才香呢！這會兒大冬天的，也沒有什麼好吃的時蔬，只有這馬鈴薯、白菜的了。」

黃老闆點了點頭，慢悠悠地蘸著醬料吃了起來。

趙彩鳳嚐了一口，發現這不辣的湯底，倒是有點像楊老頭平常熬的老滷湯底，又嚐了一口後，便笑著道：「老闆娘，妳這三鮮的湯底是用雞骨頭、豬骨頭一起熬出來的吧？」

老闆娘正在一旁擦桌子，聽了趙彩鳳的話，便笑著道：「小媳婦可真會吃，不過既然是三鮮，自然還有一樣，我家的裡頭還放了牛骨頭。」

趙彩鳳點了點頭，只見坐在自己邊上的謝掌櫃已經吃得滿臉通紅。

謝掌櫃一邊蘸著醬料，一邊道：「好吃、好吃，沒想到京城還有這樣的館子！」

那老闆娘聽了，笑著道：「客人們喜歡就好。」正說著，外面的天色已漸漸暗了下來，老闆娘往外頭看了一眼，笑道：「這天氣，還真下雪了！」

做別的生意可能下雪天生意會越來越差，可是趙彩鳳知道，這下雪的天氣若是能吃上一頓暖暖的火鍋，就算是出門在雪地裡打幾個滾，她都願意，於是便笑著道：「下雪了好，下雪了生意就更好了！」

老闆娘不好意思地笑了笑。「小本生意，也賺不到幾個錢，混口飯吃罷了。」

黃老闆這時候停下了筷子，見謝掌櫃吃得停不下來，只端起碗喝了一口熱豆漿，等謝掌櫃停了手後，這才開口道：「老謝，你覺得這生意能做嗎？」

謝掌櫃還在回味自己嘴裡那幾塊羊肉的香味，忽然聽黃老闆這樣問了一句，急忙換上了嚴肅的神色，把嘴裡的東西給嚥了下去，一個勁兒地點頭道：「做是能做，只是咱八寶樓在京城也算是小有名氣，做了十幾年的淮揚菜，這一下子改成——」

謝掌櫃的話還沒說完，趙彩鳳便笑著道：「掌櫃的這麼想就不對了，民以食為天，凡是入口的東西，並沒有什麼高低貴賤之分，只要能賺錢，百姓們喜歡，賣什麼不是賣呢？」海底撈都快要占領全宇宙了，謝掌櫃還在擔憂面子問題，實在讓人著急啊！

黃老闆聽了趙彩鳳的話，笑著道：「說的有道理，再矜貴的人也是兩隻眼睛一張嘴，也要吃喝拉撒，咱只要東西做得好吃，不怕生意不上門！如今正好天氣冷，這火鍋店的事情，倒是真的可以考慮。」

謝掌櫃見黃老闆都被說動了，也沒啥意見了，只又開口道：「這說起來簡單，做起來也不容易啊！光這湯底，怕也要請一個老師傅才能熬得出來。」

趙彩鳳想了片刻，伸著脖子在這小店裡頭看了一圈後，小聲地開口道：「黃老闆，我倒是有個辦法，咱大廚暫時不要請，直接每天到這店裡頭來買一些底料不就得了？」火鍋店要長遠地開起來，會熬底料的師傅肯定是要請的，可如今要搶在年底之前開業，衝一下年底的業績，自然就要選擇最快捷的方式。

黃老闆聽趙彩鳳這麼說，眼珠子亮了一下，笑著道：「妳的意思是，這底料也能跟食材一樣，買回去，不用自己熬？」

「那是當然的，這世上什麼東西不可以買賣？人都可以隨便買賣了，更何況是個火鍋底料而已？」

黃老闆聞言，哈哈地笑了起來，又挾起了幾塊羊肉，往鍋裡扔了進去。

黃老闆是個急性子，覺得這事情可行，便打定了主意要做，吃了一半，便讓老闆娘把老闆給喊了過來。

趙彩鳳又把這合作的意思跟那老闆說了一下，只說是每天都會來買他的底料。

黃老闆為人爽快，當下就留了五十兩銀子的定金。

那夫妻兩人都是做小本生意的，並沒想到自己家的火鍋底料會被人看上，高高興興的就答應了，只等黃老闆通知了，就熬了底料送過去。

趙彩鳳從外頭回去的時候，都已經是戌時二刻了，才進家門，就瞧見錢木匠正在院裡頭刨木頭。

錢木匠抬眸看了趙彩鳳一眼，問道：「彩鳳，妳娘呢？怎麼沒跟妳一起回來？」

如今天色暗得早了，又因為最近京城不安生，所以楊老頭每天都會讓楊氏早點回來，等第二天一早再過去。趙彩鳳看了看天色，擰眉道：「娘還沒回來嗎？錢大叔，真不好意思，我今兒一時有事，回來遲了，我這就給你們弄晚飯去。」

錢木匠放下鉋子，開口道：「沒事，中午妳娘做得多，我讓老二自己熱著吃。彩蝶也回來了，在房裡頭睡覺。」

趙彩鳳今兒也是一時著急，想把生意定下來，所以才跟著黃老闆去了那麼遠的地方。原本想著楊氏大約申時就會回來的，那時候再張羅晚飯也算不得很晚，誰知道楊氏竟沒回來。

趙彩鳳忙不迭地進房裡看了一眼趙彩蝶，幫她蓋好了被子後便往灶房裡頭去。

趙文畢竟腦子不大好，雖然現在看著和常人無異，但行動上多少有點遲鈍，這會兒把整個灶房燒得煙熏火燎的。

趙彩鳳聽見趙文在裡頭一個勁兒地咳嗽，便扯著嗓子道：「老二，你先出來，姊進去給你生火！」

趙文聽見趙彩鳳的聲音，應了一聲就往外頭跑了出來，臉上還沾著一些炭灰，笑著道：「姊，我會生火了，師父教過我！」

趙彩鳳相信錢木匠肯定是教過趙文的，只是他如今還沒能完全地掌握這個技能罷了。

「老二當然會生火，只是今天這火不聽話，不讓你生起來罷了。」

趙文聽趙彩鳳這麼說，一個勁兒地點頭道：「對啊！它今天真的好不聽話呢，怎麼都不起來！」

趙彩鳳揉了揉趙文的髮頂，把中午的幾個菜都架在鍋裡蒸了起來，又點了火爐，蒸上了幾個窩窩頭。沒過多久，鍋裡的菜熱了，爐子上的窩窩頭也冒著熱氣，趙彩鳳讓趙文喊了錢木匠進來吃飯，自己則往門口去找一找楊氏。

這時候都已經快到亥時，討飯街巷口的宵夜攤子都快收攤了。

呂大娘見趙彩鳳出來，笑著問道：「彩鳳，妳這是做什麼呢？大冷天的還往外頭來。」

趙彩鳳縮著脖子，抬頭間幾片雪花便飄到自己的脖子裡，冷得她瑟瑟發抖，開口道：「我娘還沒回來，我出來看看。」雪已經下了兩個時辰，雖然路上沒堆積起來，但望出去也已經是白茫茫的一片了。趙彩鳳看見路口有幾個人縮著脖子往裡頭跑，就是沒瞧見楊氏，正要往前走去看看，就聽見後面有人喊住了她。

「彩鳳，妳回家看著弟弟、妹妹，我出去找一找妳娘。」

趙彩鳳回頭，見錢木匠也從家裡出來了。他換上了楊氏做的新棉衣，外頭還套著一塊獸皮，一臉的絡腮鬍子上沾了幾片雪花，看著還真是有男人味得很啊！雖然趙彩鳳不喜歡這一款的，可對於一般女人來說，有這樣一個胸膛寬厚、體格挺拔、一臉正義凜然的男人在身邊保護自己，肯定會覺得特別有安全感。趙彩鳳點頭道：「那錢大叔，你早去早回。」

錢木匠點了點頭，搓著手往外頭去。

一旁的呂大娘見了，納悶地道：「彩鳳，妳二弟的師父對你們家的事倒是挺熱心的嘛！」

趙彩鳳也沒打算藏著掖著，她也是滿心想著撮合錢木匠和楊氏的，況且這次錢木匠來京城，又讓趙彩鳳看見了一絲希望，所以便笑著湊到呂大娘的耳邊道：「我錢大叔人好，也不知道我娘有沒有這個福分？」

呂大娘聽了，笑著道：「怪道呢，我看有戲！瞧他那樣子，挺正派的，況且妳娘年紀還輕呢，倒是真沒必要守一輩子的。」

趙彩鳳聽了這話，心下也稍微鬆了一口氣。對於錢木匠和楊氏這件事，她其實還是很矛盾的，就她所知，古代女人改嫁好像不是一件容易的事情，不然也不會有徽州牌坊這樣的名勝古跡了。但現在從呂大娘的態度看來，其實古代人也並非都是那樣古板、守舊、不通情理的。至少作為楊氏父母的楊老頭和楊老太，在這方面也一直都是支持的。趙彩鳳想到這裡，心下也安慰了幾分，笑著道：「大娘，反正若是有了好消息，一定請你們吃喜糖的！」

呂大娘笑著道：「這回可不能就發幾顆喜糖了，妳和宋舉人的婚事，大家沒能湊個熱鬧，都遺憾著呢！」

趙彩鳳點了點頭，往錢木匠離去的方向又看了幾眼，臉上帶著些笑，轉身回去了。

# 第三十六章

外頭的風雪一時間大了起來，楊氏洗完最後一個碗，站起來的時候，腳邊的雪都已經埋到了腳踝。

忽然下起大雪，店裡的生意比昨天好了一倍，雖然多了一個小順子幫忙，可這幾盆的碗要是不洗乾淨，明兒一早就會影響開早市。楊氏素來孝順，捨不得讓楊老太熬夜，所以就留下來把這些碗都洗了。

楊老太這時候也熬好了大肉，瞧著外面風大雪大的，便開口道：「二姊兒，不然今兒就別走了，在這邊將就一晚上。」

楊氏原本是打算答應的，可一想起家裡的孩子們還有錢木匠，就又打消了主意。這會兒回去雖然晚了一些，可明兒一早還是能起來給他們做頓熱騰騰的早飯，不然楊氏明天肯定是要在這邊忙過了早市才能回去的。趙彩鳳平常又貪睡些，要是讓錢木匠他們餓著了，倒是不好了。楊氏想了想，便開口道：「不了，我還是回去吧，明兒再來。」

楊老頭拉了一天的麵條，這時候已經累得靠在了炕上，見楊氏鐵了心要走，開口道：「那就讓小順子送送妳，聽說前兩個月那壞人還沒抓到，還是小心些好。」

楊氏瞧了一眼這大雪，搖頭道：「別了，這一來一回得一個時辰呢，大冷天的，別凍著孩子了。」

小順子倒是熱絡，笑著道：「大嬸，我送妳吧，外頭天那麼黑！」

「哪裡黑了？這雪地都照得地上明晃晃的了。你早些休息，明兒早點起，我明兒也可以晚一些過來，這不一樣的嗎？」楊氏說完，取了店裡頭靠牆的一把大黃傘就從後門走了出去。

外頭雖說下著大雪，但畢竟是晚上，沒有積雪的地方照樣還是黑壓壓的一片。楊氏打了傘走了幾步，忽然一陣風颳過，那傘「咯吱」一下就扭了，她一時沒帶上力氣，傘往巷子裡飛了幾丈遠。楊氏嚇了一跳，這時候外頭早沒有什麼路人了，巷子裡又窄又黑，她只得壯著膽，往傘落下的地方走過去，才打算彎腰撿起來，忽然聽見身後傳來一陣腳步聲，她此時低著頭，只瞥見一個黑乎乎的身影正往她這邊過來。

楊氏這會兒已經嚇得渾身都發抖了起來，伸手握著那傘柄，還沒等那人靠過來便拿起傘、閉上眼，一個勁兒地朝著那人打了過去！

那人「哎喲」一聲，往後退了幾步。

楊氏睜開眼睛左右瞧了一眼，發現前頭並沒有人，正鬆了一口氣時，忽然覺得腰間一緊，竟被人從身後抱了起來！

那人帶著酒氣地道：「小媳婦……別害怕啊……我不動妳，妳讓我嚐個鮮就好。」

楊氏嚇得驚叫了起來，一個勁兒地摳著那人摟在她腰間的手背，可那人卻沒有半點要鬆開的意思，扯了楊氏穿在身上的棉褲，粗礪的手指熟門熟路地往那個地方摸了過去！

楊氏驚呼一聲，身子被人推倒在牆角，手臂被反剪著壓在了腰後。

這時候尋常人家都已經睡了，這條巷子又是商戶，哪裡有什麼住家？因此任楊氏怎麼尖叫，也沒有半個人影冒出來。楊氏一時間心如死灰，若是這樣被人給玷污了，還不如自己尋死來得好！感覺到醉漢下身那硬熱的東西戳了過來，楊氏只一個勁兒地擰著胳臂掙脫，一腳踩在了他的鞋面上，仰頭就要往那牆上撞去，打算一死了之，可楊氏的頭還沒撞到牆上，便又停了下來。她一死容易，但這畜生若是連個死人都不放過，那她便是死了，也不是清白的身子了！楊氏想到這裡，渾身都哆嗦了起來。

就在這時候，楊氏似乎聽見了一聲悶哼，緊接著，那醉漢的動作停了下來，按住她的手也跟著鬆開了。楊氏收回了手，拎上褲子，嚇得蹲在牆角，偏生又是黑燈瞎火的，一時間竟找不到自己的褲帶子。楊氏渾身抖得厲害，在地上摸了半天，忽然聽見有人開口——

「大嫂，妳沒事吧？」

楊氏這時候早已經處在了精神崩潰的邊緣，整個人顫抖得連褲子都拎不住了，聽見這熟悉的聲音，只心下一鬆，拽著褲子想要站起來，卻又沒了力氣，身子軟綿綿地就倒下了。

錢木匠見狀，一腳把那醉鬼踢到邊上，兩步上前，伸出手把楊氏從雪地裡抱了起來。

楊氏身上一暖，看見錢木匠那深邃中帶著關切的眸子，驀地撲在他懷中哭了起來。

錢木匠的心口沒來由地揪了一下，摟著楊氏的手又緊了幾分，原本稍顯木訥的臉上多了幾分不捨，低頭掃了一眼楊氏淚眼潸然的模樣，忽然喉頭一緊，伸手一把將楊氏按在路邊的圍牆上，低下頭親了上去。

楊氏驚呼一聲，隨即放棄了反抗，手中原本提著的褲子再一次落到了腳踝，整個身子被抱了起來，抵在身後的牆頭。

錢木匠忽然停下了動作，眸色幽深，喘著粗氣開口道：「嫂子，妳若是不嫌棄我，下半輩子就跟著我吧？」

楊氏的眼角帶著幾分春色，落下幾滴淚來，順從地點了點頭。下一瞬，身體的某個地方就被那灼熱怒張的慾望填滿了。楊氏逸出一串呻吟，低頭咬住錢木匠強壯有力的肩頭，在他的懷中起伏著……

大雪仍舊紛紛揚揚地下著，錢木匠脫下自己身上的獸皮，裹在了楊氏的身上，摟著她小心翼翼地往前走了幾步後，轉過身子，撿起地上的褲帶，撕開成兩截，蹲下來把那暈了的醉漢捆了起來，丟到一旁的牆根下，等著明兒一早巡邏的捕快見了，自然就會抓了他回衙門。做完這一切，錢木匠這才又轉身走到了楊氏的跟前。

楊氏縮著脖子，見錢木匠過來，臉上不由得透著一絲酡紅。方才兩人一時興起，居然行了那夫妻之事，此時想起來雖沒有後悔，但多少還是有幾分尷尬。

錢木匠反倒沒有以前那樣忸怩，走到楊氏的跟前，又伸手將她摟在了懷中。

楊氏身形嬌小，在錢木匠的懷中頗有一種小鳥依人的感覺，且彼此都禁慾已久，方才一番敦倫，兩人都透著一股爽快之意。

錢木匠低頭看了楊氏一眼，見她臉頰羞紅，雖然眼角多少有了幾道淺淺的皺紋，但依舊是徐娘半老，風韻猶存。他緊了緊手中的臂膀，兩人一路慢悠悠地走了許久，這才開口道：「我老家在餘橋鎮，家裡有一個老娘，妳若是願意，等過年的時候，我帶妳回去看看。」

楊氏從來沒聽錢木匠提起過家裡人的事情，對於趙家村人來說，錢木匠某種意義上算是一個外來戶，沒有人知道他為什麼會住到趙家村，也沒有人知道他還有沒有其他家人，如今聽錢木匠自己提起，楊氏愣了片刻，便小聲道：「回去看看老人家也是應該的，沒什麼不願意的。」

錢木匠聞言，臉上就多了一絲笑意，又開口道：「那敢情好，我也有些年沒回去瞧過了。」

錢木匠把楊氏送到了門口，自己並沒有進去，只站在門外看著楊氏道：「我先走了。我倆的事情，不著急跟孩子們說，等過兩天也不遲。」

楊氏這會兒臉頰還是紅的，也不知道是方才這一路被風吹的，還是剛才那小巷子裡的情潮還沒褪去，見錢木匠這麼說，開口道：「我聽你的。不然……先和彩鳳商量一下，聽聽她的意思？」

錢木匠點了點頭道：「也好，彩鳳比較有主意。那……妳進去吧，我走了。」

楊氏正要轉身開門，忽然又停下了腳步，把裹在自己身上的獸皮脫了下來，幫錢木匠穿戴好了，搓著兩手道：「好了，你去吧！」

錢木匠「嗯」了一聲，往雪地裡走了兩步。

楊氏探著身子輕喊道：「明兒早上過來吃早飯！」楊氏說完，瞧見錢木匠點了點頭，正打算推門進去，門卻吱呀一聲地開了。

趙彩鳳一直掛念著楊氏的安全，把趙彩蝶哄睡了之後，就一直在房裡邊做針線邊等著他們回來，方才聽見門外有動靜，就套上棉襖迎了出來，開門果然見楊氏已經站在了門口。趙彩鳳往雪地裡看了一眼，見錢木匠的身影已經遠了，便笑著道：「娘快別看了，人都走遠了！」

楊氏羞著臉走進門，嗔怪道：「外面雪大，地上路滑。」

趙彩鳳瞧見楊氏那一臉羞紅的樣子，也知道今晚她和錢木匠之間肯定有著某些質一樣的飛躍。趙彩鳳便笑著道：「娘啊……錢大叔這麼大老遠的，靠近年關了還來給我們家修房子，我瞧著他這回沒準想通了呢！」

楊氏聽了這話，越發就臉紅了，一邊往裡頭走一邊道：「妳別亂想，這種事情人家不說，我們也不好問的。」

趙彩鳳便故意道：「那不如娘妳明天問一問可好？這要是有個定數，那過年也就不用回去了，人多熱鬧唄！再過幾天相公也要從書院回來了，再把我婆婆和阿婆、寶哥兒都接出來，一大家子不好嗎？」

楊氏也知道趙彩鳳腦子好，是沒辦法瞞得過她的，悄悄抬眸看了她一眼，拉著她的手，支支吾吾地道：「彩鳳……我……我跟妳錢大叔……」楊氏說到這裡，臉皮已經脹紅到不行了，不知道如何開口。

趙彩鳳見楊氏這樣吞吞吐吐，就覺得八九不離十了，笑問道：「是不是成了？」

楊氏稍稍點了點頭，連忙開口道：「先別跟妳弟弟、妹妹說，我……我心裡也亂得很。」楊氏平時溫良賢淑慣了，遇上這種事情便有些亂了方寸。

趙彩鳳瞧她那樣子，倒是有幾分情竇初開的樣子，笑道：「娘妳別著急，好好理理順，錢大叔看著就不是不靠譜的人，若是他真的應了妳，必定不會騙妳的。」

楊氏聽趙彩鳳這麼說，也稍稍放下了心，又想到雪地裡的那一場敦倫，羞得腳趾頭都要勾起來了。

趙彩鳳哪裡知道，楊氏和錢木匠這把年紀了，竟還玩得那麼火熱，大雪的天氣，就已經把事情給辦了……

第二天一早，楊氏依舊一早就起了。

院子裡的雪已經堆得一尺高，趙彩鳳昨晚凍得一宿沒睡好，可一想起今兒還要去八寶樓商議事情，便也只能從被窩裡頭爬起來。

趙彩蝶昨晚睡得早，這會兒已經在院子裡玩，錢木匠做了一個竹蜻蜓給她，她一邊玩，一邊追著竹蜻蜓跑來跑去。

趙彩鳳洗漱完了出來，錢木匠見了，還是跟往日一樣喊了她一聲「彩鳳」。趙彩鳳也只和往常一樣，喊了錢木匠一聲「錢大叔」，看起來一切如故。

錢木匠低下頭，開始鋸手裡的木頭，楊氏在灶房裡頭喊了大家夥兒進去吃早飯。

趙彩鳳看了一眼貼在灶房裡頭的年曆，用手指點了幾下，開口道：「娘，再過三天就是臘八，相公要回來了。」

楊氏聞言，笑著道：「那敢情好，我前一天晚上多泡一些豆子，煮臘八粥給你們喝！」

趙彩蝶聞言舔了舔嘴唇，小聲地道：「彩蝶最喜歡吃臘八粥了！」

趙彩鳳聽了，笑著道：「小乖乖，妳又從哪兒學來的這是？去年臘八妳還只會吃奶呢！」

楊氏給錢木匠添了一碗小米粥，擺上了一簍子的窩窩頭。

趙彩鳳飯量小，喝了小米粥後，只吃了小半個窩窩頭就飽了，打算回房裡取一塊長條的圍巾把自己裹起來。

楊氏知道她今天要出門，便囑咐道：「晚飯前回來，我今兒要去店裡頭幫忙。」

趙彩鳳聽見楊氏的囑咐，又進門道：「放心吧娘，我就是和黃老闆商量一下事情，用不著多少時間的。」

楊氏見趙彩鳳火急火燎地出門，又跟了出去道：「妳路上小心些，外頭路滑！」

趙彩鳳朝著楊氏揮了揮手，示意她回去。

這是趙彩鳳來到古代之後遇上的第一場雪，它把無情的嚴寒帶到了趙彩鳳的身邊，若不是吃了那兩個多月的中藥，這會子趙彩鳳怕是只能躲在被窩裡頭發抖。趙彩鳳呵著寒氣，裹上了圍巾，依舊縮著脖子往外走。

呂大娘見了，疑惑地開口道：「彩鳳，妳這脖子上裹一塊布是做什麼呢？」

趙彩鳳兜著頭，一邊低頭暖手，一邊道：「外頭風大，擋擋風而已。」

呂大娘見了，笑著道：「年紀輕輕的怎麼就這麼怕冷呢？來我這爐子邊上烤烤火吧！」

趙彩鳳也不想這麼怕冷的，可想想自己，一瞬間從一個處處有暖氣、出門就可以攔計程車的地方，來到了這個滴水成冰、家裡窮得連炭火都要省著燒的地方，她容易嗎？

以前穿羽絨衣時，趙彩鳳只覺得自己臃腫，可現在她真想捉幾隻鴨子來，把毛拔了自己縫一件啊！但理智地想一想，似乎沒有可行性，古代的面料都是織布機織的，縫都比較大，這羽絨就算揣在裡頭，過不了幾天只怕也都掉光了……趙彩鳳腦補了一下自己渾身冒鴨毛的樣子，決定自己還是乖乖的，等有空再做一件棉襖穿上得了。要是被人知道自己穿越了過來，最後卻是被凍死的，也確實有點丟穿越女的臉面啊！

昨天商定了改革方案，今天八寶樓就關門停業了。

趙彩鳳去八寶樓的時候，黃老闆的馬車已經停在了門口。

謝掌櫃見趙彩鳳來了，親自迎了出來道：「小趙來了啊？東家已經在裡頭等著妳了！」

二樓黃老闆平時處理公務的書房裡頭，早已經燒上了暖爐。黃老闆沏了一壺茶，開著半扇窗戶，站在那邊看著長樂巷裡頭白皚皚一片的雪景，聽見有人推門進來，轉身看了一眼，見是趙彩鳳來了，便伸手將那窗戶給關上，將一室嚴寒擋在了屋外，笑著道：「我昨晚回去想了一宿，覺得這事情得辦得快一點，咱今兒就商量一下，要買什麼東西，妳儘管開了單子出來，我今天就派了夥計出去，把能買的東西都買回來！」

趙彩鳳也點頭稱是，想了想，開口道：「東家，那這樣，我說東西，您先記下來，咱再討論這東西要不要買？」

黃老闆點了點頭，伸手在桌上已經凝固的硯臺裡頭加了點水。

趙彩鳳瞧見邊上有墨，駕輕就熟地就磨了起來。

黃老闆見了，笑道：「小趙這磨墨的手藝倒是不錯，大抵是以前經常和宋舉人紅袖添香吧？」

趙彩鳳想起宋明軒來，臉頰微微泛紅。他這一去就是兩個多月，原本說好了會回來瞧一瞧的，可沒想到他那個老實性子，只怕是唸書唸呆了，居然這麼長時間也沒回來過，想想也真是讓趙彩鳳氣憤得很。

趙彩鳳羞澀道：「東家又開我玩笑，我可不耐煩看著他唸書，磨完了就丟開了。」

黃老闆見墨磨得差不多了，便鋪好了紙張，蘸飽了墨水，等趙彩鳳開口。

趙彩鳳在房裡走來走去，細細思索了片刻後，緩緩開口道：「銅鍋五十口、木炭一百斤、花生和芝麻各十斤、全羊兩頭、豬一頭、肥牛三十斤、白菜一百斤、馬鈴薯一百斤、蒜頭十斤、香菜十斤、藕片和筍乾各十斤、木耳和香菇各五斤，另外還有鴨血、毛肚、雞翅膀、雞蛋、鵪鶉蛋……」趙彩鳳巴拉巴拉的，把平常她在海底撈最喜歡吃的東西都說了出來。

除了那些海鮮和丸子類的東西沒有說，其他的幾乎全部列在了單子上。

黃老闆看著這滿滿的一頁紙，一個個地打勾確認，最後問趙彩鳳道：「這豬一頭，要怎麼才能下到鍋裡頭去呢？」

趙彩鳳見黃老闆那一副不恥下問的表情，笑著道：「把豬肉做成蛋餃、菜肉丸子、獅子頭，這樣就可以下在鍋裡吃了。其實直接買豬肉就可以，豬頭似乎也沒有什麼用。」

黃老闆聽了，茅塞頓開，點了點頭道：「不錯不錯，菜肉丸子很好吃！」

黃老闆拿著算盤算了一下，已經粗略估出了這些東西所需要投入的成本，想了想後，喊了夥計上來，把定下來的單子遞給了他道：「這些東西，讓謝掌櫃出去下單。五十個銅鍋要快，若是一家湊不齊，就多找幾家，務必在兩天內給我弄出來。」

那夥計一個勁兒地點頭，看了一眼這單子上密密麻麻的東西，大白菜一次買一百斤……東家是瘋了不成？留著過冬嗎？不過作為夥計，他也沒啥發言權，乖乖地拿著東西走了。

黃老闆目送那夥計下樓後，從書桌的抽屜裡頭拿出一張疊好的紙，推到趙彩鳳的跟前，開口道：「小趙，這是我昨天答應妳的，一成的分紅。從今天起，這八寶樓每賺十兩銀子，裡頭就有一兩是妳的。」

趙彩鳳翻開那契約看了一眼，笑著道：「東家果然是個講信用的人，像我們這樣的窮人，想著到城裡發家致富，當真不是件容易的事情，天上沒掉餡餅的好事，我也是不得已——」

趙彩鳳還沒說完，黃老闆就招手示意她坐下，開口道：「我欣賞正經做生意的人，不喜歡那些不勞而獲的。妳想法子讓八寶樓起死回生，這些都是妳應得的。」黃老闆說完這些，又擰了擰眉頭，繼續道：「只是，有時候胳膊擰不過大腿，要是我們這一招還是沒能翻身，那我給妳的這東西，不過也就是一張廢紙而已。」

趙彩鳳這下也好奇了，雖然她知道京城裡龍蛇混雜，但很多事情在明面上做得還算乾淨，聽黃老闆這麼說，只怕那個對手是相當不簡單了。

「東家，有件事情，也不知道我當不當問，就是你昨兒和謝掌櫃提過的那個府上，也不知道是京城哪家府上？」像趙彩鳳這樣的平頭百姓，進了京城才知道這兒有著滿地的富豪，可富豪和富豪之間也有些實力差距的。況且，聽說宋明軒這一次的考題就是削爵，這麼說來，這勢口，這些侯門公府的少說也應該稍微避些嫌才是。

黃老闆見趙彩鳳問起了，也不瞞著她，開口道：「這一條永樂巷，有一半的鋪子都是誠國公府的，前兩年誠國公府銀根吃緊，賣了不少鋪子，我這鋪子就是那時候入手的，如今的世子爺想要收回去，正巧前一陣子又出了那小馬兒的事情，抓了誠國公府的六爺，而那小順子又是我們店裡的人，我放了他回去避一避，也不知道是不是為了這件事情記恨上我了。」

趙彩鳳聽黃老闆這麼說，頓時就明白過來了，看來那誠國公府當真是京城一霸，上次小馬兒和販賣人口的事情才過沒幾個月，就又開始出來做壞事了。

趙彩鳳見黃老闆臉上還帶著幾分鬱色，開口道：「放心吧東家，這天底下有做不完的生意、接不完的客人，他們走他們的陽關道，我們走我們的獨木橋。您放心吧，我保證這火鍋店的生意不會差的！」

黃老闆見趙彩鳳一副信心十足的樣子，頓時也就多了幾分信心。

趙彩鳳問道：「東家，不過做了火鍋生意後，除了徐大廚以外，另外的兩個大廚東家打算怎麼辦？」

這火鍋店不炒菜，廚子自然就用不著了。黃老闆被趙彩鳳這麼一提醒，也想了起來，便差人把黃大廚和石大廚都喊上了樓，把這八寶樓要改成火鍋店的想法同兩人說了一下。

兩人都是店裡頭的老夥計了，聽了這話，大約也知道了黃老闆的意思，臉上頓時就難看了幾分。

那黃大廚想了想，開口道：「東家，我家祖上做豆瓣醬特別好吃，東家要開火鍋店，總也要蘸醬料的，我不說別的，這調醬料的本事還是有的，東家就留我在這邊調醬料吧！」

石大廚見黃大廚有了去路，也急了，跟著開口道：「東家，我刀工好，吃涮菜可不像咱以前炒菜，一個白案就夠了，我瞧著胡師傅一個人未必能應付得來，東家要是留我，我就跟著胡師傅一起做菜案子。」

這兩人也都是八寶樓幹了十幾年的老夥計了，黃老闆見兩人都這麼說了，自然也不好意思辭了他們，況且眼看著就是年底了，誰也不想在這個時候丟了飯碗。

黃老闆點頭道：「行吧，那這醬料的事情就交給老黃了，菜案子就老石和老胡管著。今兒銅鍋一回來，我請你們吃第一爐火鍋！」

趙彩鳳笑著道：「東家，要是銅鍋和炭火這兩天都能到位，我們就趕在臘八開業，到時候多寫一些單子，讓夥計們上街頭發一下，咱搞一個開業酬賓活動。」

「開業酬賓？」黃老闆擰眉不解地看了趙彩鳳一眼。

很顯然，黃老闆是個規規矩矩的生意人，以前肯定沒有搞過類似的活動。趙彩鳳笑著道：「開業酬賓呢，就是剛開業的時候，給客人一些優惠。咱不直接打折扣，而是做一些抵用券，蓋上八寶樓的章，只要消費滿三百文，就送一張抵用券，抵用券相當於三十文，等下次客人再來消費的時候，滿三百文就可以少付三十文的銀子。」

黃老闆聽了，不禁好奇地問道：「小趙，照妳這個演算法，那咱不是把客人給套牢了啊？要是他不再來，那妳說的那個抵用券不就沒用了？」

「做生意不就是要把客人套牢嗎？東家，以前你用八寶樓的招牌八寶鴨套牢客人，現在招牌沒了，當然要想別的法子，繼續套牢客人了，不然的話，這生意怎麼長久呢？」

黃老闆嘖嘖稱奇道：「小趙，妳是怎麼想到這辦法的？這麼一來，那肯定很多人願意再來的！不過這菜價我倒是得好好算算，要把這個抵用券也算進成本裡頭。」

趙彩鳳笑著道：「東家，一般收到這抵用券的人，也不會個個都當回頭客的，大概的概率在八成左右，且一桌只能用一張抵用券，這樣規定死了，東家也好算成本。」

黃老闆一個勁兒地點頭道：「這辦法真是不錯！只是……要是一開始沒有客人來，那咱又應該怎麼辦呢？」

趙彩鳳蹙著眉頭想了想，以前這八寶樓是做正統淮揚菜的，價位稍高，現在做火鍋生意，按道理平均消費水平應該是下降的，但在長樂巷這個地方，來的都是有錢人，所以價格還是能提上去的，看來還是得走海底撈、澳門豆撈這一類中高檔火鍋路線。

趙彩鳳靈機一動，開口道：「東家，開業那天，就向路人免費發送抵用券吧，我就不信沒人貪這個新鮮和便宜！只要他們吃上了癮，咱就不愁沒生意做！」

說幹就幹，趙彩鳳當天就和黃老闆設計了一個抵用券的款式，畫出了樣稿，還加了防偽標誌，請刻字先生務必在兩天之內刻出來。

第二天晌午，從城東那對夫妻那裡訂購來的第一批火鍋底料也到了店中。黃老闆親自下樓驗了貨、嚐了味道，把銀子結了後，讓他以後每兩天送一次底料，若是店裡有不夠用的，就臨時派人再去他那邊拿。

謝掌櫃親自點上了炭火，包間裡頭設了一席，溫了熱酒，請了店裡頭的幾位大廚還有趙彩鳳，一起吃這重新開業前的第一頓。

眾人吃著火辣辣的火鍋，個個歡聲笑語。

黃老闆難得心情好，讓外頭的夥計們也湊了一桌，笑著道：「大家努力一把，爭取讓咱們八寶樓的生意就像這個炭鍋一樣，越來越紅火！」

夥計們都清閒了一陣子，難得又要緊張起來，頓時覺得渾身都是幹勁。

到了下午，刻字先生刻的抵用券專用章也刻好送了過來。

趙彩鳳在紅墨印泥裡頭蘸了一下，在紙頭上印出幾個字來：憑此券可抵銅錢三十文，消費三百文可用。下面是八寶樓三個大字。

黃老闆看了一眼，紅字雖然明顯，但是印章蓋在上面，還是覺得小了些，不夠一目瞭然，最後決定讓謝掌櫃先抄幾張出來，然後再蓋上抵用券的紅印。

謝掌櫃字寫得一般，蓋上了紅印也能看，趙彩鳳看著謝掌櫃這一般般的字跡，就想起了宋明軒來。他那一手蠅頭小楷，就跟字帖上刻下來的一樣，若是讓他抄上個幾十份發出去，那些識貨的年輕公子們看了，頓時就會覺得這格調高了起來。

趙彩鳳拿著抵用券發了半日呆，這才想起來明天就是宋明軒放寒假的日子了！

古代沒有明顯的寒暑假之分，但是過年期間大多數的學生都會回家，所以書院也就不留學生在那裡了。過了臘八，除了一些路遠、在京城沒有親戚的學生還會留守在書院，大多數人都捲起鋪蓋回家過年了，這假期一直要放到正月十七，元宵節後的兩天。

趙彩鳳前幾日去劉家找錢喜兒的時候，就聽說了他們臘八要放假的事情。因為劉八順和宋明軒都沒回過京城，所以劉家派了下人，給他們送過幾次東西，趙彩鳳也又做了新的棉襖託劉家的人送了過去。劉家人回來的時候帶了一封信給自己，裡頭居然是一幅自己的畫像，雖然只是黑墨線條，但看著還真有七、八分像。趙彩鳳見了那東西，也不好意思怪宋明軒了，至少人家心裡頭還想著自己呢，不然也不會巴巴地託人把畫像帶回來。

臘八這天是這幾日難得的好天氣，一早外頭就升起了明晃晃的太陽，地上的積雪已經化得差不多了。趙彩鳳在被窩裡頭翻了一個身，就聽見外頭有釘釘錘的聲音。

楊氏從灶房裡頭出來，招呼錢木匠道：「她叔，去裡面吃些臘八粥吧！」

錢木匠低著頭應了一聲，抬頭看楊氏的時候倒是略有些不好意思，點了點頭，放下手裡的錘子，往灶房裡頭去。

楊氏跟在他身後，走到趙彩鳳房門口的時候，敲了敲房門道：「彩鳳，要是醒了就起來吃臘八粥吧！」

趙彩鳳應了一聲，人卻還窩在被窩裡沒動。天氣實在太冷了，趙彩鳳花銀子給家裡每間房間都添了一個炭盆，昨晚她烤著炭盆睡覺，總算是睡了一個暖和的覺。這會兒炭盆早已經滅了，所以除了被窩裡，外頭又是冷颼颼的一片，趙彩鳳想起這個就沒有勇氣爬出被窩。在被窩裡和被子決鬥了許久，趙彩鳳才忍不住裹了棉襖起身，下身穿著臃腫的棉褲。因為個子不高的原因，瞧著就像一顆中間捆了一條繩子的糖果，幸好這房裡沒有穿衣鏡，不然趙彩鳳見了自己這副樣子，鐵定是不肯出門的。

化雪的天氣特別冷，趙彩鳳穿好了鞋襪，走到太陽底下曬了曬，也只有在太陽底下，才能有一絲暖融融的感覺。

今天是八寶樓轉型後第一天營業，趙彩鳳宣布了晚上一家人去八寶樓裡頭吃一頓。

楊氏擰眉道：「妳帶著妳叔還有弟妹們一起去吧，我還要去妳姥爺店裡頭幫忙。」

趙彩鳳開口道：「不然讓姥爺今天早點打烊，八寶樓那邊關門晚，如今開的火鍋店，主營消夜，至少要到子時才關門的。」

楊氏還要推辭，卻聽錢木匠道——

「我戌時過去接你們。」

楊氏本就是賢良淑德的女人，一切以男人為中心，那日和錢木匠交心之後，心裡早已經認定了他，聽他這麼一開口，也只低下了頭，小聲道：「那，我一會兒去店裡，跟我爹娘說一聲。」

趙彩鳳偷偷地瞟了兩人一眼，怎麼有一種錢木匠要見岳父、岳母的感覺了？趙彩鳳低頭笑了笑，小心翼翼地喝著暖融融的臘八粥。

吃過了早飯，楊氏和趙彩鳳一起出了門，兩人一同走到了巷口，正要分道揚鑣的時候，楊氏又回身道：「一會兒妳要是有空，去杜家接一下妳弟弟，今兒是臘八，他們族學那邊大約也要放年假的。」

這幾日趙彩鳳忙得暈頭轉向的，早就把這事情給忘了，聞言拍了拍腦門道：「差點把這事給忘了！我去店裡頭看一眼，就上杜家接人去。」

楊氏見趙彩鳳記下了這事情，才放心地往廣濟路那邊去了。

趙彩鳳到八寶樓的時候，外頭早已經張燈結綵的，一副重新開業的熱鬧景象，黃老闆特意請了一支舞獅隊在八寶樓的門前表演，引得往來的百姓都爭相觀看，這時候夥計們則紛紛出動，把一份份蓋了章的抵用券送到了那些圍觀的百姓手中。

老百姓從來不知道這世上還有白送銀子的事情，一個個好奇地問道：「這抵用券，真的能當銀子花嗎？」

一旁的趙彩鳳笑著解釋道：「在我們店裡，它就能當銀子！不過是有條件的，你得先消費滿三百文，就可以抵扣三十文錢，等於你吃了三百文的東西，最後只要花兩百七十文錢。」

那人聽了，笑著問道：「妳這裡頭現在賣什麼？好不好吃啊？三百文也不便宜了。」

「不好吃我請你，你說怎麼樣？全京城只此一家，進去試了就知道了。八寶樓在京城也做了十幾年了，還能坑你們這些老主顧不成？」趙彩鳳笑著在人群裡招攬生意，領了人進門去。

外頭的老百姓見有人進去了，一個個也好奇了，嘰嘰喳喳地討論了起來。

「八寶樓居然做起了打邊爐的生意？我以前在蜀地的時候吃過，那邊的人家家戶戶都愛打邊爐，尤其是這樣的冬天，吃一頓渾身都來勁了！」

「那咱還等什麼，進去試試唄？這抵用券在手裡，不用白不用啊！」

「好，進去試試！」

趙彩鳳瞧著客人們陸陸續續地進去，心下也鬆了一口氣，把菜單拿過來又看了一遍，總覺得少了些什麼，忽然就茅塞頓開了。「臥槽……居然忘了放豆製品！怪不得總覺得少了些什麼。」趙彩鳳想到這裡，忙去找了黃老闆道：「東家，我覺得咱還可以再添一些東西，我家隔壁有老倆口做豆腐腦做得可好了，我覺得咱這火鍋裡頭，應該添幾樣豆製品，比如豆腐皮、豆腐果、老豆腐、凍豆腐一類的東西，這些東西成本低，但是好吃又健康。」

黃老闆對這火鍋裡能加些什麼東西也是一知半解，聽趙彩鳳這麼說，只開口道：「那就聽妳的。」

趙彩鳳想了想，往殿堂裡頭看了一眼，又笑著道：「我還可以讓我姥爺上店裡頭來表演拉麵，一邊拉一邊幫人下鍋裡。」

黃老闆聽了，一個勁兒地點頭道：「這個好、這個好！」

趙彩鳳正想答應，但是想起楊老頭畢竟年紀大了，照顧麵條店的生意都已經很吃力了，還要讓他過來實在是太累人了。趙彩鳳咬了咬牙，心道自己也是學過兩個月拉麵的人，拉十個人吃的拉麵搞不定，但一次拉一個人吃的總能解決，於是拍了拍胸口，信誓旦旦地道：「東家，以後店裡的拉麵，我來拉！」

黃老闆聽她這麼說，笑著道：「小趙，要是這樣，那我可得給妳開工錢了。」

趙彩鳳笑著問道：「東家不嫌棄我是個女流之輩了？」

「我那不是嫌棄妳，是不想妳一個姑娘家在外頭拋頭露面的。如今妳已經成家了，我就沒必要為這個擔憂了，只是……讓舉人太太給我八寶樓當拉麵師傅，這是不是太屈才了點？」

「噗，這有什麼屈才的？我家相公我還讓他學過拉麵呢！」

卻說宋明軒自九月去了玉山書院之後，足足兩個多月都不曾回京城一次。其實書院每十天有一次休沐，書院裡的夫子和學生都可以自由活動，但宋明軒原本就是不喜歡交往應酬的性子，所以統統都婉拒了。

眾人見狀，以為宋明軒得了解元後，眼珠子長在了腦門上，也漸漸的不願意和他交往了，只有劉八順知道宋明軒的心思人品，兩人同吃同睡、形影不離，一起研究學問。

劉八順原以為宋明軒和趙彩鳳新婚燕爾的，必定是想念得很，便試探了幾次，問宋明軒要不要回京一趟？宋明軒知道從玉山書院回京並不方便，來回喊車頗費銀子，他又如何捨得亂花這些銀子？所以只說要好好進學，不想回京。劉八順見宋明軒不肯走，自己一個人回去也沒什麼意思，就也沒跟著回去，這一眨眼就到了臘八放年假的日子。

劉家的馬車一早就在門口等著了，兩人將鋪蓋捲好了，揹著常用的書籍和換洗衣服，從書院裡頭走出來。因書院偏遠，路人稀少，前幾日下過的雪這時候還沒化乾淨。

劉八順和宋明軒上了馬車，地上雪融路滑，一路都慢慢行駛。

宋明軒掀開簾子看了一眼這道路兩旁的樹木，當日他們進書院的時候還鬱鬱蔥蔥，這會兒早已經只剩下枯黃的樹幹。

前頭趕車的小廝揮著鞭子，一邊趕車一邊道：「少爺，太太說了，少爺若是再不回去，她自己都要到這書院裡頭瞧瞧了，看到底有什麼好的，竟連家都不回了。」

劉八順聞言，笑著道：「書院裡頭安靜，又有夫子在，有什麼疑難隨時都可以請教人，哪裡是家中可以比的？若是回去一趟，少不得要耽誤好幾天的功課。」

那小廝聽了，笑著道：「少爺何必這麼著急，不是說要等三年之後再考的嗎？」

劉八順看了宋明軒一眼，想了想，開口道：「宋兄說打算進去看看場子，我打算和宋兄一起進去，只考一場就出來。」

那小廝聞言，嚇得手裡的馬鞭都抖了三抖，開口道：「少爺，這二月初的天氣當真冷得很，聽說場子裡頭連夾衣都不准帶，這春闈可不比秋闈輕鬆吶！」

「你進去考過？瞎咋呼什麼？都這樣還不是年年有人考中的？我不過就是進去看看，反正三年後也是要進去的，先去看看題目，感受一下氣氛好了。」

宋明軒這時候的想法卻又跟一開始答應趙彩鳳的不一樣了。這兩個多月來，他幾乎把之前十幾屆春闈的卷子都給做過了，韓夫子對他頗為看重，每一份卷子都會仔細批閱點評，說他要是發揮正常，縱使一甲前三拿不到，混個二甲前十應該也是不在話下。

宋明軒想到這裡，還覺得略略有些興奮，手中的拳頭握得緊緊的，心中也信心十足，只等著回去好好跟趙彩鳳溝通一番，讓她答應自己這一回搏一搏。

馬車進了京城，街道也都熱鬧了起來。過了臘八就是年節，回鄉探親的百姓因此都走得差不多了，留下來的百姓大多都是要在京城過年的，有的店家已經開始張燈結綵的準備過新年了。

城裡人多，馬車就越發比在城外的時候行駛得慢了。劉八順撩開簾子，往外頭看了一眼，囑咐趕車的小廝道：「先去一趟朱雀大街，到杏花樓打包一些紅豆糕，太太最愛吃的了。」

那小廝聞言，應了一聲，馬車到路口換了一個方向，便往朱雀大街去了。

朱雀大街上依舊人滿為患，宋明軒撩開簾子看了一眼，見了那些穿戴富貴、人頭攢動的行人，開口道：「怪不得都說朱雀大街是有錢人來的地方，果然是這樣。」

劉八順跟著往外看了一眼，笑道：「外頭走的都是奴才，真正有錢的人都在車裡坐著呢！不過這些有錢人家的奴才，就比一般平民百姓不知道富貴多少了。」劉八順一家就是因為劉老爺曾經在恭王府當過二管家，所以才攢了銀子發家的，他如何不知道這其中的道理？

馬車在一家店門口一晃而過，劉八順忽然喊了那小廝停下，笑著回身問宋明軒道：「宋兄，你這一去兩個多月，難道就這樣雙手空空的回去了？」

宋明軒一時沒明白劉八順的意思，抬頭看了一眼，只見珍寶坊那黑底燙金的招牌就掛在店門口。宋明軒想起了蕭一鳴送給自己和趙彩鳳的新婚之禮，心中還覺得略有些鬱悶。可自己囊中羞澀，這店裡的東西，只怕沒有幾樣是他買得起的。

劉八順瞧見宋明軒的臉色，便知道他在煩惱些什麼，笑著道：「宋兄放心，這裡頭有便宜的東西，我帶你看去。」

原來這珍寶坊雖然是做大戶人家生意的，但大戶人家的夫人、小姐過來看東西，沒有幾個是不帶著丫鬟的，故而裡頭有一個專門的櫃檯，擺著的都是小丫鬟們平素喜歡的款式。不過材質由原本的赤金改成了白銀，且造型上稍有改動，所以價格方面自然就便宜了很多。

宋明軒見劉八順這麼說，便也饒有興趣地跟著下了車。

因為這店裡頭平素都是女子，所以劉八順很熟門熟路地帶著宋明軒從側門走了進去。宋明軒進去之後，才知道這店的側面還有一個小偏廳，裡頭等著的都是一應男子，有十七、八歲的公子哥兒，也有二十七、八的官人。

劉八順便向宋明軒解釋道：「這邊是男人待的地方，裡頭只有女子才能進去，我們進不去的。」

說話間，招呼客人的年輕媳婦已經來了，見了劉八順便開口道：「這不是杜太醫的小舅子劉公子嗎？怎麼今兒有空來我們這裡？」

劉八順笑著道：「今兒臘八，書院放了年假，正打算回府，麻煩掌櫃的拿幾樣新款式的首飾過來瞧瞧，赤金的、白銀的都拿幾樣，我選一選。」

那掌櫃的聞言，笑著道：「那劉公子您等著。對了，上個月喜兒姑娘過來打了三個金鑲玉的項圈，說是過年要送人的，如今也打好了，要不要一同拿回去？」

劉八順聞言，開口道：「那就拿過來吧，我一同帶回去，明兒妳派人過來府上收銀子。」

宋明軒目送那掌櫃的離去，細細地回想了一下這會子他荷包裡頭有多少銀兩。去玉山書院的時候，趙彩鳳給了他五兩銀子帶著，玉山書院每個月的伙食費是一兩銀子，他一共花了二兩半銀子，還有二兩銀子買了一些書籍用具、筆墨紙硯，總共只剩下了半兩銀子。不過自己運氣好，放年假之前被書院評上一個全優，有二兩銀子的嘉獎，只是這二兩半銀子，不知道夠不夠買一根像樣的簪子？

宋明軒想到這裡微微吁了一口氣，收回目送那掌櫃離去的視線，心裡有些七上八下的。

不多時，掌櫃的捧了一個寶藍色緞面的錦盒過來，打開了遞到劉八順和宋明軒的眼前。

錦盒分為兩層，上層一溜煙六、七個赤金纏絲的簪子，上頭嵌著各色寶石；下面一層是幾根素淨的銀簪，雖說沒有赤金的讓人看著奪目，卻勝在高雅清秀。

那掌櫃本就是極為識人的，從宋明軒進門的第一眼便瞧出了他囊中羞澀，可劉八順對他卻又如此恭敬有禮，想必定然不是一位普通人。果然，她只把那錦盒的上層移開，就瞧見宋明軒的眼神似乎微微一亮，顯然底下這幾根銀簪很合他的心意。

宋明軒的眼神微微掃過這錦盒裡的簪子，一時間沒發表意見。

那掌櫃笑著開口道：「這位公子，這幾支簪子雖然瞧著素淨了些，卻是我家小姐親自設計的，公子若是喜歡，小店倒是可以算公子便宜些。」

宋明軒聞言，忍不住抬頭問道：「掌櫃的說的可是當真？」

那掌櫃笑著道：「自然是當真的，這珍寶坊在京城開了也不是一年、兩年了，豈有哄騙客人的道理？」

宋明軒的視線在那幾根簪子上一來一去，一時間也沒了主意，躊躇了半日，這才伸手拿了一支梅花樣子的簪子起來。那簪子做成了梅花的形狀，花心處用幾顆米粒大的珍珠嵌在上面，幾片花瓣也都是珍珠鑲嵌而成。整個簪子是一支梅花的形狀，三朵盛開、兩朵含苞，最後一個花骨朵稍稍翹起，用一顆大珍珠收尾，很是別致。

劉八順見宋明軒選定了，也湊上去看了一眼，笑著道：「宋兄果然是讀書人，這根簪子倒是雅致得很。」劉八順說完，抬頭問那掌櫃的道：「店家，這簪子多少錢？」

那掌櫃的瞧了一眼那簪子，笑著道：「公子原來看上了這個？那公子真是好運氣了，幾個月前有一位姑娘也瞧上了這簪子，我見她和這簪子相配得很，本想送了她的，誰知她偏偏不肯要。如今公子既然看上了，也算是緣分，我收您半吊錢，這簪子您就收好了吧。」

宋明軒聽了這話，心裡還有幾分不服，默默道：這世上除了彩鳳，定然沒有比她更配得上這簪子的人了！

兩人從珍寶坊出來後，去杏花樓買了紅豆糕，這會兒已經差不多就要午時了。宋明軒懷裡揣著錦盒，心下卻還有些惴惴不安。花了半個月的伙食費買了一根簪子，若是讓趙彩鳳知道了，也不曉得會不會生氣？不過，一想到趙彩鳳平常樸素得連一根像樣的簪子都沒有，宋明軒便不覺得後悔。

車子又往前面走了一會兒，從朱雀大街到討飯街正好要經過長樂巷的路口，這時候路口被浩浩蕩蕩的人群給擠滿了。趕車的小廝瞧著此路不通的樣子，拉著一個行人問道：「今兒前頭幹什麼呢？難道是長樂巷裡頭有紅姑娘要開苞了？」

那行人瞧了一眼小廝，笑著道：「這位小哥，你快別笑話我了，咱怎麼看也不像是有錢進去泡紅姑娘的啊！再說，這大白天的，人家窯子也沒開門啊！」

「那你們一個個往裡頭去幹什麼呢？」小廝不解地問道。

「前頭八寶樓重新開業，直接發銀子，還免費送拉麵呢，我瞧瞧熱鬧去！」那人說完，也不等小廝再問，興沖沖地就往人群裡頭擠了進去。

劉八順瞧著馬車不動了，便挽起簾子問道：「前頭怎麼了？」

那小廝一時也沒弄清楚是什麼狀況，便把剛才那路人的話傳了一遍。「聽說前頭八寶樓開業，直接送銀子，圍著好多百姓，這路都給堵了半邊了。」

劉八順也算是打小就在京城裡頭長大的人了，什麼事情沒聽說過？可這店家直接送銀子的事，還當真是第一次聽說呢，因此好奇地道：「發銀子？什麼銀子？你把車靠邊停下，也去領些回來看看！」劉八順畢竟年紀小，聽了這話有些好奇，便隨口吩咐道。

那小廝見少爺發話了，且他自己也有幾分好奇，便乖乖地把車停到了路邊，跳下車去。

「少爺，那您等著，小的這就過去瞧一瞧。」

宋明軒這時候也有些好奇，這八寶樓在他的心中一直都是生意很好的，如今卻要重新開業，也不知道還能做什麼生意？況且又搞什麼直接發銀子，那是什麼主意？直接發銀子豈不是虧到姥姥家了？這群商賈人家為了賺錢，也確實滿拚的了。宋明軒心中正一連串的問號時，忽然瞧見方才那個擠進人群的小廝又擠了出來，手裡拿著兩張抵用券，興高采烈地往這邊招呼。

「宋相公，我在裡頭瞧見宋夫人了，她在裡面發這個抵用券呢！人太多，我喊她她沒聽見。」

宋明軒聞言，心下一陣激動，正要下馬車去，又想起自己的書簍行李全在車上，頓時又有些不好意思。

劉八順見了，笑著道：「既然嫂夫人在這邊，宋兄就下車吧，明兒我再讓小廝把你的東西送回去，宋兄只管去找嫂夫人好了。」劉八順見宋明軒這副魂不守舍的樣子，也有幾分想錢喜兒了，見宋明軒撩了袍子下車，目送了他一程，便開口對那小廝道：「快，咱們也早些回去，別讓太太等急了。」

小廝偷偷瞟了一眼劉八順那紅紅的臉頰，笑著道：「少爺是真怕太太等急了，還是怕未來的少奶奶等急了呀？」

劉八順見那小廝油腔滑調的模樣，嗤了一聲道：「少油嘴滑舌的！今兒臘八，一會兒我賞你幾個銀子，找幾個腿子來八寶樓吃一頓吧！」

那小廝一聽，頓時就樂了，笑著把手裡的抵用券遞給了劉八順道：「少爺您瞧，用這個能抵三十文錢呢，可不就是當銀子花？」

宋明軒下了車，頓時就覺得身上一陣寒意。玉山書院裡頭看書的地方都有炭盆，那邊又有很多富家子弟，身邊都跟著書僮，基本上是人走到哪兒，炭盆就跟到哪兒的，像宋明軒這樣窮人家的學子，就可以免費蹭炭盆了。住的宿舍裡頭，劉八順家又送了幾個炭盆來，每日讓管宿舍的老丈點好了，所以回宿舍也都是暖暖的。

宋明軒被這寒風一吹，才想起趙彩鳳等人住在討飯街的小院子裡，如今家中拮据，定然是捨不得買炭盆的，想到這裡，忍不住又心疼起趙彩鳳來。他抱著懷裡那裝著簪子的錦盒往裡頭擠了擠，果真就瞧見趙彩鳳站在人群中分發著抵用券。

她身上穿著一件青花布棉襖，頭上戴著同色的包頭布，下身棉褲看著也有幾分肥大，腰間繫著腰帶，看著倒像是一顆發福了的糖果。臉上雖然被寒風吹出兩坨紅紅的顏色，卻依舊笑容可掬地分發著手中的抵用券。

「大家可以進去看看，八寶樓新開，裡頭有暖融融的火鍋！有這抵用券可以直接當銀子用，都進去試試吧！」

宋明軒就這樣站在人群中，看著趙彩鳳笑著招呼眾人。這大冷的天氣，她的手指都凍得有些紅腫，可她嘴邊依舊是那陽光燦爛的笑容。忽然間，身後的人往前擠了一把，宋明軒一時沒站穩，身子往前衝了兩步。

這時候趙彩鳳正轉身張羅自己後頭的客人，並沒有瞧見擠進人群的宋明軒，只覺得腳步微微不穩，身子正要往前跌的時候，忽然有人從身後一把抱住了她，趙彩鳳喊了一聲，身子往後一仰，手裡的抵用券散了一地，路人見了，興高采烈地低頭哄搶起來。趙彩鳳微微一滯，抬頭就瞧見宋明軒正摟著自己的腰，低頭看著自己，那眸中射出的火辣視線，一時間燒紅了她的臉頰，她只覺得自己的臉越發燙了起來，正想推開宋明軒時，卻不想那人已動情地低頭吻了上來。宋明軒的吻帶著幾分難耐的霸道，趙彩鳳輕哼了一聲，舌尖就已經被那熱切而靈活的地方勾住，緊接著便是更深的探入。

宋明軒的舌尖勾畫著趙彩鳳的唇形，掃過貝齒，吮吸著她口中的馨甜。

幾個低頭撿抵用券的人抬起頭來，就瞧見一個年輕公子正在大庭廣眾之下輕薄方才發抵用券的小媳婦！

趙彩鳳聽見幾個人的輕呼，稍稍撿回了一點帶著幾分迷亂的心緒，推開宋明軒，紅著臉頰擠出了人群。

宋明軒急忙跟在趙彩鳳的身後，兩人一前一後地躲到一個無人的巷子裡頭。趙彩鳳的腳步並沒有停下，宋明軒卻已經幾步上前，拉住了趙彩鳳的手腕，將她拽入自己的懷中，壓在身後的牆壁上，低下頭重重地吻上了她的紅唇。

趙彩鳳這一次沒有反抗，踮起腳尖，送上自己的唇瓣，在彼此的口中翻攪吮吸，勾引著彼此的熱情。

宋明軒按在牆上的手掌青筋暴露，伸手攬住趙彩鳳的腰，讓她貼在自己的身上。

儘管是如此嚴寒的冬天，也不能熄滅彼此的熱情，隔著厚厚的衣物，趙彩鳳仍舊能感受到宋明軒身上那灼熱的慾望。兩人氣息紊亂地鬆開彼此，忽然覺得似乎有一種被人窺視的感覺，忍不住雙雙回頭，卻見一隻狗正搖著尾巴盯著他們兩人，見兩人停下了動作，這才一臉嚴肅、汪汪汪地叫了幾聲。

趙彩鳳摸了摸自己脹紅的臉頰，噗哧一聲笑了起來，往宋明軒的懷裡靠了靠，小聲地道：「我先去店裡頭跟東家說一聲，咱們先回家，你在這邊等著我。」

宋明軒「嗯」了一聲，拉著趙彩鳳的手，在她紅腫的手背上又親了一口，這才目送著她走出巷子，往店裡頭去。

宋明軒見趙彩鳳走了，而那隻偷窺他倆的狗卻沒走，便蹲下來逗牠道：「怎麼，羨慕了？自己也找個伴去啊！」

就在這時，巷子的另一頭忽然就跑來另外一條狗，朝著這邊汪汪叫了兩聲，原先那狗聽見了聲音，往宋明軒臉上噴了一口熱氣，搖著尾巴，屁顛屁顛地就跑了過去。

宋明軒被嚇了一跳，往後跌倒在地，正好被回來的趙彩鳳給看見了。

趙彩鳳笑著走上前，伸出手把他拉了起來，道：「你怎麼跌倒了？這大雪天，地上還滑著呢！」

宋明軒頓時就面紅耳赤了，一個勁兒地點頭，拉著趙彩鳳的手，兩人高高興興地往家裡去了。

# 第三十七章

錢木匠還在家裡頭做木工，瞧見趙彩鳳和宋明軒回來了，笑著把兩人迎了進來。

宋明軒和錢木匠打過了招呼，進門一看，原先的小院裡頭早已建起了兩間倒座房，並裝上了嶄新的窗戶，再差兩個門就可以進去住人了。

錢木匠瞧兩人臉紅羞澀的模樣，笑著道：「彩鳳，聽妳娘說今兒小武也要放年假了，你們誰去接他了？」

趙彩鳳聞言，一拍腦門道：「我娘讓我下午接他去，我差點兒忘了，一會兒就去！」

錢木匠聽了這話，笑著道：「明軒剛回來，妳跟他好好聊聊先，我去接吧。」

趙彩鳳頓時紅了臉頰，心道錢木匠果然是過來人！她正想道謝呢，聽錢木匠又繼續道——

「我帶著老二、老四去接小武，然後去妳姥爺店裡頭吃拉麵，妳和明軒自己張羅午飯吧！」

趙彩鳳聽錢木匠這麼說，越發臉紅了，正想說「不好意思」呢，那邊宋明軒只一個勁兒地拉著她的袖子，還低著頭裝作一副事不關己的模樣。趙彩鳳見了他這樣子，忍不住就笑了起來，轉身對錢木匠道：「錢大叔，相公說那就麻煩你了，晚上咱們一起下館子吃團圓飯。」

宋明軒聽了這話，只敢怒不敢言地看著趙彩鳳，待錢木匠他們離開後，忽然彎腰一把將趙彩鳳抱了起來，幾步走到房裡，丟在了床上。

俗話說小別勝新婚，更何況這宋明軒一去就是兩個多月，已遠遠不止小別的範疇，這會兒早已是乾柴烈火不點就著的境界了。

趙彩鳳雖然身上穿著笨重，但畢竟身材嬌小，被他這麼一抱就抱了起來，只能摟著他的脖子，任他為所欲為了……

雲雨之後，兩人都緩了一口氣，趙彩鳳紅著臉靠在宋明軒的懷中，看看外頭的天色，早已經過了午時。她抬頭問道：「相公，你餓嗎？我起來給你弄吃的去。」

宋明軒這會兒剛剛吃飽饜足，肚子裡那些飢餓算得了什麼？他翻身摟著趙彩鳳，又在她脖頸處摩挲啃舔了許久，這才鬆開她道：「我不餓，妳若是餓了，我起來幫妳弄東西吃去。」

趙彩鳳見宋明軒這麼說，只伸腿放在他身上道：「我也不餓，被你餵飽了。」

宋明軒一時沒回過味來這句話的意思，等他想明白了，只覺得臉頰頓時熱了幾分，下身那處偃旗息鼓的地方又蠢蠢欲動了起來，遂翻過身，把趙彩鳳又給折騰了一回，這才放過了她。「讓娘子餓了幾個月，是為夫的不是。」

趙彩鳳氣若游絲地從被窩中露出一個腦袋來，一臉鬱悶地道：「相公，我吃撐了……」

趙武在杜家的族學裡頭上課，這杜家族學裡除了有杜家本家的子弟之外，還收了幾個外家世交人家的孩子。大多數孩子晚上都回自己家住，只有少數幾個跟趙武一樣家境貧寒的孩子，杜家闢了一個小院子，讓他們住在裡頭唸書識字。到了臘八這日，正是放年假的時候，一早上夫子布置完了過年的功課，大多數人便被家裡頭給接了回去。

趙武知道家中也要來接，就沒跟著杜家少爺回府上去，只在外頭學裡等著，眼看著都快過了午時，這學堂裡的學生一個個都走光了，這趙家人還沒過來，趙武心裡頭也有些著急了。

這時候夫子整理好行李要回家去了，瞧見趙武還在客堂裡頭，書桌前雖攤開一本書，可那心思早已經飛到了九霄雲外，便問道：「小武，你家在哪兒？我送你一程。」

傅先生是杜家花重金請來的老夫子，非但學問好，為人也不嫌貧愛富，幾十年來都兩袖清風，尤其喜歡像趙武這樣的貧家子弟，且又聽說今科鄉試的解元就是趙武的姊夫，對趙武又多喜歡了幾分。

趙武平常在家猴子頭一樣的賊精，可在學堂裡卻是難得的老實，見了夫子也跟老鼠見了貓一樣的，縮著脖子道：「多謝先生，家裡人大概一會兒就來了，這會兒我要是走了，一會兒家裡來了人沒遇上，反倒讓他們擔心了。學生再等一等，先生就先回去吧！」

傅先生瞧著趙武這股乖巧勁兒，忍不住點了點頭，吩咐學裡看門的老頭子不准先走，等趙武走了才能關門離去。

趙武在學裡又等了片刻，心道也許是店裡頭中午生意太忙，給忘了，索性專心致志地看起了書來。

片刻後，學堂裡看門的老頭子就拎著笤帚，從門外進來招呼道：「趙小爺，你爹接你來了！」

趙武一聽，嚇出一身冷汗來，伸著脖子道：「福伯，我爹死了三年了，你認錯人了吧？」趙武話音剛落，就聽見外頭有小姑娘嘰嘰喳喳的聲音，不是趙彩蝶那是誰呢？趙武越發疑惑了，自己這才上兩個月學呢，怎麼娘已經把爹都給自己找好了呢？

趙武急忙整理好自己的書袋，心道一會兒見了那人，到底怎麼辦好？都跑到學裡來接自己了，那鐵定是娘喜歡的，這娘要喜歡，做兒子的肯定也要喜歡，那才孝順呀！趙武想到這裡，也就豁了出去，揹上書袋後，一邊往外頭蹦，一邊笑著喊道：「爹，我這就出來了！」

錢木匠和楊氏行了那檔子夫妻之事，雖然兩人還瞞著孩子，可心裡頭已經有了彼此，只差找個合適的機會，把兩人的事情在孩子們面前挑明了，可誰知這話還沒想好怎麼說呢，趙武那小子倒是跟未卜先知一樣，竟喊起了爹來！錢木匠臉頰一熱，原本就黑的膚色還脹紅了。

趙彩蝶被錢木匠抱在懷中，聽見裡頭趙武喊爹，好奇地轉過頭來，看了一眼錢木匠後，抱著他的脖子，用小臉蛋親密地蹭著他的絡腮鬍子，也跟著「爹、爹」地喊了起來。
錢木匠原本就有一個閨女，一小就送人了，這時候趙彩蝶這幾聲「爹」就像是喊在他心口上一樣，他忍不住往趙彩蝶的臉上親了一口。
趙文雖然年紀最大，可他是這三人中智力最低的，瞧見趙彩蝶和趙武都管錢木匠喊爹，納悶地問道：「師父，你啥時候成了我爹了？」
聽見趙文這麼問，錢木匠抬起頭看了他一眼，問道：「我當你爹不好嗎？」
趙文一時沒反應過來，愣了片刻，自己反問自己道：「我師父當我爹了？我師父當我爹了……」
趙武這時候正好從學堂裡頭出來，瞧見錢木匠親著趙彩蝶，趙彩蝶一個勁兒地管錢木匠喊爹，而趙文則一臉迷茫地站在兩人身邊。趙武一見抱著趙彩蝶的是錢木匠，下意識地就想喊一聲「錢大叔」，但頓時就反應了過來，笑著往前走了兩步，雄赳赳、氣昂昂地喊了一聲「爹」！
錢木匠頓時也被這突如其來的幸福給弄暈了，伸手摸了摸趙武的頭，把他身上的書袋接過來揹在了自己的身上，笑著道：「小武長高了嘛！走，去店裡頭，吃你姥爺的拉麵去！」
錢木匠抱著趙彩蝶走在前頭，趙彩蝶還在高興地喊爹，趙武的魂這會兒才算回來了一些，扭頭問趙文道：「二哥，錢大叔啥時候成了我們爹了？」
趙文聽趙武這樣問了一句，擰眉想了片刻，不解地開口道：「就剛才啊……」

趙武伸手撓了撓腦門，還想再問呢，又知道趙文天生腦子不好，只得把問題給憋了回去，一直納悶地想著：剛才是啥時候呢？

楊氏在楊老頭的店裡幫忙，把趙彩鳳今兒早上的話說給了兩老聽，楊老太倒是舉雙手贊成的。

楊老頭想了想，皺眉道：「那這樣一來，晚上的夜市就要早半個時辰打烊了……」

楊老太知道這幾日錢木匠在趙家幫忙，一心想撮合楊氏和錢木匠，便拉著楊老頭的袖子道：「早半個時辰就早半個時辰，半個時辰能做幾個生意？難得今兒明軒回來，咱小武也回家了，一家人在一起吃一頓團圓飯，這多不容易，老頭子你就別掃興了行不？」

楊老頭想了想，見楊老太那熱絡的樣子，也知道她打的什麼主意，開口道：「那就聽妳們的，今兒早些打烊，不然讓孩子們等著，餓壞了可就不好了。我們一家人也學人家上館子，吃一頓好的！」

三人正高興呢，就聽外頭招呼客人的小順子往裡面喊道：「大嬸，有客人來了！」

楊氏聞言，笑著到外頭招呼，卻見是錢木匠抱著趙彩蝶從外頭進來，身後還跟著趙文、趙武兩兄弟，楊氏頓時就紅了臉，低頭道：「她叔，你怎麼來了？」

趙武畢竟機靈，聽見楊氏還喊錢木匠「她叔」呢，頓時就覺得情況有些不對勁了，可還沒開口說話，就見趙彩蝶伸著兩條小膀子，往楊氏的懷裡撲了過去。

趙彩蝶奶聲奶氣地道：「娘、娘，爹說一會兒帶我們吃好吃的，是不是呀？彩蝶也要吃好吃的！」

楊氏聞言，嚇得瞬間就睜大了眼珠子，捏著抹布的手都不知道怎麼擺，紅了臉頰，轉身就想往裡頭躲去。

這時候楊老太也正好從裡頭出來，見了這光景，笑著往裡頭喊道：「二姊兒她爹，趕緊的，給女婿和孩子們拉幾碗麵條來！」

楊氏聽了，越發地手足無措了。

倒是錢木匠還鎮定些，笑著對楊老太道：「大伯、大娘，不著急。」

楊老太聽了，笑著道：「還喊什麼大伯、大娘？這孩子們都叫爹了，你也好改口了！」

錢木匠聽了這話，臉上也忍不住一陣陣發熱了，憨笑著點了點頭，好容易才擠出了「爹、娘」兩個字來。

孩子們在前頭店裡吃麵，錢木匠坐在天井裡頭，楊氏從廚房端了一大碗麵過來，上頭蓋著好大一塊肉，送到了錢木匠的面前，低頭不語。

錢木匠自桌上的筷筒裡抽了一雙筷子，習慣性地用掌心摩挲了一下，呵出一口白氣來，抬頭看了一眼坐在自己對面的楊氏。她今天穿著一件豆青色的棉襖，綰了一個圓髻，上面插了一根已經沒了亮光的銀簪子，雖然素面朝天的，卻讓人看著頗能生出幾分憐愛之意。

錢木匠有些不好意思地開口道：「孩子們玩一樣的就喊了起來，我想著我們都那樣了，也沒啥好藏著掖著的了，乾脆就說了算了。」

楊氏便如小媳婦一樣地低著頭，臉頰上一坨紅暈從錢木匠進店開始就不曾散去，小聲道：「說了就說了吧，也沒什麼不好的，難得孩子也喜歡你，只是……」楊氏說到這裡，越發就小聲了起來，如蚊蟲一樣嚶嚶的。

幸好錢木匠耳力好，還是聽清了她說什麼。

「只是……我帶著四個孩子，雖說如今彩鳳嫁人了，可明軒還在唸書，這幾年只怕還是要我照應著，你卻是獨來獨往的一個人，一人吃飽了，全家也不愁，我這樣，總是拖累了你……」

錢木匠正大口吃著麵條，聽見楊氏這麼說，放下了筷子，深沈的眸光掃在楊氏的臉上，開口道：「妳是個好女人，這些都不是問題。」

楊氏聽了這話，一時也覺得胸口暖融融的，悄悄抬眸又看了一眼錢木匠那粗獷卻並不粗俗的吃相，忍不住偷偷笑了起來。

卻說宋明軒兩個多月沒見到趙彩鳳，忍不住就一頓吃了個飽足。宋明軒的大掌撫在趙彩鳳胸口那兩坨肉上，皺了皺眉頭，忽然反應了過來，低頭湊到趙彩鳳的耳邊，小聲道：「彩鳳，妳這裡變大了。」宋明軒邊說著，指尖還邊逗弄採擷著上面被自己咬得有些紅腫的紅果兒。

趙彩鳳身子一軟，推開宋明軒，背對著他，低頭看了一眼，也覺得胸口似乎比以前飽滿了很多，看來這一切都要歸功於杜太醫的那幾副良藥了。

兩人在床上窩了半天，直到彼此的五臟廟都咕嚕嚕地喊了起來，宋明軒這才披了衣服起來。

房裡雖然放著一個炭盆，卻並沒有點，這時候時辰不晚，但太陽已經沒了什麼溫度，加上這房子本就透風，門縫裡頭颳進一陣風來，真是讓人冷得打抖。

宋明軒看了一眼窩在被窩裡頭的趙彩鳳，笑著道：「妳在床上躺一會兒，我去灶房熱飯給妳吃。」

趙彩鳳目送宋明軒離開，披了衣服坐起來，穿好衣服後換了床單，卻還沒有見到宋明軒從灶房裡頭出來，正打算出門看一眼，卻見到灶房裡頭隱隱傳來宋明軒的咳嗽聲。

趙彩鳳丟了床單出去看了一眼，灶房裡頭早已經煙霧繚繞，可憐宋明軒幾個月沒生火，這生火的本事又不知道還給誰了。

趙彩鳳連忙走進去幫忙，把柴火都撥開了，兩人到門外透了一口氣。

不一會兒，灶裡頭點了火，宋明軒燒上了熱水，把窩窩頭放在上面蒸了起來，趙彩鳳則點了火爐，把早晨吃剩下的臘八粥放在上頭熱了熱。

兩人就著窩窩頭吃起了臘八粥，稍微墊了墊肚子之後，趙彩鳳見宋明軒也吃得差不多了，便開口道：「我們也去店裡頭幫忙吧，我今兒一早說了，一家人去八寶樓吃一頓團圓飯，讓姥姥、姥爺早點打烊，我們去幫忙收拾一下，也可以早一些吃晚飯去。」

宋明軒兩個月沒見趙彩鳳，這時候一雙眼珠子都圍著她轉來轉去的，不管她說什麼都點頭說好，一個勁兒地道：「那我們趕緊過去，我兩個月沒給姥爺揉麵團，手都生了！」

趙彩鳳見宋明軒這麼說，笑著道：「你想揉麵團還不容易？反正你這會子開始放年假了，從明天起，就去八寶樓揉麵團當拉麵師傅好了！」

宋明軒本就奇怪，趙彩鳳早已經離開了八寶樓，怎麼今兒還會出現在八寶樓的門口？聽她提起便問了。

趙彩鳳遂一五一十地把事情的經過都說了一遍，又撒嬌道：「相公若是不准我去，那我就跟東家說了，讓他們再請別人好了。」

宋明軒聽完趙彩鳳這一席話，有些愣怔地看著她，半晌才回過神來，一臉不可置信，擰著眉頭問道：「妳是說，妳給你們東家出了一個主意，他就讓了妳店裡一成的股分?!」

趙彩鳳瞧宋明軒那眼珠子都要掉出來的樣子，笑著點了點頭道：「是呀，這叫創意股分！我以前還沒告訴你呢，咱的秀才春被我賣給了梁大人，賺了他一百兩銀子，不然我哪裡有銀子開麵鋪？」

那時候宋明軒和趙彩鳳兩個人的關係沒確定，趙彩鳳哪裡來的銀子，宋明軒自然也不好多問，如今聽她這麼一說，又想起那日梁大人在酒宴上說的那一席話，方才恍然大悟，看了一眼趙彩鳳，深深覺得自己這老婆實在太厲害了，空手套白狼的本事真是一等一的！

趙彩鳳見宋明軒看著自己不說話，不禁瞇著眼睛睨了他一眼，指著他問道：「你是不是在心裡說我壞話呢？快說！」

宋明軒連連搖頭，端著碗大口大口地喝起了粥來，一個勁兒地道：「娘做的臘八粥可真好喝，味道甜甜的！」

趙彩鳳瞧他故意繞開了話題，也不再繼續問下去了，笑著道：「娘這兩天有喜事，連心裡都是甜的，更何況這粥呢？你呀，就快有岳丈了！」

宋明軒聽趙彩鳳這麼說，放下碗指了指門外。

趙彩鳳笑著點了點頭道：「我瞧著錢大叔人不錯，我娘年紀也不大，沒必要一輩子守著的。」

宋明軒聽了，也點了點頭，又想起在趙家村帶著寶哥兒和照顧陳阿婆的許氏，心裡到底有些不是滋味，臉上的笑也收斂了幾分。

趙彩鳳如何不知道他在想些什麼？把手中的筷子一放，笑道：「等外頭兩間倒座房的門做好了，就可以捎個消息回趙家村，讓婆婆帶著寶哥兒和阿婆一起來京城過年了。」

宋明軒如何也沒有想到，門口那兩間倒座房是為了這個才蓋的！他一時間又紅了眼圈，不知道說什麼好，手裡拿著的窩窩頭啃了一半，愣是不知道要繼續還是停下來。

趙彩鳳見宋明軒眼底的淚又要落下來了，也習慣了他這樣，撇撇嘴道：「我的舉人相公，你都老大不小了，這紅眼圈的毛病啥時候能改一改呢？咱家又沒養兔子。」

宋明軒聽了這話，忍不住就笑了出來，偏生眼底的淚也沒收住，急急忙忙地用手擦了擦眼淚，低下頭又狠狠地啃了一口窩窩頭。

趙彩鳳便問他：「窩窩頭好吃嗎？」

宋明軒點點頭，又啃了兩口，張嘴道：「沒有娘子好吃！」

趙彩鳳忍不住嗔了他一眼，假裝生氣地道：「這都從哪兒學來的壞毛病？甜言蜜語的，一句正經話也沒有，那玉山書院看著就不像是個好地方！」

宋明軒低下了頭，匆匆把手裡的窩窩頭給吃完，笑著道：「彩鳳，我們快去店裡幫忙吧！」

麵鋪過了午時，生意就清淡了下來，大家也可以趁著這段時間休息一下，但楊氏卻沒有閒著，把中午客人們用過的碗都搬到了天井裡頭來洗。那一木盆的碗少說也有二、三十斤，楊氏一個女人，搬起來很是吃力。

錢木匠見了，忙上前接了過來，往天井裡走了幾步，找了一個避風口把木盆給放了下來。

楊氏跟在錢木匠的身後，手指拽著身上的圍裙，看著他把木盆放下，又瞧見他站起來，只羞澀地低下了頭。

錢木匠笑著道：「這一盆東西還挺重的，妳以後少搬些，當心閃著腰了。」

楊氏小聲地「嗯」了一聲。

錢木匠便去後廚裡頭，把其他用過的碗筷全搬了出來，又找了一個錘子，把店裡頭幾張坐著不大牢靠的凳子給修了一下。

趙彩蝶吃飽後就睡起了午覺，趙武搬著凳子守在妹妹的身邊，瞧見趙文一動也不動地坐在自己身邊，想了想，用手肘捅了捅他，有些不甘心地問道：「哥，你師父是怎麼變成咱爹的？你到底知不知道啊？」

趙文自己還糊塗著呢，擰眉想了半天，最後總算是想了起來，被開口道：「不是你先在裡頭喊的爹嗎？小妹聽見了就跟著喊了，然後我也跟著喊了。」趙文說完，看著趙武，一臉無辜的表情。

趙武聽了這話，一拍大腿，想起了先前在學堂裡的事情，不禁錯愕地道：「不會吧？」

趙文見趙武看著自己，一個勁兒地點了點頭，表示肯定。

趙武這下子可鬱悶了，擰眉道：「咱管他喊爹，他咋就應了呢？那咱娘不是吃虧了嗎？」趙武的話還沒說完，就瞧見趙文在那邊嘿嘿的傻笑，於是順著他的視線看了一眼，就見楊氏正拿了一塊帕子要遞給錢木匠，可錢木匠手上拿著工具，一時接不上手，楊氏便踮著腳跟給他擦了擦額頭。趙武伸著脖子看了半天，最後只看了看天，恍然大悟地喃道：「咱娘好像挺喜歡吃這虧的……」

趙彩鳳和宋明軒兩人在下午茶時刻吃過了午餐之後，趙彩鳳在灶房裡頭洗碗，順便把灶裡的明火滅了。

宋明軒便趁著這個空檔，偷偷回房把方才急急忙忙藏到床墊子下的錦盒拿了出來，打開錦盒又看了一眼，越發覺得這簪子很配趙彩鳳，忍不住用手摸了摸。

趙彩鳳一邊從灶房出來，一邊道：「你在房裡幹什麼呢？快走吧，這天看著又陰了下來，像是要下雪呢！」

宋明軒聽見她的聲音，嚇得急忙把錦盒給收了起來，打開靠牆的五斗櫥，把錦盒壓在衣服底下，轉身裝作鎮定地整了整衣服，走到門口，跟在趙彩鳳的身後道：「我好了，咱們走吧。」

趙彩鳳瞧他臉上紅撲撲的樣子，不禁踮著腳跟在他臉頰上親了一口，這才拿了牆頭上掛著的斜背包，搓了搓手道：「帶上點銀子，一會兒回來的時候在路口的賣炭翁那邊買上些炭火，這天太冷了，沒炭火晚上可睡不著。」

宋明軒才回來片刻工夫，也覺得家裡陰冷得很。剛剛一時孟浪，抱著趙彩鳳來了那麼一回，身上起了點汗，這會兒冷風一吹，還真覺得背上涼颼颼的。

趙彩鳳見宋明軒的手往袖子裡頭縮了縮，也知道他是冷了。那玉山書院雖然偏遠，可畢竟是遠近聞名的書院，在裡頭唸書的都是非富即貴的公子哥兒，自然是不缺炭火的。如今宋明軒回了家，反倒凍得受不住了。

趙彩鳳嘆了一口氣，把手裡的背包遞給了宋明軒，轉身進屋，往房裡那五斗櫃走過去。

宋明軒才反應過來，趙彩鳳已經伸手打開了櫃子，在裡頭翻了起來！他原本是想找一個兩人柔情密意的好時候，再把這簪子拿出來送給趙彩鳳的，這下子計劃全泡湯了。

趙彩鳳在櫃子裡翻了片刻，伸手拿出壓在底下的那石青色披風時，發現底下似乎有個東西，她原本想再翻開看看的，可把披風遞給宋明軒的時候，看見他臉上帶著幾分小心翼翼的神色，視線不聽使喚地往那五斗櫥裡頭瞟了兩下，瞧著宋明軒這小模樣，她心下已明白了幾分，便不再去翻那東西，合上了五斗櫃，道：「這是上回我和我娘去杜家看小武的時候，杜太太送的，你和杜太醫差不多高，穿著應該正好呢！」

宋明軒見趙彩鳳關上了五斗櫥，頓時就鬆了一口氣，臉上的神色也放鬆了幾分。

趙彩鳳笑著把披風抖開來，披在他的身上，幫他繫好了繩子。

宋明軒低頭看著彩鳳為自己忙來忙去，愣了片刻，才開口道：「彩鳳，妳好像比我走的時候還高了些。」

趙彩鳳最近倒是沒空關注自己的身高了，不過杜太醫的藥她還當真沒停過，再加上最近經常去麵館裡頭幫忙，她的胳膊上都多了兩團肌肉了。

「你是好久沒見我，看我哪兒都不一樣了吧？」趙彩鳳笑著道。

兩人打點好了家裡，關上了門，這才一路往廣濟路去。

雖然還沒到年末，但各處已有了一些過年的樣子，南北貨鋪子已經開始了年末大促銷，店鋪門口擺了好多的南北乾貨。趙彩鳳和宋明軒一路走一路看，宋明軒跟在趙彩鳳的身後，倒是一聲不吭的，任由她和那些店家討價還價。

兩人到了廣濟路，認識的人就越發多了。

見宋明軒跟在趙彩鳳的身後，便有人笑著道：「這不是舉人老爺嗎？過年從書院回來啦？啥時候考進士去呀？」

宋明軒笑著一一回答了，手裡拿著一路上店家送的乾果小吃，塞到趙彩鳳的手裡。

趙彩鳳見了，笑著道：「看看，人家都是拍舉人老爺的馬屁呢！平常我從這兒過，劉大媽可沒給過我什麼吃的。」

宋明軒聽了，笑了起來，湊到趙彩鳳的耳邊道：「人家知道，反正給了我，也都是留給妳吃的。」

「切……」趙彩鳳瞥了宋明軒一眼，加快了步子，往店裡去。

這會兒天色暗了下來，外頭下起了小雪，門口已經掛上了提早打烊的牌子。

楊老太正在門口醃製雪菜，抬頭瞧見趙彩鳳帶著宋明軒來了，便停下手中的活計，往裡頭喊了一聲。「老頭子，明軒來了！」

楊老頭這會子還在後頭小房間裡歇息，聽見楊老太的聲音，便趿了鞋子從裡頭出來，手裡還拿著一根煙桿，見宋明軒從外頭進來，上下打量了一眼，擰眉道：「怎麼，你們書院的伙食不好嗎？光長個子了，沒長肉啊？」

宋明軒有些不好意思地笑了笑，書院裡頭有食堂，但菜色確實讓人不敢恭維，所以有錢人家的公子都是找外頭的村戶訂餐的，給他們一些銀子，每日三餐送些好的來，基本就不在食堂裡頭吃。也只有窮人家的學生，才指望著書院裡頭的那一日三餐，雖然算不上美味，但好歹能吃頓熱的，還能填飽肚子。

宋明軒瞧見楊老頭額頭上的皺紋又深了，也知道如今店面大了，肯定比以前擺攤子更累幾分，便關切道：「姥爺身子還硬朗不？」

楊老頭點頭笑道：「身子倒是硬朗，只是不如從前了，這不，才收了一個徒弟，看看能不能帶出來，以後也好享享清福了。」

楊老頭的話才說完，小順子便挑著一擔水從外面進來，一邊走一邊喊道：「錢大叔，你這力氣也太大了點吧？平常我去挑水，每次只能挑上半桶，你這水都要漫出來了，你當心點、當心點！」

小順子進門，瞧見宋明軒和趙彩鳳都在，笑著點了點頭，把水桶裡的水灌入了水缸。

宋明軒抬起頭，就瞧見錢木匠挑了滿滿當當的兩桶水從門外進來，一隻手就把水桶給提了起來，倒入了牆角的大水缸，宋明軒看了都倒吸一口冷氣。

楊老頭見眾人都在天井裡頭站著，笑著道：「去前頭店裡坐會兒，這裡風大，怪冷的。」

楊氏這時候搬著一盆洗乾淨的抹布從外頭進來，瞧見天上下了雪，只把東西都晾在了天井的廊下。

這大冬天白日短，剛入酉時天就黑了下來，趙彩鳳瞧著雪沒下大，便喊了眾人一起，把店裡收拾乾淨了，早些去八寶樓占位置。

隔壁茶葉店的老闆娘見了，笑著問道：「今兒怎麼這麼早就打烊了？這夜市還沒開呢！」

楊老太笑道：「今兒臘八，孩子們說要請我們老倆口上館子去呢，就不開門了，明兒趕早。」

趙彩鳳在店裡檢查了一圈，把有明火的地方都弄熄滅了，天井裡的火爐子也封上了，上頭溫著明兒早市要用的大肉，然後喊了小順子一起去。

小順子推辭道：「我就不去了，留下來給姥姥、姥爺看鋪子，一會兒他們回來，還要給他們開門呢！」

趙彩鳳見他執意不肯，也沒強求，笑著道：「那你一會兒記得弄東西吃，這店裡的雞鴨魚肉，隨你吃去！」

小順子笑著道：「這可是妳說的，吃光了不怨我！」

從廣濟路往長樂巷這一路雖算不得非常遠，但這大冬天的迎著風出去吃那麼一頓，也真夠有熱情的。放在現代，趙彩鳳寧願叫外賣也不可能在這種天氣出門，可在古代，這樣一家人圍著火鍋吃一頓的日子，實在是太難能可貴了。

趙彩鳳和宋明軒打頭陣，因為實在太冷了，宋明軒一路都摟著趙彩鳳，好在天冷，路上行人少，也沒誰指指點點的了；楊老太替楊老頭撐著傘，兩人走在中間；後頭是錢木匠抱著趙彩蝶，楊氏伸著胳膊幫兩人打傘，看著溫馨得很。

唯一心情有些小鬱悶的，大概就是躲在趙文傘底下的趙武了。趙武不過才八、九歲的光景，也還是一個小孩子，如今錢木匠抱著妹妹也不理他了，真是讓人心酸啊！想一想，這第一聲爹還是自己叫的呢！趙武鬱悶地踢了踢腳底下的積雪，雙手抱緊了棉襖，拖著腳步慢悠悠地往前晃蕩了幾步。

一旁替他打傘的趙文瞧見了，以為趙武年紀小，走不動了，便好心地開口道：「老三，你是不是累了？哥揹你走！」

趙武抬起頭看了看一臉赤忱的趙文，瞥了他一眼後，加快步子往前趕了過去。「我會走不動？我又不是小蝶一樣的小孩子！」

趙文聽了這話，很不能理解，打著傘追上去道：「你怎麼不是小孩子了？你明明就是啊！走不動哥揹你就是了！」

趙文雖然腦子不好，但是對弟弟、妹妹是相當護短的，一個勁兒地拉著趙武的手要揹他。

趙武被他弄得臉都脹紅了起來，甩開他的手道：「二哥你別鬧了，我真自己走得動！」

前頭楊氏聽見了動靜，轉頭看了兩人一眼，瞧見自己小兒子拉著一張臉，便問道：「小武，你這是怎麼了？不能欺負你哥哥！」趙文腦子不好，楊氏對他很是溺愛，深怕他吃虧，所以雖然趙文人高馬大的，但楊氏覺得這欺負人的肯定是趙武。

趙文聽了這話，忙不迭地解釋道：「娘，沒事！小武走累了，我想揹他，他不肯。」

趙武原本就是鬧些小孩子脾氣，自己氣一會兒也就過去了，誰知道趙文實在是太實誠了，沒解釋清楚就算了，反倒把這事給越描越黑了。趙武聽了，頓時就脹紅了臉大聲道：「誰累了？不過就是走幾步路，怎麼就累了？我又不是小孩！」

楊氏聽趙武這麼說，也知道他是來氣了，雖然不知道是怎麼氣起來的，可自己的孩子還是得自己哄，便笑著勸道：「你不要你二哥揹，那娘揹你好吧？這路確實不好走。」楊氏伸手要去拉趙武的手，卻被趙武給打開了。

趙武紅著眼睛，氣呼呼地道：「我不累！我要自己走！」

小孩子鬧起脾氣的時候，真是越勸越拗，楊氏瞧見趙武這樣，也生起了氣來，不去理趙武了，只推著趙文道：「老二，別管你弟弟了，他要自己走，你就讓他自己走好了。」

趙武聽了這話，一下子便覺得自己委屈得不行了，哇一聲就哭了起來。

錢木匠見楊氏停了下來，也停下了腳步，瞧見一向鬼精靈的趙武居然哭了，忙轉過身來，幾步走到趙武的跟前，另一條胳膊把趙武的小身板往懷裡一摟，直接就左右開弓地把趙彩蝶和趙武都抱在了手中，臉上帶著笑道：「咱小武是小男子漢了，咋在大馬路上還哭鼻子呢？被人瞧見可就丟人了！」

趙武聽了這話，努力克制住自己的悲傷，強忍著眼淚，開口道：「我哪裡哭了？我明明沒哭！」

錢木匠見他瞪大著眼睛把眼淚憋回去的樣子，覺得好笑得很，便一個勁兒地點頭道：「對啊，好像是叔看錯了，咱小武沒哭鼻子，咱小武是男子漢呢！」

趙武見錢木匠這麼說，也覺得不好意思了，抱著錢木匠的脖子，腦袋埋在他的肩頭上不說話了。

一行人到八寶樓的時候，八寶樓裡頭的上座率已經有百分之八十了。趙彩鳳才進去，謝掌櫃就親自迎了出來。

「小趙妳來了？東家聽說今兒妳要來捧場，特意讓我留了樓上的包間。」

趙彩鳳掃了一眼這店裡的生意，問道：「掌櫃的，今兒中午我走得早，生意怎麼樣啊？」

謝掌櫃聽了，笑著道：「東家下午又去了一趟城東了，讓那老袁夫婦再送一些底料過來，不然明天到晚上可就不夠用了！」

趙彩鳳沒預料到火鍋店居然這麼火，但是看看這三九嚴寒的天氣，出門也就是吃火鍋最舒服實惠了。況且這裡頭還有一些客人圖的就是個新鮮，只要讓他們覺得好吃了，那抵用券就可以一環一環地扣著他們了。

店小二領了趙彩鳳一家進了二樓的包廂，裡頭早已經放了兩個炭盆，整個房間裡都是暖融融的。宋明軒解了披風放下，走到窗口，稍稍推開窗看了一眼，就見外頭各個店家的燈籠都掛了起來，紅紅火火的一整排。這時候風雪正好大了起來，呼嚕嚕地往裡灌了一口，嚇得宋明軒趕緊把窗子給關上了，笑著道：「還是在京城有過年的氣氛，往年在趙家村的時候，也只有大年初一的早上才有一些過新年的樣子。」

楊老太聽了這話，也很是感慨，嘆了一口氣道：「以前當丫鬟的時候，也是天天盼著過年，累了一整年了，就巴望著年底的時候，主子們多些賞銀，這樣也就沒白服侍了。」

楊老頭聽了這話，也跟著楊老太一起回憶過去，笑著道：「妳們當丫鬟的過年是清閒了，拿賞銀的拿賞銀、躲懶的躲懶，可知道我們廚房每年這時候就是最忙的時候，到了年底，我們外廚房光接待客人的伙食，一整天爐灶都停不下來，一天下來，都累散架了。」

趙彩鳳沒在大戶人家服侍過，聽了這些倒也有些好奇，笑著問楊老頭道：「姥爺，那您除了會拉麵，肯定還會好些手藝吧？」

這會兒眾人正等著火鍋裡的水燒開，所以也都聽楊老頭嘮嗑起來。

「我家祖上傳的手藝就是麵點，我也學過別的，燒一桌像樣的菜是沒問題的，可當時就覺得開麵館簡單些，不像開酒館，光菜色也要二、三十樣，每天準備個食材也要幾十兩銀子，還不如開麵館省事。」

趙彩鳳點了點頭道：「一樣生意能做精了就好，倒是用不著樣樣精通的。」趙彩鳳說完，象徵性地看了一眼宋明軒和趙武，笑道：「所以，你們倆把書讀好就可以了，別的事就交給我們吧。」

宋明軒紅著臉點頭稱是。

趙武倒是噘著嘴巴道：「姊，妳這才成親，怎麼就變得這麼婆婆媽媽的呢？」

趙彩鳳瞪了趙武一眼道：「誰婆婆媽媽的？我婆婆媽媽總比有的人哭哭啼啼來得強！」

趙武一聽這話，頓時就脹紅了臉，低著頭不理趙彩鳳了。

不多時，店小二把各色的菜都送了上來，還有黃大廚親自送上來的醬料。鍋裡的底料撲通撲通的沸騰了，趙彩鳳站起來，拿著公筷一樣樣的把吃的東西都下了進去。

不一會兒裡頭的東西就熟了，大家也都吃了起來，配上黃大廚的獨門秘製醬料，用趙彩蝶的話說就是——好吃得停不下來了！趙彩鳳瞧著大家都很滿意的樣子，便喊了一壺酒上來，讓楊老頭和錢木匠喝兩杯。

房間裡點著炭盆，又吃這熱騰騰的火鍋，自然熱得人臉頰通紅、頭上冒汗。楊老頭和錢木匠兩人正好並肩坐著，便也不去理會他人，只低著頭，兩人邊喝邊聊了起來。

「我這閨女，肯吃苦，不是那種朝三暮四的人，原本把她給了趙老大，我也沒後悔過，只是沒想到趙老大走得那麼早，她畢竟年紀輕，我和她娘也不想她就這麼過一輩子，如今有了你，咱兩老是一點兒意見也沒有的，你們兩口子把日子過好了，比什麼都強！」

錢木匠喝了一口酒，又給楊老頭續上，三、五杯下來，這酒就有些多了，一邊聽著楊老頭說話，一邊點頭道：「我和趙大哥也是過命的交情，想當初我倆一起被埋在方廟村那礦底下，趙大哥就玩笑說：『錢老弟啊，要是咱倆有誰出不去了，不管出去的是誰，都把對方的老婆、孩子給捎上了……』」錢木匠說到這裡，眼角微微有些濕潤，抬起頭道：「這一眨眼，都已經是十幾年前的事了。誰知道那一次我倆都逃過了，最後他的命還是搭在了那礦裡頭。」

楊老頭不知道錢木匠和趙老大還有這麼一齣，嘆息道：「這麼看，你和我家二姊兒，倒還真是有些緣分了，也許是趙老大在天之靈保佑的也未可知了。」

錢木匠瞧著楊老頭的酒杯又空了，便又給他滿上了一杯，笑著道：「二姊兒人挺好的。」錢木匠嘆了一口氣，心下默默道：我也是時候找個人安穩下來了。

一家人吃得歡實，連楊老太也高興地道：「我這輩子還是頭一次上館子呢，都是託了我外孫女的福分。」古代的姑娘家基本上是大門不出、二門不邁的，所以上館子這種事情，也多數輪不上姑娘家，像楊老太這樣年輕時候就做了丫鬟的，那是更別指望能上館子了。

楊老太一開口，那邊趙武也舉手道：「我也是頭一次上館子呢！」

趙文舉著筷子，嘴裡的東西都來不及嚼吞下去，也跟著道：「我也是！」

趙彩蝶捧著個杯子喝豆漿，見兩個哥哥反應熱烈，便湊著熱鬧，小聲地道：「還有我！」

趙彩鳳看著這大大小小的一家人，心下忽然就覺得滿足了。她一個人的努力換來了這麼多張開心的笑臉，真是太值了！「那，作為家中的大姊，我有責任有義務帶著你們一起奔向小康，以後，我們爭取每年都能一家人這樣開開心心地團圓幾次，這樣才熱鬧嘛！」

趙彩蝶跟著點頭，捧著杯子看了趙彩鳳半天，又笑著道：「下次也要寶哥兒來，寶哥兒也喜歡喝奶奶。」

趙彩鳳把趙彩蝶往懷裡頭一抱，笑著道：「咱彩蝶想寶哥兒啦？再過幾天就可以見到寶哥兒喔，今年咱家就在城裡頭過大年好不好？」

趙彩蝶聞言，一個勁兒地點頭道：「好好，我要讓爹也給寶哥兒做一個竹蜻蜓，我們比誰飛得高高！」

楊氏聽見趙彩蝶喊錢木匠「爹」喊得這樣順口，一時間又紅了臉頰，羞澀地往錢木匠那邊看了一眼，見他一臉認真地陪著楊老頭喝酒，便覺得很是安心。

楊老頭幾杯酒下肚，身上熱了起來，解開了棉襖，挾起一筷子白菜梗子吃了幾口後，開口道：「趙老大的孝期已過了二十七個月了，咱就算不回趙家村，也別讓這討飯街上的新鄰里說閒話，找個日子，把事情辦了吧！」

楊氏猛地聽見楊老頭這話，立刻就羞紅了臉，又有些擔憂地看了錢木匠一眼，心裡上下打鼓。

錢木匠低下頭，看了一眼杯中的酒，想了片刻，忽然一抬頭把手裡的酒一飲而盡，開口道：「那就按您老的意思辦吧！」

楊氏聽了這話，一顆心才算是放鬆了下來，瞧見鍋裡的菜不多了，忙起身又為他們加了幾樣。

一家人吃完這頓飯時，都已經是戌時二刻了。楊老頭心裡頭高興，所以多喝了幾杯，走路都有些打飄兒，楊氏自是不放心讓老倆口單獨回去的，正說要送呢，錢木匠已開口了。

「妳跟孩子們回去吧，我送岳父岳母回去就好了。」

楊氏見錢木匠開口就喊了「岳父、岳母」，越發不好意思了，低頭道：「那你小心些，我在家等你。」

錢木匠應了一聲，上前扶住了楊老頭。

楊老太順勢打了傘上前，數落道：「你不能喝就少喝幾杯，還要讓女婿送，這大冷天的！」

楊老頭聽了這話，帶著醉意，結結巴巴地開口道：「我……我這不是高興嘛，我……我有女婿我怕什麼！」

楊老太聽了，一個勁兒地搖頭，笑道：「行了，好生看著腳底下吧，還真讓女婿揹你回去不成？」

楊氏聽了這話，臉上也是收不住的笑，目送老倆口走了，這才回過頭來看幾個孩子。

趙彩鳳在店裡頭跟謝掌櫃結帳，謝掌櫃非不肯收這銀子，趙彩鳳便笑著道：「你要是不收，那明兒我可不來當拉麵師傅了！這一碼歸一碼的事情，我可不能搞特別待遇。」

謝掌櫃聽了這話，也是為難了，開口道：「這是東家吩咐的，我也作不了主啊！妳要是非跟我較這個真，那就等東家回來了再說吧！」

趙彩鳳看了一眼天色，這會兒東家能回來才怪，便笑著道：「那今兒就先聽你的，明天我見了東家再說。」趙彩鳳才說完，就聽見門口傳來一聲馬嘶聲。

趕車的車夫從前頭跳下馬車，挽開了簾子，請黃老闆從馬車上下來。

黃老闆呵了一口氣，低頭暖了暖手，衝裡面喊了一聲。「老謝，讓夥計出來，把這幾缸火鍋底料搬進去！」原來黃老闆深怕店裡頭鍋底不夠，明兒一早下雪了又路滑，趕不及送來，就在那邊等了老半天，愣是等那兩口子把鍋底料給熬了出來，這才讓車夫快馬加鞭地趕回來。

謝掌櫃忙喊了幾個夥計出去搬東西。

趙彩鳳笑著道：「說曹操曹操就到呢，東家可不就回來了？」

黃老闆見趙彩鳳還在店裡頭，又瞧見都這個時辰了，店裡依舊生意興隆的樣子，便特別感激趙彩鳳，往裡頭走了兩步道：「小趙，妳可算是把八寶樓給救活了！」

趙彩鳳聽他這麼說，反倒不好意思了，正打算開口說飯錢的事情，黃老闆就瞧見了宋明軒，笑著迎了過去。

「這位就是宋舉人吧？咱們雖然沒見過面，但是如雷貫耳啊！年紀輕輕就考上了解元，真是了不起呢！」

宋明軒忙拱手還禮，扭頭瞧見趙彩鳳臉上焦急的表情，便開口道：「黃老闆，這開門做生意，飯錢我們還是要給的，不然以後我們可不好意思再來捧場了。」

宋明軒雖然不諳庶務，但也大約知道這一頓飯的價錢，不至於吃到讓趙彩鳳傾家蕩產的。

黃老闆聽宋明軒提起了這個，笑著擺擺手道：「這一頓飯算什麼？就當是我孝敬舉人老爺的，和小趙沒啥關係！」

黃老闆畢竟是多年的老生意精了，這和稀泥的本事也是一等一的，趙彩鳳聽他這麼說，忍不住笑了起來，也不再推拒了，開口道：「行了，東家都這麼說了，我要是還不答應，反倒矯情了。」趙彩鳳抬眸看了宋明軒一眼，他今天也喝了一點小酒，臉色微微發紅，越發顯出幾分俊美來，遂牽著他的手道：「那就託了舉人老爺的福分了，讓我們也吃了一頓好的！」

宋明軒聽了，越發不好意思起來，又跟黃老闆和謝掌櫃別過了，這才和趙彩鳳一起離開了八寶樓。

外頭的雪越發大了，一家人回家之後，楊氏忙去灶房裡頭燒熱水，趙彩鳳則和宋明軒在路口搬了一籮筐的炭進來，兩人縮著脖子，抖得跟篩子一樣。

趙彩鳳一邊暖手一邊跺腳，心裡簡直有上萬頭草泥馬狂奔而過，這沒暖氣的日子，真是要死人啊！偏生古代沒啥工業，連溫室效應也沒有，雖然身在最繁華的京城，一樣能冷死人。

趙彩鳳抖著手從炭籮筐裡頭揀了幾塊炭出來，讓宋明軒把兩邊房裡的炭盆都搬出來。趙家如今太窮，買不起銀霜炭，這普通的炭火煙火氣又太大，只能在外頭點燃了再搬進去。

宋明軒把家裡的三個炭盆都搬了出來，趙彩鳳搓著手，點起了火摺子，用刨花生了火，把炭盆裡的炭給點燃了，點到最後一個炭盆的時候，才想起來平常晚上客堂裡的炭盆都是不點的，白天有時候余奶奶她們過來串門時，趙彩鳳才會把客堂裡的炭盆點上，讓大家夥兒都暖和一點。這會子見宋明軒已經搬了出來，想了想，也只彎腰點了起來。

楊氏從灶房燒了水出來後，從房裡取了一個湯婆子出來，往後頭裝熱水去。

趙彩鳳見了，喊住了楊氏道：「娘，妳把這個炭盆給錢大叔送過去吧，他那兒還沒買炭盆，倒是我疏忽了。」

楊氏聞言，開口道：「一會兒讓妳弟弟過去睡覺的時候再帶去好了，我先給妳弟弟、妹妹洗漱。」

趙彩鳳笑著道：「又不遠，才幾步路而已。老二笨手笨腳的，萬一燙到了可怎麼好呢？」

宋明軒見趙彩鳳這麼說，正想說不如自己送過去得了，這話還沒開口呢，就被趙彩鳳給一眼瞪了回去，頓時就明白了趙彩鳳的意思。

楊氏聽趙彩鳳說的也有道理，便不推託了，開口道：「那我就走一趟吧。」

趙彩鳳看楊氏搬著炭盆出門，便笑著道：「娘啊，路滑，妳慢慢走，妳沒回來之前，我不讓老二過去。」

楊氏聽了這話，一時臊得滿臉通紅的，開口道：「妳叔沒準還沒回來呢！」

趙彩鳳便笑道：「反正妳有鑰匙，送進去了再說。」

楊氏見趙彩鳳越說越不像話了，也沒再接她的話，開口道：「那妳一會兒幫弟弟、妹妹洗漱一下，先哄他們上床去吧。」

趙彩鳳聽楊氏都這麼說了，便知道她大抵是要在那邊逗留片刻了，便笑著道：「那敢情好，我讓老二也在這邊洗洗，他要是睏了不肯走，我就讓他和相公擠擠睡了，我跟你們睡去。」

楊氏聽了，忙道：「別，我一會兒就回來，還是讓他和妳叔住去。」楊氏心裡明白，宋明軒今兒才回來，正是他們小倆口互訴衷腸恩愛的時候，哪裡有讓他們分開睡的道理？便笑著道：「老二要是睏了，就讓他跟弟弟、妹妹睡，反正西廂房裡頭床大，我們幾個擠一擠也是可以的。」

趙彩鳳便笑著應了，目送楊氏出去，慢悠悠地嘆了一口氣，想想還覺得心裡挺高興的。楊氏畢竟還年輕，且又是習慣依靠男人的性子，這兩年趙老大死了，沒少受苦，獨自拉扯他們幾個孩子，確實可憐。趙彩鳳將心比心，自己若是楊氏，未必能做到這一點。如今看著她總算有了自己的生活，也打心眼裡替她高興。

宋明軒見楊氏走了，才悄悄地問趙彩鳳。「娘子，那我們以後是不是要改口叫錢大叔『爹』啊？」

趙彩鳳這下倒是有些尷尬了，她一個前世活了三十歲的人，若不是穿越到了這趙彩鳳的身上，讓她喊楊氏『娘』都覺得膈應呢，如今又來了一個爹……她抬頭看了看大雪紛飛的天空，擰眉道：「不然，咱倆還是叫『叔』吧？『爹』就留給弟弟、妹妹們喊，你說咋樣？」

宋明軒聽了這話，笑著道：「我可以不喊『爹』，我直接喊『岳父』就好了！」

趙彩鳳斜了一眼宋明軒，打發他把點燃的炭盆搬到房裡去。

# 第三十八章

錢木匠畢竟腳程快，送了楊老頭夫婦回廣濟路之後也沒耽擱，直接就回了討飯街上的出租房裡頭。出租房獨門獨院的，進了大門有個小天井，他回來之後便一個人坐在雪地裡，拿著平常不怎麼抽的旱煙抽了幾口，煙桿上星星點點的火光在黑夜中一閃一閃的，伴隨著幾聲沈重的嘆息。這時候，門外忽然傳來了輕輕的叩門聲，楊氏帶著點沙啞的輕柔嗓音傳了進來。

錢木匠收起了煙桿，站起來道：「門沒鎖，進來吧。」

楊氏端著炭盆進來，轉身關上了大門，瞧見錢木匠就站在天井裡頭，頭頂和肩膀上都沾著雪花，遂問道：「我當你還沒回來呢，沒想到你走得這麼快。」

錢木匠瞧楊氏手裡拿著炭盆，便開口道：「我一個大老爺們，身上火氣重，哪裡需要這個？你們留著自己用好了。」

楊氏低著頭道：「是彩鳳讓送來的，天這麼冷，有總比沒有好。」

錢木匠便伸手接了楊氏的炭盆，端著往房裡去。

楊氏跟在錢木匠的身後走了兩步，臨到門口的時候停住了腳步。

炭火照得屋裡隱隱有些亮光，錢木匠轉頭看見楊氏站在門口，臉上的神色也透著幾分憨厚的尷尬，開口道：「裡面坐吧，外頭冷。」

楊氏聽了這話仍是沒有動，依舊站在門口，稍稍抬眸看了一眼錢木匠。他生得闊臉方額，身子更是魁梧得嚇人，一看就是讓人很有安全感的樣子，以前趙老大也是這個身形。楊氏總覺得，男人要嘛像他們這種類型，能給人安全感；要嘛就應當和宋明軒那樣，有學問，將來能光宗耀祖，讓一家子的人都榮華富貴。楊氏想到這裡，還覺得微微有些臉紅，那日也是這樣的一個雪夜，他們兩人在雪地裡就做了那樣的事情，如今想起來，真是羞愧難當，可大約也是因為這樣，錢木匠才會提出跟她好了的提議。楊氏此時再看錢木匠，反倒有些捉摸不透了，他那濃厚的眉宇中似乎並沒有什麼喜色，這麼一想，她心裡便多了幾分酸澀。她並不是一個不檢點的人，可對錢木匠卻動了這樣的心，如今瞧著倒像是自己賴上了他一般……楊氏心裡頭一陣難受，腳步便停在了門口，一步也走不過去了。

錢木匠見楊氏停下來，又多說了一句。「外頭冷。」

楊氏愣了下，抬頭的時候已覺得眼眶有些熱了，咬著牙道：「我跟你的事情，若是……若是你反悔了，明兒我自己去跟我爹說——」

錢木匠冷不防聽楊氏這麼說，便知道她是多心了，也不等楊氏把話說完，上前大臂一揮就把楊氏打橫抱了起來，轉身踢上門，把楊氏丟到房裡的炕上……

楊氏醒過來時，身子靠在錢木匠的胸口，渾身一點兒力氣也沒有，除了眼珠子，再沒有一個地方不是軟綿綿的。她抬眸看了錢木匠一眼，撞上了他那幽黑的眸色，下意識就低下頭去，錢木匠卻在這個時候勾住了她的下頷，低頭吻了上去。楊氏稍稍掙扎了一下，帶著幾分生澀地回應了起來。

過了良久，錢木匠才鬆開了楊氏，開口道：「我是個粗人，便是有什麼話也不大會表達，只是……」錢木匠的聲線沈了幾分，繼續道：「妳是我今生第二個女人，這件事不會再改變。」

楊氏聞言，鼻腔稍稍有些酸澀，靠在錢木匠的胸口，安安靜靜地點了點頭。

錢木匠又將她摟緊了幾分，嘆息道：「妳我之事，大約也是命中注定，若不是趙大哥因那礦難丟了性命，我也不會處處對你們家留意。」

楊氏聽錢木匠提起趙老大，眸子便又紅了，開口道：「那年方廟村坍方，我本不讓他去，他卻說他認得礦下的路，只有他能救那些人，我攔不住他，卻不想最終還是搭上了性命……」楊氏說到此處有些悲傷，閉上了眸子，濕漉漉的眼梢蹭在錢木匠光裸緊實的胸口，過了片刻才開口道：「我該回去了。」

兩人還未過明路，雖然楊老頭已經答應了，但若是被這討飯街上的人知道了，傳出一些閒言碎語總是不好，因此錢木匠便沒有留她，躺在炕上看著楊氏起身穿衣。

炭盆裡的火星子忽隱忽現的，楊氏背對著錢木匠，穿好了衣服，臉頰上還帶著高潮之後的酡紅，低著頭道：「我走了，你別起了。這個點，只怕老二也睡了，你睡吧。」

楊氏轉身按上門把，錢木匠卻也披了衣服起來了。外頭的雪越發大了，紛紛揚揚的，才一開門就捲了一股風進來，楊氏冷得哆嗦了一下。

錢木匠取了牆上的獸皮，披在楊氏的身上，把她一路送到了門口。

楊氏回到趙家的時候，家裡早已經安安靜靜的，她點了一盞油燈回屋，瞧見趙彩鳳正陪著趙彩蝶和趙武睡在床上。

趙彩鳳睡得淺，朦朦朧朧間聽見楊氏進來的動靜，開口道：「是娘回來了嗎？」

楊氏「嗯」了一聲，放下油燈先去外頭洗漱，待洗漱乾淨了，這才脫了衣服上床。

趙彩鳳把腳底下的湯婆子蹬給了楊氏，臉上帶著點笑，揶揄道：「錢大叔可真不懂憐香惜玉的，都這個點了。」

楊氏這會兒還覺得有些腿軟，聽了趙彩鳳的話，越發面紅耳赤了起來，嗔怪道：「妳這孩子，當著弟弟、妹妹的面說什麼胡話呢！」

趙彩鳳側身躺在楊氏的邊上，笑著道：「他們都睡了。這有什麼？我也是有相公的人了！」

楊氏說不過趙彩鳳，依舊只是臉紅，頓了片刻才開口道：「妳讓老三睡這邊就好了，明軒才回來頭一個晚上，妳也不陪著他？」

趙彩鳳打了個哈欠，懶洋洋地道：「一下午還沒折騰夠嗎？晚上這麼冷，我才不樂意呢！」

楊氏聽了這話，想起方才的事情，也覺得兩條腿上涼颼颼的，點了點頭道：「說得也是，天太冷了，早些睡吧，明兒還要早起呢！」楊氏說完，稍稍打了一個盹，又睜開眼道：「明兒妳還去八寶樓幫忙嗎？明軒才回來，妳應該多陪陪他的。」楊氏還想再接著說，卻見趙彩鳳已經睡著了，呼吸均勻地躺在邊上，便嘆了一口氣，也合眼睡了。

第二天一早，趙彩鳳醒的時候，楊氏早已經做完早飯走了。

趙彩鳳在床上伸了一個懶腰，就聽見隔壁傳來了宋明軒唸書的聲音。古代人唸書的時候講究調子，要求大聲朗讀，還真的和電視裡頭那搖頭晃腦的讀書人有些相似，只是宋明軒沒電視裡演的那般誇張。不過後來趙彩鳳想了想，其實古人平常都低著頭看書，頸椎肯定僵硬，正好站起來讀書的時候來一個三百六十度的脖頸運動，沒準還有治療頸椎的作用呢！

炭盆裡的炭火已經滅了，房裡又冷得跟冰窖一樣。這討飯街上的房子做工簡陋，窗戶雖然是好的，但是縫裡頭漏風，要是沒了炭盆，一會兒內外就沒溫差了。

趙彩鳳一股腦兒地爬了起來，瞧見趙彩蝶和趙武還在睡覺，便端著炭盆出門，又給生上了熱炭，擺進房裡去。

宋明軒見趙彩鳳起來了，也放下了書幫忙，又開口道：「娘一早就走了，早飯在灶房裡頭，快去吃吧！」宋明軒見趙彩鳳睡得臉上紅撲撲的樣子，忍不住伸手摸了一把，低下頭在她臉頰上親了一口。

到了晌午，劉家派了小廝把宋明軒的行李都給送了回來，還一併帶了好些年貨來，又帶了錢喜兒的口信，說是約趙彩鳳十五那日一起去梅影庵上香。

趙彩鳳想起之前在梅影庵許下心願，希望宋明軒這一科能高中，如今果真是心想事成了，也是時候去還願了。

這一晃便到了十五這日，楊氏聽說趙彩鳳要去上香，也跟楊老頭夫婦說了一聲，抽出了半天空來，跟著趙彩鳳一起去梅影庵裡頭求一求。如今有了小順子，她也可以稍微輕鬆些了。

這才出門呢，就在門口遇上了余奶奶和翠芬兩人，也正拿著蠟燭、香油要往梅影庵去呢！

翠芬自那日病後，似乎已對郭老四死心了，如今養好了身子，看著氣色還不錯，瞧見趙彩鳳畢竟還有些尷尬，只又道了幾聲謝。

余奶奶便笑著道：「正好一起去吧，早些進去求了菩薩，就可以早些出來趕集了，今兒的廟會可是這一年裡頭最熱鬧的了！」

臘月十五是梅影庵年前的最後一個廟會了，梅影庵門口一整條的巷子都擺著滿滿當當的攤子。

楊氏從沒見過這樣的場面，在路口看了一眼便嚇得要死，笑著道：「這廟會可比以前都熱鬧。」

「可不是？東西還便宜呢！咱早些進去，早些出來，省得好東西都被人給買走了！」余奶奶一邊走一邊解釋道：「這些商販有的是京郊的百姓，做完最後這一撥買賣就打算回老家過年去了，所以這時候東西最便宜，再過幾天，有的東西就買不到了。」

楊氏一邊聽一邊點頭，摸了摸身上的荷包，心道幸好今兒帶夠了銀子。前兩日楊老頭翻了一下年底之前的黃道吉日，臘月二十八正是好日子，到時候麵鋪歇業一天，讓楊氏和錢木匠把事情辦一下，在家裡頭燒一桌菜，鄰里之間派一些喜糖，便也算是把這個親給結了。所以這幾日楊氏一直在張羅那天要用的東西，雖說是二婚，但有些東西也是不能缺的。

到了巷口，趙彩鳳就瞧見了劉家的馬車。這時候巷子裡人多也進不去，馬車只能停在路口，小丫鬟挽了簾子，把錢喜兒和李氏扶出來。

趙彩鳳迎了上去，雙方見過之後，錢喜兒便辭別了李氏，拉著趙彩鳳先往裡頭走去了。

李氏以前也不過就是鄉野村婦，見錢喜兒拉著趙彩鳳走了，只笑著道：「讓孩子們玩去吧，我們先拜了菩薩，一會兒再出來看看有什麼好東西，買些回去備著過年。」

楊氏聽了這話，也隨了趙彩鳳去，只讓她到了時辰在路口等著，千萬別走丟了。

余奶奶見楊氏這般囑咐，不禁笑道：「都做人家媳婦了，哪裡那麼容易丟？我們玩我們自己的去！」

趙彩鳳於禮佛方面可以算是一竅不通，所以錢喜兒做什麼，她就跟著做什麼。雖說不通，但心倒是誠的，且這次宋明軒一舉高中，沒準還真有佛祖的功勞呢！趙彩鳳想到這裡，又閉上眼睛，虔誠地磕了幾個響頭。

兩人拜過了這庵中的大小菩薩後，錢喜兒便領著趙彩鳳往後院女尼們住的禪房那邊去，進到一個小小的院子，裡頭栽著一棵菩提樹，此時早已經只剩下枯瘦的樹枝，上面的雪花沒有化盡，看著倒是有些意境。門口站著一個十三、四歲的丫鬟，趙彩鳳瞥了一眼，便認出是程蘭芝身邊那古靈精怪的小丫頭。

那丫鬟正打算撩開簾子通報，卻被錢喜兒給攔住了，作了一個噤聲的動作，兩人偷偷地靠到了簾外，聽見程蘭芝在裡頭低聲祈禱——

「願佛祖保佑，他這次出征能旗開得勝，早日歸來。」

錢喜兒聞言，摀著嘴笑了起來。

趙彩鳳腦子轉得飛快，也茅塞頓開，打著手勢小聲問錢喜兒。「那個他，是不是蕭家三少爺？」

錢喜兒笑著點了點頭，湊到趙彩鳳耳邊道：「可不是？聽說原本是要定下親事的，奈何鬧出個要打仗的事。妳也知道，這出征打仗，刀劍無眼的，程夫人怕出事，所以兩人的婚約就耽擱下來了，說是等蕭將軍凱旋了，再談也不遲。」

趙彩鳳心裡自然明白程夫人的意思，這帶兵打仗，過的都是刀口上舔血的日子，自古以來都有一將功成萬骨枯的說法，有幾個帶兵打仗的能全身而退？若是蕭一鳴有什麼三長兩短，毀的可是程姑娘一輩子的幸福。

趙彩鳳嘆了一口氣，問道：「大軍出征了沒有？這都快年底了，也沒聽到什麼消息。」

錢喜兒搖了搖頭。「我也不知道，應該還沒出去吧？只是前線情勢吃緊，出征只怕也是早晚的事情。這打起仗來，三年五載的也說不準，我瞧著程夫人未必就肯讓程姑娘等下去，唉……」錢喜兒說到這裡，到底也是替程蘭芝鬱悶了幾分。等，或者不等，這真是一個讓人難以抉擇的問題。姑娘家的韶華歲月是最禁不起蹉跎的，尤其還是這古代的姑娘，這若是能等回來，倒也不算白費了時光；萬一要是沒等回來，終究是一場傷。

趙彩鳳想到這裡，倒是有些慶幸了，自己找個書生，到底沒有這樣的煩惱。那句古詩是怎麼寫的來著？可憐無定河邊骨，猶是深閨夢裡人啊！趙彩鳳也不知怎麼的就想起了蕭一鳴來，他生得天庭飽滿，想來並不是無福之人。

一時間，禪房裡沒了聲響。

丫鬟便上前一邊拉了簾子，一邊開口道：「小姐，喜兒姑娘和宋夫人來了。」

趙彩鳳如今已嫁為人婦，連稱呼上都有了改變，古人就是這般重規矩的。

趙彩鳳彎腰進去，瞧見臉上向來帶著幾分笑的程蘭芝明顯沒有以前那般精神活潑的表情了，臉上隱隱有著幾分憂色，聽見丫鬟開口，勉強擠出一絲笑，從蒲團上起身迎了過來。

程蘭芝見了趙彩鳳，便笑著道：「早知道趙姊姊和宋舉人大婚了，一直沒向兩位道喜呢！」

錢喜兒便笑著道：「他們回村裡頭辦的酒宴，我也不曾道喜，不如咱們這會子補上了可好？」

趙彩鳳便笑道：「我這都幾個月了，早已經是老夫老妻了，還補什麼補呢！」

程蘭芝聽了這話，臉上便多了幾分豔羨，比起以前那嘰嘰喳喳的樣子，確實安靜了很多。

「上回蕭老三送妳的新婚之禮，妳還喜歡嗎？那可是我選的呢！」程蘭芝看著趙彩鳳的眼神和之前有些不同，由剛才的豔羨變得有了幾分妒忌，然而臉上的笑卻還是沒有變，定定地看著趙彩鳳，問她。

趙彩鳳也察覺出了這裡頭的異樣，笑著道：「原來是妳選的，我就說那東西那麼精美，一看就不是蕭老三那個大老粗選的呢！」

程蘭芝聽了這話，開口道：「我也不過就是受人之託而已，妳喜歡就好。」

兩人話語之中多了幾分生疏之感，連錢喜兒這個局外人都聽了出來，便故意扯開了話題道：「蘭芝，程夫人怎麼不在？她今兒是和妳一起過來的嗎？」

程蘭芝聞言，點了點頭道：「我娘給大姊捐法事去了，今日是我大姊的忌日。」

原來程家除了程蘭芝之外，還有一個長女，十幾年前就病死了，程夫人老來得女，對程蘭芝更是視若掌上明珠，愛護有加。

錢喜兒聽了，倒是好奇地道：「原來妳還有個姊姊？倒是不曾聽妳提起過。」

程蘭芝沒出生之前，這個長姊就已經去世了，對她也不是很清楚，隨口道：「我還沒出生她就去世了，聽說是因為當時我母親陪著父親在邊關戍守，家裡頭只有長姊一人當家，得了急病死了，後來我父親為了這事抱憾終生，所以才辭去將職、請調回京的。」

三人聽了這話，心中都不大好受，心情凝重了起來。

趙彩鳳便笑著開口道：「外頭集市正熱鬧呢，我娘還在外面，我就先失陪了。」

錢喜兒原本以為三人許久未見，總能小聚一會兒的，不想竟會如此尷尬，因此見趙彩鳳說要走，便也起身道：「我跟妳一起出去瞧瞧熱鬧。」

兩人辭別了程蘭芝，出了小院，錢喜兒才帶著幾分不解地開口問道：「妳們兩個到底是怎麼了？怎麼說起話來倒有幾分打機鋒的感覺？」

趙彩鳳知道錢喜兒素來敦厚，也不是會搬弄是非的人，便把自己和蕭一鳴之間那一點雖然壓根兒也沒有啥關係的牽絆說給了錢喜兒聽。

錢喜兒聽了，這才恍然大悟道：「怪不得她瞧見妳是這樣的表情，換了我只怕也是尷尬。倒是我被蒙在了鼓裡，害得妳們兩個都不自在了。」

趙彩鳳笑道：「其實一開始程姑娘也不曉得的，什麼時候知道的我也不清楚，可再怎麼說，如今我已經成婚，她跟蕭公子也是八九不離十的事了，我倒是無所謂啦！」

錢喜兒點了點頭，兩人又往外走了幾步，瞧見一處客堂外頭站著幾個年輕的僕婦，約莫三十出頭的樣子。錢喜兒眼睛尖，掃了一眼便道：「是程夫人在裡頭做法事呢！」

兩人順著抄手遊廊走過去，就聽見幾個僕婦蹲在避風的地方，雙手籠在袖子裡頭，閒嘮嗑道——

「妳們知道大小姐怎麼死的嗎？」

「怎麼死的？」幾個僕婦們都是後來進的程府，對這事早已經好奇得不止一天、兩天了，今兒難得聽見有人說起，全都興致勃勃地伸著脖子問去。

「說出來嚇死妳們，我還是不說了！」那挑了話頭的僕婦忽然一改口，翻了翻眼皮子，靠在牆角不說了，惹得其他僕婦一個勁兒地啐她，她才一臉神秘地笑著道：「我只偷偷告訴妳們兩個，可別到處亂說啊，當心被夫人發賣。」

兩人聽了這話，越發好奇了，一個勁兒地點頭。

那僕婦便開口道：「我也是前一陣子陪著去餘橋鎮的時候，遇上原先被將軍府發賣的老人家才聽說的，他們說……」說到這裡，她下意識地壓低了聲音，抬起頭瞧了一眼，見是兩個陌生姑娘往這邊來，便也有恃無恐了，繼續道：「他們說，大姑娘不是病死的，是跟著人淫奔了，在外頭死的！」

眾人聽了這話都嚇了一跳，一個個摀著嘴巴，生怕這天大的秘密給別人聽見了。

趙彩鳳和錢喜兒正從那邊經過，把這句話一字不漏地聽了個清楚。錢喜兒當場就愣住了，差點兒停下腳步來，虧得趙彩鳳鎮定，拉著錢喜兒又往前走了幾步，兩人繞過了抄手遊廊，在一處大殿的屋簷下停了下來。

錢喜兒此時還沒緩過勁來，開口道：「彩鳳，這事情要是傳出去，那程姑娘的閨譽就……」

古代禮教森嚴，家風持重，若是有人家中出了跟人淫奔的閨女，那麼這一家子的姑娘都別想嫁給好人家了。從蕭夫人擇媳的標準來看，必定還是很看重這一點的。

趙彩鳳這時候也沒什麼主意，搖了搖頭，小聲道：「這是他們程家的家事，我們也沒辦法插嘴的，不過就是恰巧聽見罷了。只是……」趙彩鳳擰眉想了想，繼續道：「看那媳婦都敢在外頭跟人瞎嘮嗑了，他們府裡恐怕也少不了這些閒言碎語，只是她們做主子的不知道而已。」

錢喜兒聽到這裡，只覺得心驚肉跳的，雙手合十唸了一句「阿彌陀佛」。「這些嘴碎的奴才真是無法無天，好像主子沒了臉，她們就得了臉一樣，真是讓人作嘔！」

趙彩鳳雖然沒當過奴才也沒用過奴才，可前世也看過不少宅鬥文，有人的地方就有江湖、有奴才的大戶人家就有宅鬥，她們整日裡看主子的臉色辦事，長期積累了怨氣，閒嘮嗑幾句算是好的了。何況嘴長在別人身上，哪裡真能堵得住啊！

兩人心中雖擔憂，到底無計可施，也只能出了梅影庵，去找李氏和楊氏會合了。

楊氏一早就和余奶奶等人拜好了菩薩，這會子正在外頭買東西，扯了幾疋面料，買了兩斤棉花，又秤了一些飴糖、乾果，買到兩隻手都提不下東西了，這才作罷。

趙彩鳳出來時，就瞧見楊氏拎著大包小包的東西，站在路口等著自己。

「彩鳳，妳不去給明軒也買些東西嗎？」

趙彩鳳接過楊氏手中的東西，一邊走一邊道：「不買了，之前給他做的棉襖都還是新的呢！且家裡也還有劉家送的幾塊面料，正好等寶哥兒來了，給他做兩件新衣服，小孩子過年穿新衣服，那才高興呢！」

楊氏笑著點了點頭，瞧著趙彩鳳的氣色越發比以前好了，便開口問道：「彩鳳，這寶育堂的藥妳也吃了有一陣子了，不然趁著明軒回來，你倆就要個娃兒吧？」

趙彩鳳聽了這話嚇了一跳，急忙加快腳步往前走了幾步，想了想又停了下來，見楊氏追上來，遂壓低了聲音湊到她耳邊道：「娘啊，妳那麼喜歡娃，不如和叔再生一個吧？豈不更好？」

楊氏聽了這話，頓時臊得面紅耳赤，一個勁兒地道：「妳這丫頭，越發沒大沒小了！」

趙彩鳳和楊氏拎著東西大包小包的回家後，宋明軒從房裡接了出來。如今新蓋的兩間房裡頭都有火炕，趙彩鳳實在太怕冷了，就先搬進去住了。這兩間房正好是朝西的，下午時隔著窗戶，房間裡頭明晃晃的，宋明軒坐在臨床的大炕上看書，更是暖融融的。

宋明軒把東西拿了進去，看了一眼家裡備下的年貨，客堂裡頭都堆了一小堆了。趙彩鳳見了，也鬆了一口氣。想一想剛穿越來的那會子，趙家除了那三間茅房，真的算是家徒四壁了，再沒想過，這半年之後，還能過上這樣一個像樣的大年。

「娘啊，錢大叔什麼時候回來，妳問過了沒有？」倒座房的門窗都做好了，趙彩鳳便提議給許氏捎個口信回去，讓她帶著寶哥兒和陳阿婆出來。宋明軒怕許氏一個人不認路，說要親自回去一趟接人，結果錢木匠說正好有事要回趙家村一趟，順便接許氏她們出來。

楊氏一邊整理手裡的東西，一邊道：「就明後天吧，今天是妳錢大嬸的忌日，妳錢大叔大抵是上墳去了。」楊氏如今跟了錢木匠，倒也不避諱提起錢木匠前頭的那個媳婦，嘆了一口氣道：「妳錢大嫂模樣可好呢，看著就像是大戶人家的小姐一樣，嬌滴滴的。」

趙彩鳳也不知道為什麼，心裡頭驀地有些奇怪，但一時也想不起是哪裡奇怪，便隨口回道：「錢大叔也真是個長情的人，錢大嬸都死了十幾年了吧？」

楊氏點頭道：「可不是？妳錢大嬸剛死，妳錢大叔就把那孩子送走了，如今那孩子怕也要十五了，倒是到了嫁人的年紀。我前兩日原本是想問一問妳錢大叔的，可見他沒提起，也不好意思說，若是那孩子真的要嫁人，他難不成連看也不看一眼？」

趙彩鳳聽楊氏這麼說，越發奇怪了起來，卻一時也想不出個所以然來，便勸道：「娘，這事妳還是別問較好，哪個男人沒有些故事呢？錢大叔雖然人好，可妳也說了，他是後來才住到趙家村的，說起來，咱對他還真的算不上知根知底的。」

楊氏聽趙彩鳳這麼說，便開始護起了自家男人，開口道：「哪裡就不知根知底的？妳錢大叔是餘橋鎮人，和咱們河橋鎮離得也不遠。」

趙彩鳳隱約覺得餘橋鎮這個地名很熟悉，但一時沒想起是在哪兒聽過，見楊氏這麼說，便笑著道：「娘啊，妳可真不賴，連錢大叔的老家都打聽到了，那接下去是不是要回老家拜見公婆去了？」

楊氏被趙彩鳳說得滿臉通紅了，放下手中的東西，笑道：「妳就會拿我開心！我先去廚房裡頭張羅午飯。」

楊氏去了廚房後，趙彩鳳才坐下來，擰著眉頭想了大半天，忽然就想起一件事來——今天在梅影庵裡頭，程蘭芝說了今日是她長姊的死忌，方才楊氏又說今天是錢大嬸的忌日……趙彩鳳被自己腦洞大開的猜測給嚇了一跳，連忙跑到房中，爬上炕頭，坐到宋明軒身邊。

宋明軒抬起頭看了趙彩鳳一眼後，繼續一筆一劃地低頭寫字。

趙彩鳳看了看，他正在默一本《三字經》，說是趁過年的時間，讓趙武把《三字經》教給這巷子裡幾個唸不起書的孩子。

正午的陽光曬得炕頭上暖洋洋的，趙彩鳳便轉身躺在宋明軒的大腿上，抱著他的腰，懶洋洋地打起了盹兒來。

宋明軒盤著腿，任由她躺著，繼續蘸了墨水寫字。約莫過了小片刻，覺得大腿根部有些發麻，宋明軒遂低下頭瞧著趙彩鳳的睡顏，放下了筆，伸手在她臉頰上輕輕地捏了一下。

趙彩鳳睜開了眼睛，抬起頭看著宋明軒，朝他眨了眨眼道：「宋舉人，用你這聰明的腦袋瓜幫我想些事情可好？」

宋明軒瞧著趙彩鳳的眼神像是要掐出水一樣，頓了頓才開口道：「美人在懷，這會子只怕腦子已經不夠用了。」

宋明軒平常瞧著老實巴交的，其實也是一肚子悶騷的壞水，這一點趙彩鳳早就領教過了，見他這麼說，笑著道：「那你要怎麼樣才能動你的腦子呢？」

宋明軒便閉上眼，做出一副若有所思的樣子，最後笑著道：「得讓我吃飽喝足了才行。」

趙彩鳳如何不知道他在想些什麼？因為這幾日是排卵期，趙彩鳳已經幾天沒讓宋明軒碰自己了，如今他這樣厚著臉皮開口，只怕也是實在憋不住了。趙彩鳳故意開口道：「娘已經去灶房做飯了，一會兒就有得吃了。」

宋明軒聽了這話，頓時就跟霜打的茄子一樣蔫了，鬱悶得滿臉通紅，卻又見趙彩鳳靠在他大腿上實在是模樣嬌憨，便忍不住吻了下去。

趙彩鳳也知道宋明軒如今膽子越來越大了，假裝推拒了幾下，伸手按住他褲襠那處，宋明軒便輕哼了一聲，鬆開趙彩鳳的唇瓣，紅著眸子看了她一眼。趙彩鳳見他那樣子，也有些捨不得了，便一邊伸手解開他的褲帶，一邊小聲道：「那你得答應我，別弄在裡面！」

宋明軒忙一個勁兒地點頭，蹬開了褲管，扯下掛在窗前的簾子，偏身壓了上去。

趙彩鳳輕呼了一聲，身子只覺得酸麻酥癢，咬著唇小聲道：「嗚……慢一點……」

兩人親熱過後，宋明軒的腦子果然好使了，聽趙彩鳳把事情說完了，便擰眉細細思索了半晌，這才開口道：「我雖然比妳年長幾歲，但那時候也還是個奶娃子，倒是不記得錢大嬸究竟長什麼模樣了。程家大小姐和錢大嬸的死忌是同一天，這倒還不算什麼太大的疑點，關鍵是妳說錢大叔是餘橋鎮人。妳還記不記得，妳被誠國公府的奴才抓去餘橋鎮的時候，程姑娘也在餘橋鎮，因為那邊有程府的別院？」

宋明軒到底是個心思縝密的人，被他這麼一說，趙彩鳳便覺得驚恐了，靠在他的胸口小聲道：「我聽程府的下人說，程大姑娘並非是病死的，而是跟人淫奔之後死的……」趙彩鳳輕呼了一聲，再沒敢說下去。

宋明軒便按著她的意思繼續道：「妳的意思是，錢大叔拐了人家將軍府的姑娘，私奔到了趙家村？」

趙彩鳳吐了吐舌頭，瞥了宋明軒一眼，道：「我可沒這麼說。再說了，這種事情，周瑜打黃蓋，一個願打一個願挨，誰能說得清對錯呢？」趙彩鳳說到這裡，也有點意興闌珊，這些事情畢竟都是十幾年之前的事了，就算曾經發生過，也沒有必要再提及了，畢竟人都已經死了。趙彩鳳嘆了一口氣，正打算起來，宋明軒卻拉住了她的手。

「妳說程姑娘是在她長姊死後她才出生的，那將軍夫人是幾歲生她的？」

趙彩鳳方才並沒往這個方向想，這時被宋明軒這麼一提醒，更是腦補得停不下來，開口道：「我娘說錢大叔和錢大嬸有個女兒，被錢大叔送給了她姥姥、姥爺……啊！」趙彩鳳頓時被自己得出的結論嚇了一跳，抬起頭看著宋明軒道：「你、你覺得程姑娘長得像錢大叔嗎？」

這回輪到宋明軒無話可說了，擰著眉頭想了半晌，最後開口道：「彩鳳，這都是別人的家務事，妳我就當不知道好了。這事情若是透露出去半句，只怕程姑娘的名聲就會被毀了。」

趙彩鳳點了點頭，嘆息道：「怪不得錢大叔一直守口如瓶，這樣的事情，也確實跟人開不了口。」

兩人又在炕上你儂我儂了片刻，直到楊氏過來前頭喊了人吃飯，自己則拎著食盒給楊老頭夫婦送飯去了。

趙彩鳳吃過了午飯，到開夜市之前就要去八寶樓拉麵。因為八寶樓做消夜的生意，但黃老闆念在趙彩鳳是小媳婦，只讓她做到戌時二刻就回家了。宋明軒每日裡也是殷勤接送，就連八寶樓裡的常客都知道這位年輕的舉人老爺是個疼老婆的性子。

宋明軒把趙彩鳳送到了巷口，便去了安泰街上的文房店裡頭買了一打的紅紙。這討飯街上雖然都是窮人家，但逢年過節的，大家夥兒也都想要圖個熱鬧吉利，春聯總是要貼的。

宋明軒拿了紅紙便回家去，正瞧見巷口的地方停了一頂藍呢小轎，一個穿著石青色錦緞長袍的人從上頭下來，手裡拎著幾副藥材，瞧著倒是皮白面善，人模狗樣得很。

宋明軒只當沒瞧見那人，手臂挾著紅紙繼續往巷子裡走，卻被那人給喊住了。

那人笑著上前寒暄道：「這不是宋兄嗎？」

宋明軒見郭老四主動跟自己打起了招呼，便也擠出幾分笑來，向他拱了拱手。這郭老四如今和自己同是玉山書院的學生，平常雖然抬頭不見低頭見的，但也沒幾分交情。況且得知了他那些事情之後，宋明軒對他很有幾分不齒，便是在書院裡頭也從沒給過他半分笑臉，如今這人竟破天荒地跟自己打了招呼，倒是太陽打西邊出來了。

郭老四瞧見宋明軒對他這副冷冷淡淡的樣子，倒是絲毫不介意，笑著道：「聽說我表姊生病的時候，承蒙你和嫂夫人照顧，真是多謝你們了。這不，快年節了，我也回來瞧瞧他們。」

宋明軒抬起頭看了眼睜眼說瞎話的郭老四，只恨旺兒長得像他娘，不然的話，他非抱著旺兒送到這郭老四的面前，狠狠地質問他：這難道不是你跟你表姊生的兒子嗎？宋明軒雖然心裡這麼想，可那也不過就是心裡頭爽快下的事情，畢竟這是人家的家務事，他也管不著。這郭老四若是真能浪子回頭，對翠芬母子也是件好事，至少他還知道回來看他們一眼了。

宋明軒掃了一眼郭老四手裡拎著的東西，瞧著有些像是藥材，忍不住多了一個心眼。這大過年的，要是再弄出什麼人命來，整條街上的人都沒好日子過了。宋明軒想到這裡便有些擔憂，忍不住多嘴了一句。「都是一條巷子裡住的鄰居，這些事算不得什麼，只是以後這看病吃藥可要小心些，吃錯了藥，也是要人命的。」

那郭老四聽了，倒像是沒事人一樣，笑著道：「宋兄說得是，我回去後一定讓我表姊注意著些。」
宋明軒又上上下下打量了一眼郭老四，心想這表情若不是裝出來的，那還真是讓他佩服得緊了。

因為趙彩鳳不在家，宋明軒也不好意思去翠芬家問情況，一顆心便一直懸在心口上，好不容易到了戌時，楊氏回來張羅好了晚飯，宋明軒匆忙吃了幾口，便去八寶樓接趙彩鳳了。

趙彩鳳這時候剛剛把新點的幾桌麵條拉完，拍了拍瘦脹的手臂，內心無比感嘆。她這樣每日過來拉麵，每天加起來也不過拉上個二、三十碗麵條，這胳膊都疼得抬不起來了，想一想楊老頭，每天少說也要拉上個二、三百碗的麵條，確實是辛苦生意。

趙彩鳳解下了腰間的圍裙，掛在一旁的牆頭，看著時辰也該是宋明軒過來的時候，便往大堂裡走過去，就聽見謝掌櫃笑咪咪地開口說話。

「舉人老爺又來接夫人啦！」

這會子店裡正是最熱鬧的時候，幾個熟客便抬頭看了一眼宋明軒，打趣道：「舉人老爺啥時候做了大官，接了夫人回府上享清福呀？」

宋明軒本就臉皮薄，聽了這話，便又紅了臉頰，恭恭敬敬地道：「自是有這一天的，到時候若是八寶樓還在，一定也請各位喝一杯薄酒。」

謝掌櫃聽了這話，笑著道：「宋舉人說這話我們東家聽了可就要不高興了，什麼叫若是八寶樓還在？這八寶樓都在這兒開了十幾年了，再開十幾年也是沒問題的！只是宋舉人你若是讓咱小趙等上十幾年，那我可就要替小趙不值了！」

趙彩鳳出來時，正好聽見謝掌櫃說這句話，便笑著道：「哪裡用得著等十幾年？他要是下一科沒中，我就讓他來八寶樓當拉麵師傅！這麼長的胳膊，不拉麵也浪費了。」

眾人聽了，哈哈大笑了起來。

宋明軒越發覺得有幾分羞澀，拿了披風遞給趙彩鳳道：「娘子，我們先回去吧，我還有些事要請妳幫忙。」

趙彩鳳見宋明軒這欲言又止的樣子，看著倒還真像是有事一樣，便接過他手中的披風，一邊穿上一邊問道：「怎麼了這是？來得也比平常早了。」

兩人走出了八寶樓，迎面飄來幾朵雪花，宋明軒便撐開了傘，把趙彩鳳護在了身前，兩人往回走，他這才開口道：「今兒郭老四回來了，又給翠芬姊送了好多藥材，我心裡老是有些擔心，會不會出事啊？」

趙彩鳳一聽這話，立即嚇了一跳，急忙道：「你怎麼不早說啊？這可是要出人命的！咱快回家看看去！」

宋明軒見趙彩鳳加快了腳步，連忙從身後跟了上去道：「這會兒似乎沒事，沒聽見有什麼動靜。不如一會兒妳回去了，過去串個門子問問動靜？」

趙彩鳳見宋明軒這一本正經的樣子，瞥了他一眼，笑道：「什麼時候見你這麼關心人了？那你怎麼不自己瞧去？」

宋明軒知道趙彩鳳是故意激自己，笑著道：「我是怕妳擔心，誰不知道妳刀子嘴、豆腐心，嘴上說翠芬姊是自找的，心裡頭還不是照樣關心她和孩子嗎？不然妳走這麼快幹麼？」

宋明軒這話一說，趙彩鳳頓時就停下了腳步，覺得眼底一陣熱浪，溫熱的液體已經忍不住要衝出眼眶來，於是輕輕地哼了一聲後，扭頭不作聲地繼續往前走。趙彩鳳懷著現代的思想，自然是不能理解翠芬的這種愚昧行為，可罵不醒她，不代表不關心她，若是翠芬出了事情，趙彩鳳心中必定也是難過的。這樣的趙彩鳳，只有宋明軒明白。

宋明軒看著趙彩鳳遠去的背影，幾步追了上去，笑著道：「我的《三字經》已經寫好了，明兒就讓小武教他們唸起來，過年的時候，巷子裡放著鞭炮，小孩子們奶聲奶氣地唸著《三字經》，多熱鬧、多喜慶啊！」

趙彩鳳點了點頭，伸手抓住了宋明軒微涼的手，小聲道：「到時候寶哥兒也來了，多好！」

宋明軒想起這些，也覺得高興，忍不住抱住了趙彩鳳，在她臉頰上蹭了蹭。

兩人因為擔心翠芬的事情，路上腳程也快了許多，趙彩鳳回家時剛過戌時二刻。楊氏已經伺候了幾個孩子睡了，趙彩鳳瞧見客堂裡頭放著新買的紅棗，便順手抓了幾個在盤子裡，往翠芬家串門子去了。

往常這個時候大家夥兒基本上都睡了，正巧這幾天伍大娘接了幾個打絡子的活兒，說是年底之前京城的幾家大戶人家要用的，所以讓大家二十之前一定要趕出來。翠芬病了之後，燒餅攤就沒開出來，她年紀輕又心靈手巧，便一直幫著伍大娘做這些手工，連余奶奶也都學會了。

這會子正有幾個巷子裡的年輕媳婦都蹲在翠芬家裡頭打絡子，大冬天的，大家集合在一起，炭火錢也能省下不少。

見趙彩鳳來了，便有人揶揄道：「舉人太太來咯！」

郭老四也是舉人，按理說翠芬也應該是舉人太太的，可偏生如今郭老四不認他們娘倆，她就成了沒名沒分的人，所以這聲「舉人太太」一喊，眾人反倒都尷尬了。

倒是趙彩鳳先反應了過來，笑著道：「什麼舉人太太？當舉人太太還不是得沒日沒夜地賺銀子養家，不然哪能這個時候了才有空來跟妳們嘮嗑嘮嗑？」

趙彩鳳說著，把盤子放在了桌上，接著道：「這是新買的紅棗，據說是樓蘭那邊的，可甜了，妳們都嚐嚐。」

余奶奶拿起一個嚐了一口，笑道：「果真比我家買的好，不便宜吧？」

趙彩鳳便道：「我也不知道幾文錢一斤，瞧著好就買了。」難得這兩個月手上寬裕了一點，趙彩鳳才稍稍奢侈了一把，捨得買些零食吃了。

余奶奶吃完了棗子，又道：「我今天在路口遇上妳家相公了，他買了好大一打的紅紙，說是要免費給街坊寫春聯呢！」

趙彩鳳倒是沒想到宋明軒偷偷摸摸的還幹了這事，笑道：「他的字可好了，書院裡頭的夫子都誇他呢，寫春聯大概也勉強可以貼門上用用！」

眾人聽了，笑著道：「彩鳳妳說這啥話？舉人老爺的字貼門上，這是多大的臉面啊？便是寫得不好，我也照貼不誤的！」

趙彩鳳便跟著陪笑了起來。眾人又閒聊了幾句，趙彩鳳推說要進屋看看旺兒，翠芬便跟著她進了房間。

才進房間，翠芬便開口道：「彩鳳，我知道妳今兒來是為了什麼，郭老四一回來余奶奶就來了，問了我好些話。他的東西我雖然留下了，但也不打算吃了，你們放心好了。」

趙彩鳳聽了，總算是鬆了一口氣，語重心長地道：「實在不是我們不相信郭老四，而是他這個人已經沒有任何可信度了，他做那種事情，那是殺人啊，是要吃牢飯、發配邊疆的！可妳這樣護著他，我也是沒話說的。」

翠芬知道趙彩鳳是為了自己好，聽了這話也嘆了一口氣，淡淡地道：「我能有什麼辦法呢？便是告了他，讓他不得好死了，我自己難道就好過了？我總不能讓旺兒知道，自己親爹要毒死自己的親娘吧？」

趙彩鳳聽到翠芬說這句話，忽然間也就釋懷了。這世上的父母為了孩子，無論做什麼總是能被理解的。趙彩鳳覺得自己似乎讓翠芬給上了一課，可她心裡終究還是不平的，便嘆氣道：「罷了，賤人自有天收拾，我就不信妳放過了郭老四，老天還能放過他不成？」

翠芬見趙彩鳳這麼說，也忍不住笑了起來，又道：「妳家小宋終究是好的，妳要好好看緊了。郭老四剛中舉人的頭一年也是好的，有時候男人忽然之間就變了，妳自己都弄不懂他為什麼會變，好像一夜之間他就不認得妳了。有時候我自己都懷疑，到底是老四變了，還是因為我自己變了？」

趙彩鳳見翠芬又糾結了起來，清了清嗓子道：「哪裡有那麼多變來變去的？依我看，妳現在唯一要做的事情，那就是把郭老四給忘了，給旺兒找一個新爹！孩子還小，還來得及，若是再等兩年，到時候可就記事了。」

趙彩鳳從翠芬家回家時，總算鬆了一口氣。翠芬再糊塗，到底還沒有到腦殘的地步，只是……那郭老四怎麼看都像是沒安好心的人，還真是讓趙彩鳳覺得不心安呢！

# 第三十九章

誰知到了第二天，更大的消息傳了出來——郭老四居然帶著行李，回討飯街住了，白天時甚至還在門口抱著旺兒，一副父慈子孝、其樂融融的樣子！

宋明軒是個老實人，瞧見這幅光景，真心替翠芬感到高興，還自嘲道：「看來是我小肚雞腸了，沒準郭老四也確實有浪子回頭的一天。」

趙彩鳳挾著一塊炒雞蛋吃了幾口，不屑地道：「這世上除了『浪子回頭金不換』這一句俗語外，還有一句叫『江山易改，本性難移』，若是這句還不夠，還有一句叫做『狗改不了吃屎』！」

宋明軒正捧著一碗小米粥喝得起勁，猛然聽見這句話，噗哧一聲，下巴差點兒就掉進粥碗裡頭去了。

趙彩鳳見了，笑著道：「幹麼，我說得不對嗎？像郭老四這樣的人，這城府深得都能在裡頭游泳了，我們怎麼可能是他的對手呢？反正昨晚我跟翠芬說了，他買回來的東西一律不要吃，沒準哪一天又吃出什麼烏頭鹼來了呢！」

宋明軒笑著搖了搖頭，也不跟趙彩鳳爭辯。

兩人吃過了午飯之後，趙彩鳳幫著他裁紙磨墨，宋明軒便開始給巷子裡的百姓們寫春聯。他從小就給趙家村的百姓寫春聯，那些個吉慶福壽的話語都是信手拈來，一手毛筆字也是寫得龍飛鳳舞的，不一會兒，就寫出了一些放在邊上。

這炕下面燒了炭，烤得房間裡頭熱呼呼的，趙彩鳳瞧見宋明軒額頭上溢出幾滴汗來，便拿了帕子給他擦了幾下。

宋明軒低下頭來，讓趙彩鳳擦了擦，這才慢慢地開口道：「娘子，忙完了今日，我要開始複習了。」

趙彩鳳聽著他這一本正經的說話口氣，便覺得他是話中有話，故意道：「我是哪天沒讓你複習了嗎？用得著這樣一本正經的跟我彙報嗎？」

宋明軒悄悄地抬起眼皮看了趙彩鳳一眼，小聲地道：「娘子……我是想……我是想……要不然我就考這一科的春闈，妳說如何？」

趙彩鳳對宋明軒可謂是瞭解頗深，宋明軒屁股一搖，她都能知道他要拉什麼屎。之前宋明軒就為了這件事情在自己跟前爭取過，不過那時候趙彩鳳覺得宋明軒身體不好，雖然秋闈有驚無險，到底還是讓一家人嚇了一跳。況且宋明軒說的那個理由，也確實不得不讓他著急科舉。可如今家裡條件好一些了，趙彩鳳又得了八寶樓的一成股分，怎麼說每年也會有些分紅，宋明軒還這麼著急，肯定有他的道理。

「那你說說看，你這次能考上的把握有幾成？」

宋明軒見趙彩鳳也正兒八經地問了起來，便開口道：「韓夫子說，以我如今的資質，想中頭名三甲只怕是難的，不過二甲前十尚可一搏。」

趙彩鳳聽了宋明軒這話，總算是知道了原因，原來是韓夫子給他吃了一顆定心丸，怪不得他這會子鬧著要去考科舉呢！要是真的能考上二甲前十，自然也是好的，可是趙彩鳳抬眸看了一眼宋明軒這瘦不啦嘰的身子，往他懷裡一倒，實話實說地道：「相公，你要上進是好的，可我實在捨不得啊，這才過幾個月你又要進去受罪了！為什麼這世上有這樣慘無人道的考試呢？」趙彩鳳平常在宋明軒跟前御姊範習慣了，這樣撒起了嬌來，讓宋明軒的骨頭都軟了。

宋明軒心裡如何不知道趙彩鳳心疼自己？可一想到八寶樓裡那些客人打趣的話，宋明軒便有著早日登科的慾望。不過眼前有慾望的地方，卻是他身上的老二了。

兩人說著，又滾到了炕上去，宋明軒伸手拉扯著窗簾，低頭咬著趙彩鳳的耳朵，輕輕地捲舔著。

趙彩鳳想伸手推開他，卻苦於這幾日拉麵太多，手臂實在抬不起來，便擰著脖子躲來躲去。

宋明軒低頭在她的脖頸上啄了幾口，手指熟門熟路地摸到下面濕熱的地方，正想一品芳澤時，卻被趙彩鳳攔住了。

「你要參加這次的春闈也成，但必須從今天開始禁慾、養生！」趙彩鳳的話語一言九鼎，容不得宋明軒有半點的反抗。

宋明軒先是鬱悶得跟洩了氣的皮球一樣，連帶著身上的某個地方也軟了下去。

趙彩鳳瞧見他這絕望透頂的樣子便又心軟了，摀著臉，小聲道：「那個……從今天開始，不包括今天啦！」

宋明軒聞言，頓時又跟打了雞血一樣，那偃旗息鼓的地方也瞬間又熱硬了起來，尋著那一處泉眼，奮力地灌溉著。

趙彩鳳扯著宋明軒的衣袖勉力承受，兩人都渾身熱了起來，就在高潮將至的時候，忽然聽見門口有小孩子叫門的聲音，緊接著大門被推開了，趙武一邊往裡頭走一邊喊道——

「姊、姊夫，宋大娘和阿婆來了！」

宋明軒這時候正奮力衝刺，聽了這話頓時嚇出一身冷汗來，忙不迭地就從趙彩鳳的身上起來，撿起被子蓋住趙彩鳳光裸的下半身，急忙繫上了褲帶，扯了扯身上的長袍，正色回道：「好，我……我知道了。」宋明軒低低喘了幾口氣，臉上神色一本正經。

趙彩鳳又羞又窘又鬱悶，小聲埋怨道：「誰叫你白日宣淫的，現在好了吧！」趙彩鳳一邊說著，一邊找了褲子穿起來，倒是比宋明軒瞧著還淡定幾分。趙彩鳳反正心寬著呢，他們又不是被捉姦在床，只是在做夫妻間的尋常事情，頂多就是時間沒選好罷了，也不用臊成那個樣子。說話間，門外已經傳來了許氏的聲音。

許氏扶著陳阿婆道：「娘妳小心著點，這城裡的房子門檻高，別絆倒了。」

趙彩鳳拍了拍紅彤彤的臉頰，開門迎出去道：「娘、阿婆，妳們來啦？我還以為要到下半天才能到呢！」

許氏便笑著道：「今兒天氣好，走得早。」許氏說完，又湊到趙彩鳳耳邊，小聲地問道：「聽說妳娘和錢木匠成了？」

「是呢！才定下來，這個月二十六就拜堂。」趙彩鳳笑咪咪地回答。

許氏臉上也笑開了花，又瞧著趙彩鳳臉上紅撲撲的，便道：「妳的臉怎麼了？是外頭天太冷吹的吧？」

趙彩鳳正想回話呢，宋明軒也跟著出來了，許氏見他也是面紅耳赤的，心下便明白了幾分。

趙彩鳳忙笑著道：「裡頭點了火炕，這是熱的。」

許氏伸手摸了摸宋明軒的臉頰，笑著道：「還好，三個月沒見，並沒瘦到哪兒去。」

趙彩鳳接過了她手上的包袱，將兩人迎了進來，又轉身到門口看了一眼，並沒見到錢木匠人，便開口問道：「錢大叔呢？」

許氏聽了，笑道：「傻孩子，咋還沒改口叫爹呢？」

趙彩鳳有些不好意思，低頭笑了笑。

許氏道：「妳叔跟李全一起去給村裡人採購年貨了，一會兒再過來。今年莊稼收成不錯，大家夥兒也能過一個豐收年了。」

趙彩鳳點頭說是。

忽然，宋明軒開口問道：「寶哥兒呢？寶哥兒怎麼不在？」

趙彩鳳打從許氏她們進門的時候就覺得少了些什麼，此時聽宋明軒一提，這才反應了過來，也跟著問道：「婆婆，寶哥兒呢？」

許氏一時便覺得有些尷尬。

幾個人坐到了客堂中，陳阿婆才開口道：「寶哥兒的嫡母病死了，他奶奶來我們家把他接走了，說要親自教養。」

宋明軒聞言，眼眶頓時就紅了，心下自是有幾分不捨。

許氏嘆了一口氣，繼續道：「我也捨不得寶哥兒，可怎麼說呢，人家是親祖母，我沒這個道理不放人的。況且他們家雖然落敗了，可也是方廟村裡頭的地主，比起我們家也不知道好了多少，寶哥兒去了，只有過得更好。」

宋明軒還想開口說幾句呢，陳阿婆已先開口道：「明軒啊，你如今也已經成家了，你和彩鳳也要生娃兒。寶哥兒大了，又要上私塾，這一樁樁、一件件的，你是個大男人，你操心不下，還不得落到彩鳳的身上？你瞧瞧，她都瘦了。」

這話題比較敏感，趙彩鳳一時也沒插嘴，但陳阿婆這一句「她都瘦了」，還真有些睜眼說瞎話的感覺。這兩個月宋明軒不在家，趙彩鳳雖然忙，到底有中藥補著，身子骨比以前結實了不少。不過老人家說妳瘦，妳就得瘦！於是趙彩鳳很配合地低下頭，露出一個略帶羞澀的嬌俏表情。

宋明軒嘆了一口氣道：「我當年也是瞧見寶哥兒那嫡母太凶悍了，所以才不捨得他回去，如今既然他奶奶親自來接，想必寶哥兒也不會吃苦，畢竟是自己的親孫子。」

許氏見宋明軒鬆口了，便笑著道：「可不是？人家老太太親自來接的，看了一眼就說像她兒子，還說他們方家有後了，總算是留下一條根了。」

趙彩鳳見宋明軒勉強接受了，也知道他心裡必定是捨不得的，笑著道：「你要是不放心，等過幾日我跟你去方廟村瞧一眼，你總該放心了吧？」

其實對於寶哥兒這件事情，趙彩鳳是保持中立態度的。說實話，養孩子確實不是容易的事情，楊氏拉扯她們四個，平日裡又忙，趙彩蝶常年都是在余奶奶家託管的。真要趙彩鳳帶寶哥兒，創業階段估計也只能是這樣的待遇。如今要是他家裡人能好好對他，對於寶哥兒來說，未嘗不是一件好事。只是……到底給不了他一個父母雙全的健康成長環境了。趙彩鳳有些遺憾。想當初她陪著宋明軒回家時，寶哥兒那一聲聲的「娘」真是叫得自己心都軟了。想到這裡，趙彩鳳也有幾分捨不得，伸手按了按宋明軒的手背。

宋明軒瞧見趙彩鳳眼底流露出的那幾分不捨，越發地感動。他對寶哥兒好，從某種意義上來說是一種承諾、一種責任，可趙彩鳳卻完全不需要承擔什麼，她只是一直在無私地付出而已。宋明軒抽出了手，把趙彩鳳的手牢牢地握在掌心，捨不得鬆開。

這幾日趙彩鳳每日去八寶樓裡面拉麵，原本還算細膩的手也變得粗糙了，如蔥段一般的手指為了衛生問題，所有的指甲也都剪掉了。這雙手看著無比小巧，像是一個孩子的手，可她卻給予了宋明軒最大的安慰，讓他有一個遮風避雨的家。

趙彩鳳見宋明軒老毛病又犯了，眼睛紅紅的，像是要哭了一樣，便把手從宋明軒的掌心抽了出來，起身笑著道：「娘、阿婆，妳們坐一會兒，我去給妳們沏一壺熱茶。這幾日店裡頭生意好，我娘要到晚飯的點才會回來。妳們的房間我準備好了，炕也燒上了，比這客堂裡暖和多了。阿婆的腿受不得凍，一會兒就去房裡坐著吧。」

許氏見趙彩鳳這樣能幹，心裡也是說不出的高興，笑著道：「妳捎回來的棉襖我們都穿著呢，可暖和了！妳這孩子，有空給自己做一些就好了，還巴巴地捎回家。」

趙彩鳳見許氏這麼說，知道她必定是高興的，世上只怕沒幾個人白得了東西還不高興的，便笑著道：「我手藝不好，做得也不像樣，妳不嫌棄就好了。」

趙彩鳳去了灶房裡頭燒熱水沏茶，許氏便叫住了宋明軒，開口道：「在書院裡頭可好？銀子還夠花嗎？我和你阿婆在家也不花銀子，這次出來，就把上次花剩下的銀子都帶了出來，一會兒你給彩鳳收起來。你們在京城，做什麼不要銀子的？」

宋明軒一個勁兒地點頭，又有些不甘心地問道：「娘啊，寶哥兒真的送走了？」

許氏點點頭道：「送走了。你這傻孩子，你也忒實誠了，娘知道你留下寶哥兒是心疼他回去會過不好，可你也不想想，他畢竟是如月的孩子，且跟你又沒親沒故的，你這樣執意留著他，知道的，說你宋明軒有情有義；不知道的，還以為你對你表妹餘情未了呢！這要是被人亂傳出去，多傷彩鳳的臉面啊？你啊，都娶媳婦了，咋就想不明白這些呢？」

宋明軒被許氏這麼一說，頓時就面紅耳赤了，低下頭自我檢討了片刻，才開口道：「彩鳳她才不是這樣小家子氣的人，她也是真心對寶哥兒的，娘妳這樣想，倒是把彩鳳給看輕了。」

許氏聽了，當宋明軒又犯傻了，笑道：「就算我看輕了彩鳳行不？寶哥兒這事就這麼過去了，你要實在喜歡孩子，自己和彩鳳生去，如今我閒著也是閒著，你們生了，我來帶。」

宋明軒聽了這話，又鬱悶道：「娘，妳不是說年紀小生孩子不好的嗎？這回又讓生，彩鳳身子還沒長好呢！」

「姑娘家身子長沒長好，你懂嗎？」許氏反問道。

宋明軒無言以對，聽許氏又開口道：「我倒是瞧彩鳳這幾個月個頭身子都長了許多，過不了一年半載的，你們也確實可以準備準備了。」

宋明軒脹紅了臉，聽許氏在那邊嘮叨。

陳阿婆便也跟著開口道：「懷的時候小心些，多動動，到時候自然好生養，我們都是過來人了。不過明軒你也不用擔心，咱有了就生，沒有也不著急，等你考上了進士那也不遲。」

宋明軒聽陳阿婆這麼說，倒是回過了神來，開口道：「娘、阿婆，我打算這一屆春闈就下場子。」

許氏擰眉想了想，問道：「這一屆春闈？那不就是過完年的事情嗎？」

宋明軒點了點頭道：「正是。若是這次春闈中了，再能考上一個庶起士，就有俸祿領了，這樣彩鳳也不必那麼辛苦了。」

許氏到底是明白宋明軒的心思的，嘆息道：「你想去就去吧，我不攔著你。對了，彩鳳如今畢竟是宋家的媳婦了，我聽錢木匠說她最近每日裡都要去八寶樓拉麵，這可不是小媳婦做的事情，累不說，也太拋頭露面了，你好歹是一個舉人，臉面上也過不去。」

宋明軒聞言，連忙擺擺手道：「這跟我的臉面沒關係，這世上誰也不能看不起腳踏實地幹活賺錢的人。只是，我當真不想讓彩鳳這麼辛苦。」

宋明軒說這句話的時候，趙彩鳳正拎著茶銚子往前頭來，聽見後沒來由的便是一陣感動，心裡頭熱呼呼的，原先疲得提不起東西的手臂也似乎有了力氣。

都怪這萬惡的舊社會啊，給予女人的權利真的是太少了，就連光明正大憑本事賺錢，還要冒著被人背地裡說三道四的風險，幸好有宋明軒支持她！

感動過後，趙彩鳳吸了吸鼻子，依舊笑咪咪地進去，送上了熱茶和乾果，笑著道：「相公，我也是時候去上工了，你在家裡陪娘和阿婆聊一會兒吧，我估摸著我娘一會兒就回來了。」

宋明軒見趙彩鳳臉上笑容可掬的，可眼底分明還有著些紅血絲，便站起來道：「外面起風了，我送送妳。」

許氏和陳阿婆也跟著道：「我們不要人陪，明軒快出去送送彩鳳。」

趙彩鳳回房拿了頭巾，把自己包了起來，臉上神色淡淡的。其實她也不是生許氏的氣，這社會上的人觀點就是這樣的，她們也都在這個觀點下過了大半輩子了，真的沒什麼好生氣的，她就是心裡有些不爽而已。可想起宋明軒說的那些話，又覺得很安慰。

宋明軒從身後抱住趙彩鳳，咬著她的耳朵道：「娘子，別生氣，娘不是那個意思。妳為這個家這麼操勞，娘也是打心眼裡感激妳的。」

趙彩鳳冷著臉道：「我不需要誰的感激，我也沒生氣，就是覺得有些憋屈罷了……」趙彩鳳說到這裡，停下了動作，坐到炕上的時候，眼淚就不爭氣地落了下來。

可眼淚才掉下來，趙彩鳳又哭不出來了。這能怪誰？能怪誰？還不是得怪自己運氣不好，穿到了這樣一個古代社會，她要是運氣好穿到母系氏族，就天天揮著小皮鞭讓男人服侍自己！

宋明軒很少瞧見趙彩鳳落淚，大多數時候，她都堅強理智到讓自己覺得她並不像是一個十幾歲的小姑娘，因此他怎麼也沒想到，趙彩鳳這眼淚嘩啦啦落下來的瞬間，自己的心竟痛得就快要窒息了一樣，他忽然覺得胸口似有千斤重一樣，忍不住上前抱住了趙彩鳳，低下頭吻去了她眼角的淚痕。

「娘子，別哭了，妳哭得我的心都要碎了。」

這句話若是放在言情小說中，趙彩鳳是讀到幾次都要吐幾次的，可是從宋明軒的口中說出來卻完全不會。趙彩鳳抬起頭，看見宋明軒也紅著眼角凝望著自己，他的眸光柔軟而清澈，讓人覺得很溫暖，她頓時就覺得心頭所有的委屈都散了，只有滿滿的柔情密意填在胸口。

趙彩鳳閉上眼睛，抬起頭送上自己紅潤的唇瓣，勾住宋明軒的脖頸吻了上去。

宋明軒抱住了她，熱烈回應著，勾挑著她的熱情，伸手揉捏著她身上每一處敏感的地方，就在動作快要深入的時候，趙彩鳳卻推開了宋明軒。

趙彩鳳撇開臉扭頭道：「不是說好了，從今天開始要禁慾的嗎？」

宋明軒頓時就愣了，開口道：「不是說了，今天不算在內嗎？」

趙彩鳳抬眸掃了一眼宋明軒無辜的表情，故意笑道：「但是……今天的配額，你方才也已經用完了啊！」

宋明軒忍不住扶額翻了一個白眼，見趙彩鳳正低著頭偷笑，便拉住她的腳踝，偏身上馬，小聲道：「剛才的還沒完呢！娘子……不如我們繼續可好？」

趙彩鳳尖叫了一聲，使勁推開宋明軒，那人卻越發得寸進尺……

兩人在房裡火熱了片刻，這才整理好了衣服出門。

陳阿婆瞧見宋明軒送了趙彩鳳出門，兩人臉上都是紅撲撲的表情，笑著道：「我們兩個好像來得不是時候啊！」

許氏頓時也明白了過來，笑道：「娘啊，這麼說來，妳這回可是真的要抱曾孫了呢！」

趙彩鳳方才被宋明軒狠狠操弄了一回，又急著去八寶樓上工，這會兒走在路上，都覺得兩條腿在打顫。

宋明軒從身後跟上了她，見她臉上沒有方才那種鬱悶的表情了，也稍稍鬆了一口氣，上前拉著她的手道：「一會兒過去，我幫妳和麵，拉上幾碗麵條再回來。」

趙彩鳳就知道宋明軒心疼自己，聽了這話自然是高興的，笑著道：「店裡有和麵師傅，用不著我自己和，拉麵的話，只有現拉的麵下了才好吃，拉出來留著也會變形的，你還是省些力氣吧！」

宋明軒把趙彩鳳往懷裡摟了摟，望向遠方夕陽西下的餘暉，嘆氣道：「等我金榜題名，一定讓娘子在家好好歇著，我親自拉了麵，下給娘子吃。」

宋明軒這嘴巴抹蜜的本事，最近也算是修煉成功了，趙彩鳳便沒挖苦他，笑著道：「那我可等著了！」

兩人走到門口，正巧遇上了郭老四和翠芬，郭老四手裡抱著旺兒，翠芬手裡提著各種年貨，一家人瞧著其樂融融的樣子。

郭老四見了宋明軒，笑著點頭招呼道：「喲，宋舉人這是送夫人出門呢！」

宋明軒便也擠出點笑來，跟他點頭道：「正是。你們一家也從外面回來啊？」

郭老四笑著道：「翠芬說出門買些年貨，我就說帶著孩子一起出去玩玩，老悶在家裡都傻了。」

趙彩鳳是打心眼裡瞧不起郭老四的，見宋明軒還端著笑臉跟他閒聊，只拉著他的手就把他牽走了。

宋明軒見他們走遠了，這才開口道：「伸手不打笑臉人，我瞧著這郭老四沒準真的想明白了。」

趙彩鳳往那邊斜睨了一眼，搖頭道：「無事獻殷勤，非奸即盜。」

宋明軒也不反駁趙彩鳳，笑著道：「娘子，妳就別去管別人家的事了。」

趙彩鳳想想也是，這種事情還是少管為妙。

宋明軒把趙彩鳳送到了八寶樓，正要折回去的時候，趙彩鳳喊住了他道：「我娘今兒不知道阿婆她們出來了，一會兒你回去的時候去菜市口添些菜吧，別等我娘買回去了。」

趙彩鳳從她平常隨身揹著的斜挎包裡頭拿了荷包遞給宋明軒道：「別心疼銀子，銀子不夠花了，我才有動力加油賺去，知道不？」

宋明軒一個勁兒地點頭。

趙彩鳳繼續絮絮叨叨地說：「買上一隻雞、一條魚，然後切一塊五花肉，讓我娘燒個紅燒肉，我也想吃肉了最近。」

宋明軒便點頭稱是。

趙彩鳳又接著道：「再買個湯婆子，給你娘和阿婆用。雖然睡在炕上，但手腳也要焐一焐的。」

宋明軒便笑著道：「我娘她們沒那麼怕冷的，以前在老家的時候，四面牆都走風，還是過了那麼多年了。」

趙彩鳳瞥了宋明軒一眼，嫌棄道：「這叫提高生活素質！你那麼賣力考科舉，不就是為了將來讓我們吃香喝辣、呼奴喚婢的嗎？咱現在有能力，就慢慢提升，真指望你到時候一步登天呢！」

宋明軒見趙彩鳳噼哩啪啦地說了好一陣子，又句句都是關心人的話，也感激道：「彩鳳，我娘那些話不走心的，她們那些人都是這麼過來的，從小就在村子裡頭，也見不著什麼外人，如今我們既然來了京城，這眼界自然是要寬一些的，不要跟她一般見識。」

趙彩鳳見宋明軒還提這件事情呢，擺擺手道：「行了行了，你走吧，我要是真氣這些，就應該在醒來的第一天就直接撞牆死了算了。明知道這是個讓人心塞的地方，我也只能認了，不是還有你理解我嗎？」

宋明軒低著頭，臉頰稍微有些泛紅，依依不捨地鬆開了趙彩鳳的手，目送她進店裡去了。

宋明軒買了菜回去，楊氏也正巧剛回家，瞧見家裡來人了，急著出門要去菜市口再添一些菜呢，就見宋明軒這左手一隻雞、右手一條魚的進門了，便笑著道：「我還說菜買少了，正要出門，你倒是給我買全了。」

宋明軒一邊把東西遞給楊氏，一邊道：「是彩鳳讓我買回來的，說是省得娘妳再跑一趟。」

許氏聽了，也跟著上來接東西，親家兩人一左一右地接了宋明軒手上的東西。

許氏拎著那隻雞，伸手摸了摸雞屁股道：「這雞還下蛋呢，就這麼殺了太可惜了，不如就放後院養幾天吧？」

楊氏聞言也贊同道：「我一早就想自己養幾隻了，這彩蝶每天都要吃個雞蛋，天天花錢買，不是浪費嘛！」

許氏也跟著點頭道：「就是，能自己下就自己下吧！」

宋明軒聽了這話，也忍俊不禁了起來，心道：雞能自己下，人可不能自己下！

親家兩人去了灶房裡頭張羅晚飯，宋明軒便扶著陳阿婆去了新蓋的倒座房裡頭，點上了火炕，灌了湯婆子，給她受傷的腿蓋上了毛褥子，這才開口道：「阿婆，妳就在這邊安安心心地住幾天，這兒白天有陽光，曬著舒服得很，比鄉下那幾間茅房還強些！」

陳阿婆方才坐著馬車進城的時候，就瞧見這城裡頭的房子那叫一個好啊，如今瞧見他們住在這個地方，雖說比起城裡的房子還是簡陋了些，可比起趙家村那幾間破屋，都不知好了多少了。她拍了拍宋明軒的手，開口道：「明軒啊，你爺爺的放妻書我拿到了，以後我死了，是連你們老宋家的祠堂也進不去了。我這輩子最後悔的事情就是嫁給了你爺爺這樣的爛人，可老天待我不薄，你爹孝順，你如今又這樣出息，我死了也瞑目了。」

宋明軒聽了這話，頗傷心地道：「阿婆，妳放心吧，妳永遠都是我阿婆，以後我蓋的祠堂裡只供著妳，沒他的地方。」

陳阿婆自然知道宋明軒嘴裡的那個「他」是誰，擺擺手道：「算了，咱不跟他計較。我出來的時候聽說他都快病死了，心想著他最好能熬過年了才好，省得這大過節的，還讓你來回跑，就讓他多活幾日吧，也算是便宜他了。」

許氏和楊氏兩親家在灶房裡頭做晚飯，許氏瞧著楊氏含羞答答的模樣，也知道她對那錢木匠必定是有了幾分心思的，笑著道：「大妹子，這事我可真是要恭喜妳了！錢木匠做了十幾年的鰥夫，如今也算是老樹開花，被妳給收服了。」

楊氏紅著臉道：「什麼收服不收服的？不過就是想著兩人的年紀都大了，一起湊合著過日子罷了。」

許氏聞言，略略思忖了片刻後，開口問道：「錢木匠沒有兒子，妳不打算再給他生一個嗎？」

許氏這話正問到了楊氏的要害，這幾日楊老太也因為這事情問過她幾次。原本若趙文是個聰明的，那把趙武改姓了錢，這樣也算是錢家有後了。可偏生趙文是個傻子，以後能不能娶到老婆還是問題，這要是趙武又續到錢家，那趙家不是絕後了嗎？因此楊老太的意思是，讓楊氏抽空去寶育堂找大夫瞧瞧，看看這個年歲還好不好生養？畢竟現在她也才三十七、八，若是自己能再替錢木匠生下個一男半女的，也算是對得住錢木匠了。

「嫂子，不瞞妳說，我這心裡還打鼓呢！眼下彩鳳都已經成家了，我都是要當姥姥的人了，怎麼拉得下這臉來？可是……」楊氏終究是對錢木匠有幾分情誼的，低聲道：「可是老錢他這些年都孤零零一個人，我也確實應該替他生個兒子的。」

許氏聽了這話，笑著道：「生生生！妳又不是我，我這兩年累得癸水都斷了，妳還年輕著呢，怎麼不能生了？改明兒去找那牛家莊的送子觀音給瞧瞧，能生一個，妳和錢木匠才長久呢！」許氏說這話確實也有道理，錢木匠雖然住在趙家村，可和村裡人不熟，且隔三差五又出門幹活，若是有個孩子能拴著他些，自然就能寬心了。

楊氏紅著臉，一時不知道說什麼好，只臊得要死了。

許氏又接著開口道：「妳不用擔心，要是彩鳳比妳先懷上了，孩子也有我這個親奶奶帶著呢！妳只管過自己的小日子去。」

楊氏被許氏這麼一說，也越發心動了起來，又想起錢木匠那寬厚有力的結實臂膀，心裡軟綿綿的，小聲道：「這事不著急，怎麼說也要等過了明路之後呢！」

許氏笑道：「你們這樣的簡單，請上妳爹娘拜一拜不就成了？」許氏說完，又問了一句道：「錢木匠他爹娘還在嗎？這些年也沒聽他提起過，這要是他爹娘還在，總要接過來喝一杯喜酒的。」

楊氏隱約記得，錢木匠跟他提起過等過年時回餘橋鎮去見他老娘的事情。這麼說來，錢木匠的娘應該是健在的。「我聽他提起過，改明兒倒是要問問，這種事情若是雙方父母都在，那也更名正言順些。」

許氏見楊氏這麼說，心下倒是又多想了一些，納悶地想：倘若這錢木匠的爹娘果真都在，那麼這當兒子的，咋就不和爹娘住一塊兒呢？難不成真的和以前傳言的一樣，錢木匠和錢大嫂是淫奔出來的？

對於這個問題，許氏也沒糾結多久，雖然淫奔這種事情不常見，但也不是沒見過，鄉下人家男女大防管得不嚴格，弄出些這樣的事情也是有的，況且這都十幾年前的老黃曆了，誰還沒完沒了地提起來？

兩人合作把晚飯做好了，錢木匠也帶著李全回來了。外頭又下起了雪花來，地上路滑，馬車不好走，所以錢木匠讓李全跟他在出租屋裡頭將就一晚上，等明兒天亮了再走。

兩人把給村裡頭百姓們代購的年貨都搬到了屋裡，楊氏端著菜從後頭出來，喊了宋明軒出來吃飯。

李全見了，開口道：「我今兒去八寶樓送菜了，黃老闆說以後我的菜還跟以前一樣，只送八寶樓一家。我說明軒啊，彩鳳這腦子莫非就是嫁雞隨雞了，怎麼也那麼好使呢？她要是個男孩子，沒準也能考上個舉人呢！」

宋明軒見李全把趙彩鳳誇個沒完，心裡頭別提有多高興了，笑著道：「她要是個男的，一準能考上狀元！」

許氏聽了，笑道：「真當狀元是路邊撿的了？彩鳳再能幹，你們也不能把她捧上天去了。」

宋明軒知道許氏對趙彩鳳出門拉麵的事情頗有微詞，便沒接著說下去，拉了凳子讓李全坐下。

楊氏從後院裡頭搬了一罈子酒出來，笑著道：「這酒還是彩鳳讓買的，說是過年時招待人用，一會兒我在爐子上熱一熱，你們爺幾個喝一杯，也好暖暖身子。」

李全搓著手笑道：「彩鳳就是想得周到，自己不喝酒，還替咱喝酒的人想著。」

楊氏也笑著道：「我這就熱去，你們先坐一會兒。」

錢木匠把馬車上的東西都搬了進來，其中有從趙家村帶出來的好些醃製好的臘肉，拎著往後院天井裡掛起來，瞧見楊氏搬著大罈子往茶銚子裡倒酒，便放下了東西，上前接過了罈子道：「我來。」

楊氏抬起頭看了他一眼。

錢木匠只一門心思的倒酒，抬起頭才瞧見楊氏正看著自己，便問她。「妳有什麼話要說嗎？」

楊氏略略垂眸，小聲地詢問道：「上回聽你說你老家在餘橋鎮，家裡頭也有人，那咱倆既然定下了日子，是不是要請你家裡人來喝一口喜酒？」

錢木匠愣了一下，過了片刻，眼看著茶銚子裡的酒要滿出來了，他才回過了神，沈聲道：「我怕他們不願意來，便是讓妳跟我回去，也未必能見到一面的。」

楊氏聽他這麼說，也為難了。十幾年前的那些傳言如今想一想，還真的有些那麼回事……

錢木匠擰了擰眉道：「要不這樣吧，我抽空回去一趟，把這事說一聲，若是他們肯來最好；若是不肯來，那也只能委屈妳了。」

「我有什麼委屈的？」楊氏見錢木匠說得為難，拉著他的膀子道：「你不用回去了，我也不想你回去看他們的臉色。等咱辦完了事，我跟你一起回去，便是有什麼臉色，我跟你一起受著。」楊氏平日裡是再柔弱不過的人，可她畢竟是吃過苦的，骨子裡總有幾分脾氣。

這話說得讓錢木匠很感動，點了點頭道：「妳既然這麼想，那就等咱們的事情辦完了，我再帶妳回去。至於能不能見上，我也不能給妳個準話。」

楊氏聽了，只覺心中安穩，把茶銚子放在煤爐上熱了起來，點頭道：「我都聽你的。」

這一眨眼便過去了好幾日，到了楊氏和錢木匠辦事的日子了。因為兩人都是二婚，所以也沒有個接新娘、迎新人的過場。按楊老頭的意思，麵鋪歇業一天，請了兩個廚子，到麵鋪裡面燒上幾桌酒水，請了討飯街上的鄰居，和廣濟路上隔壁兩邊的老闆家來熱鬧熱鬧。

楊老太又作主請了大楊氏過來，大楊氏便喊了閨女黃鶯一起來了店裡趕熱鬧。

楊老太瞧見她手裡送的一床紫紅色緞面被面，心裡便有些不高興了。倒不是這東西不好，只是楊老太認識這東西，這一床被面，還是當年大楊氏出嫁的時候楊老太給備下的呢！雖然這在當時可是好東西，但這幾十年前壓箱底的東西還拿出來送人，真是讓楊老太想想都覺得心裡不爽。大楊氏是覺得她老糊塗了，連自己備過的嫁妝都不認得了嗎？

楊氏倒是和善的人，瞧見大楊氏來了，迎了過去道：「大姊來了呀？閨女也來了呀？快後頭坐去，咱幾個姊兒們都在天井裡頭搭著桌子呢！」

黃鶯本就覺得像趙家這樣的窮親戚，她並不想搭理，奈何大楊氏每次都拖著她過來。上回大楊氏跟她說了心裡的盤算，黃鶯也知道了幾分，她又一時沒爬上二少爺的床，也只能跟著來了，聽說要去天井裡頭吃，臉上頓時就不大好看了。「這麼大冷的天，在外頭吃，那不凍死了？」

她在永昌侯府雖然只是一個二等丫鬟，可那侯府裡哪個地方沒有炭盆，哪個房間不是暖融融的，如何受過這樣的凍？

大楊氏聽了這話，假裝瞪了她一眼道：「什麼凍不凍的？這年紀輕輕的有啥怕冷的！」

楊氏聽了，倒是一陣尷尬，開口道：「天井裡四面都有牆擋著風，因為怕外人瞧見了不清淨，妳姊在那邊安了一道簾子，裡頭還放著炭盆呢，倒不算是很冷。」

黃鶯聽了這話，勉強撇了撇嘴，跟著大楊氏去了後面。

裡面伍大娘、呂大娘、余奶奶、翠芬都在，余奶奶的兒媳婦在寶育堂上工，就沒過來。

眾人見楊氏帶著大楊氏過來，覺得兩人長得有幾分相像，頓時就認了出來，問道：「錢嫂子，這是妳姊和妳外甥女吧？」

楊氏生得嬌小，又受了這些年的苦，看著便清瘦顯老些；而大楊氏在大戶人家當差，自然是油水不斷，看著有幾分精明及富態。

「正是呢！姊，這些都是我在討飯街上的鄰里，咱初來乍到的，全靠這幫鄰里幫襯著。」

大楊氏笑著跟大家夥兒打招呼，見了伍大娘便開口道：「這是伍大娘吧？我聽過妳，大善人啊！」

伍大娘笑著道：「我算哪門子的大善人？不過就是給大家夥兒行個方便而已。幸好家裡有這麼些老底，也容得下我好吃懶做幾年。」

大楊氏聽了，豔羨道：「那也是妳的福分啊！不像我們這種給人當差的，外頭看著光鮮，其實還不是半點由不得自己，都是主子們說了算的。」

眾人瞧大楊氏一個勁兒地奉承伍大娘，也知道她是哪一路貨色了，便都不怎麼搭理她，一時間倒是有些尷尬了。

趙彩鳳正從外頭招呼了客人進來，見裡頭不熱鬧，笑著道：「菜馬上就上來了，大家夥兒先吃些果子，聊聊天呀！」

呂大娘最近接了八寶樓的豆腐生意，手邊銀子也闊綽了起來，心裡別提有多感激趙彩鳳了，聽她這麼說，笑著道：「咱正不知道聊點啥呢！都說舉人老爺有學問，彩鳳讓舉人老爺給咱講個笑話行不？」

大家知道呂大娘是故意起鬨，笑著道：「妳個老貨，臉皮也是厚的，還指望聽舉人老爺講笑話？也不怕折壽啊妳！」

宋明軒正好路過這邊，見趙彩鳳在，就也停下了腳步。

趙彩鳳見了便喊了他道：「你過來，講幾個笑話，讓大娘、大媽們都聽一聽，講好了，讓大家夥兒都笑了，我就放你到前頭吃酒去！」

宋明軒對趙彩鳳那叫一個言聽計從，雖然當著這麼多人的面講笑話有些不好意思，可老婆大人吩咐的事情，他如何敢不講呢？於是，宋明軒便開口道：「話說，從前有一對新婚夫婦要成家了，結婚當日，新郎官去新娘家接親，新娘子躲在房裡不肯出來，只提了一個問題，說是新郎官能回得上來呢，那就讓他進門；若是回不上來，就請他原路回去。」

眾人一聽，也都睜大了眼珠子問道：「這世上居然還有這樣的新娘子，也真是膽大啊！」

趙彩鳳才聽了一個開頭，便知道宋明軒拿他們成親當日的事情說笑話呢，一時間臉脹得通紅，瞪了宋明軒一眼，宋明軒便嚇得縮了縮脖子。

「快說快說，那新娘子到底提了什麼問題讓新郎官回答？」

好在眾人聽了好奇，只一味催促他繼續講下去。

宋明軒見趙彩鳳似乎沒有要發作的樣子，便繼續道：「其實問題很簡單，便是三歲的孩子也都回答得出來，一開始那新郎官說出答案的時候，大家夥兒都以為回答錯了，只都幫新郎官捏了一把汗，心想，這下完了，新郎官要原路回家去了！」

眾人聽到這裡，都急得不耐煩了，笑道：「說了那麼多，也沒說到底是什麼問題，真是急死人了！」

宋明軒正想開口說那問題呢，誰知道坐在一旁的黃鶯突然冷著臉開了口。

「姊夫，你不就想說你自己是個妻管嚴嘛！繞那麼大一圈做什麼？」

宋明軒原本就臉皮薄，看在趙彩鳳的分上才和大家夥兒打趣說笑話，被黃鶯這麼一說，頓時臉紅脖子粗的，這才想起當日他和彩鳳大婚的時候，這位小姨子也是在的，自然知道這裡頭的故事。

趙彩鳳見宋明軒好不容易說一次笑話，居然就被人給拆了台，頓時就火冒三丈了。她最近拉麵拉得太多，捋袖子越發嫻熟了，捋了袖子就想過去跟黃鶯理論，卻被宋明軒給拉住了。

宋明軒雖然臉皮薄，可畢竟是個大男人，也沒什麼好委屈的，笑著道：「表妹說的有道理，遇上妳表姊這樣的人，便是被她管著一輩子，那也是幸事。」

宋明軒本就清秀，說這話的時候又溫柔如水，透著對趙彩鳳的情意，讓人聽了都要心動三分，趙彩鳳頓時就不生氣了，撇了撇嘴道：「越發油腔滑調的了，到前頭吃你的酒去！」

宋明軒見趙彩鳳的火氣給壓了下來，也知道她必定不會在這種場合動怒了，畢竟今兒是楊氏的好日子，她做女兒的，自然也是要收斂幾分的。

眾人見宋明軒走了，這才反應過來道：「這笑話還沒聽完呢，怎麼就走了呢？」

趙彩鳳坐了下來，笑著道：「什麼笑話不笑話？那是我倆成親的時候，我逗他的呢！」

翠芬聽了，也好奇地問道：「那彩鳳妳倒是說說，妳都問了他什麼？」

趙彩鳳便紅著臉道：「我不過就是問他，這世上是七（妻）大還是八大呀！」

眾人聽了，都品味了片刻，這才反應了過來，指著趙彩鳳笑道：「妳這丫頭，妳也是絕了！宋舉人這樣老實的孩子，可不是要被妳給玩壞了！」

趙彩鳳一聽，頓時就有些羞澀，笑著道：「妳們看他老實，其實他也有壞的時候，妳們不知道而已。」

這一桌都是媳婦、大媽的，一聽這話，全都想偏了，笑著道：「男人該壞的時候，還是得壞一點的。」

黃鶯瞧著大家夥兒和趙彩鳳有說有笑的樣子，自己反倒生起了悶氣來，心下鬱悶地想：不過就是個鄉下丫頭嘛，嫁了個舉人就飛上天了？黃鶯越這麼想，越覺得心頭有氣，又想起方才宋明軒對趙彩鳳那柔情款款的樣子，不禁又默默地想：早晚得找個更好的男人，把宋明軒給比下去！

# 第四十章

大家夥兒忙了一整天，吃過了晚上的宴席，把鋪子裡收拾了一下，便打算回討飯街去了。

小順子送了趙彩鳳到門口，臉上掛著些賊兮兮的笑，賊頭賊腦地問道：「小趙、小趙，今兒過來的那姑娘，是妳表妹嗎？」

「是啊，那又怎麼樣？」趙彩鳳回頭看了一眼小順子，就知道他心裡頭在想些什麼了，笑著道：「你少剃頭擔子一頭熱了，人家看不上你的，人家可是侯府裡的二等丫鬟，心比天高著呢！」

楊老太今天被大楊氏那個被面給氣到了，聽見趙彩鳳這麼說，接著道：「什麼心比天高？到頭來沒準落得個命比紙薄！跟她娘一個德行！」

趙彩鳳見楊老太都不待見她們母女倆，笑著勸道：「姥姥，妳就別往心裡去了，我們現在是窮親戚，人家願意來還是看在妳的面子上呢！」

楊老太越想越覺得氣憤，便也不再去想了，送了他們出門道：「你們路上小心些，我瞧著明軒好像喝多了，妳當心著點。」

宋明軒酒量不好，這討飯街裡的街坊又熱情，所以幾杯酒下肚，就有些暈乎乎的了。

趙彩鳳扶了他一把，問道：「還能走不？不然我去給你喊一頂轎子？」

錢木匠見了，只走過來，一把就將宋明軒往背上一馱，開口道：「幫他把披風蓋好了，咱們回去吧！」

趙彩鳳頓時臉脹得通紅，捏了一把沒用的宋明軒，鬱悶道：「這什麼女婿？頭一天就讓岳父給揹回家去，看明兒不臊死你！」

許氏最是心疼宋明軒，聽趙彩鳳這麼說，便笑著道：「我都說了，讓妳勸著他少喝幾杯，妳偏要隨著他。」

趙彩鳳便撇嘴道：「這麼大個人了，難道什麼都要勸著才能行嗎？以後當了大老爺，難道也要別人勸著？我放他喝幾杯，他自己不自覺，那也怨不得我的。」

楊氏見趙彩鳳這麼說，深怕許氏多心，便勸著道：「行了，就讓妳叔揹著好了，他也沒多少分量，咱快回去吧，越晚天就越發冷了。」

趙彩鳳應了一聲，給宋明軒蓋上披風，一家人往討飯街那邊去了。

楊氏回家燒好了熱水，幫孩子們都洗漱乾淨了。

趙彩鳳也把宋明軒給安置在了炕上，這才出門道：「娘，妳快去叔那邊住吧，今兒可是你們的洞房花燭夜呢！」

楊氏聽了臉上直發熱，笑道：「什麼洞房花燭夜？那是你們頭婚的人才有的，我們這種不過是半路夫妻罷了，哪裡還講究這些呢！」

趙彩鳳只一個勁兒地把她推到門外道：「妳快去吧、妳快去吧！」

楊氏連連往後走了幾步，見趙彩鳳這麼說，也只得取下了身上的圍裙，笑著道：「那我就過去了，明兒記得早點起，妳婆婆在這邊呢，不能還像以前一樣睡懶覺——」

楊氏的話還沒說完呢，趙彩鳳便接著道：「侍奉公婆那是妳分內的事情，一定要謹記謹記……娘啊，我都背出來了，妳就別再說了。」說起來趙彩鳳最近也真夠辛苦的，以前許氏沒來的時候，楊氏是放任她早上睡到自然醒的，雖然自然醒也不一定是太陽曬屁股的時辰，可到底人是舒服了，心也滿足了。

趙彩鳳是一個幸運的，許氏在京城住了幾天，瞧著宋明軒和趙彩鳳兩小夫妻把日子過得紅紅火火的，便推說家裡頭離不了人，帶著陳阿婆要回去了。

這天趙彩鳳和宋明軒送了許氏和陳阿婆離開，回來的路上正巧遇上了翠芬。

翠芬見了宋明軒，便開口道：「前兒我家老四還說，一個人在家裡頭看書沒意思，他手頭上有幾個問題，想請教請教宋舉人呢！」

宋明軒這麼多天來也時常觀察那郭老四，如今瞧著倒還真有那麼點浪子回頭的樣子，因此聽翠芬這麼說，便笑著道：「那妳儘管讓老四過來，我一個人在家溫書也是難有精進，要是能兩個人在一起切磋討論，那自然是更好的了。」

翠芬見宋明軒這麼說，樂得合不攏嘴，又替郭老四說好話道：「老四如今在家還知道教孩子了，旺兒現在連《三字經》都能背出來了呢！旺兒，背一段《三字經》給宋叔叔聽。」

旺兒聽了這話，正要背呢，趙彩鳳便笑著上前把旺兒給抱了起來，從兜裡拿了一粒花生糖給他道：「旺兒乖，吃糖，彩鳳姨才不喜歡聽《三字經》呢！」幾人聊得高興，一眨眼就走到了家門口，趙彩鳳把旺兒放下了道：「翠芬姊，那我們先進去了，妳有空過來玩。」

趙彩鳳是真心想邀請翠芬和旺兒來玩的，可沒想到，這翠芬和孩子沒來，郭老四倒是來了。

郭老四畢竟也是考上了功名的人，待人接物很是圓滑，因說是要來請教宋明軒文章的，所以還特意帶了幾樣小菜、拎了一壺小酒。

恰逢宋明軒春闈在即，趙彩鳳跟八寶樓的黃老闆說好了，要等到宋明軒進了場子，她才有空回去，因此這幾日便一直休息在家。趙彩鳳見郭老四親自帶了酒菜過來，她雖然對郭老四還是沒改觀，但至少也不會伸手去打笑臉人，便又進灶房炒了個雞蛋過來給兩人當下酒菜。

宋明軒原本就是一個心無城府的人，見郭老四虛心好學，更是相談甚歡，兩人喝著小酒，不知不覺夜都深了。

趙彩鳳在房裡做針線，瞧著宋明軒歪歪扭扭地送了郭老四回去，上前扶了他一把，開口道：「做文章就做文章，何必非要喝酒呢？難道不喝酒，就做不出文章來了？」

宋明軒本就是一個不勝酒力的人，聽趙彩鳳這麼說，笑著道：「不過就喝了一壺，算不得多。」宋明軒跟著趙彩鳳進了門，見趙彩鳳早已經備好了洗腳水，一邊洗腳一邊道：「客堂裡桌上有一張紙，妳記得幫我收好了，老四說這是今年他們幾個同窗請了外頭書院裡的先生押的題目，雖然說不上什麼準頭，但多做做、多練練總是好的。」

趙彩鳳彎腰替宋明軒擦了腳，扶著他上了炕道：「你睡你的吧，我一會兒去幫你收起來。」

宋明軒迷迷糊糊地睡了，趙彩鳳也收拾了桌子打算睡覺，就瞧見客堂的桌上果真放著一張紙頭，上面零零散散地抄著幾道題目，瞧著應該是郭老四寫下來的。不得不說，就算比起這字來，宋明軒的字也比郭老四的好看了很多。

一轉眼便到了龍抬頭，離下場子的日子越來越近了。因為宋明軒說了這一次要好好考的，所以趙彩鳳也非常重視，把之前在河橋鎮上別人送的皮草也找了出來，還給他做了兩條褲筒，可以套在腿上防寒。至於上身，因為不能穿夾襖，所以趙彩鳳把錢木匠送的獸皮給宋明軒做成了馬甲，裡頭多套幾件衣服，外頭再用獸皮裹一下，暖和是暖和了，可看著倒是有點像山裡的獵戶了——雖然這臉也太白淨了些。

楊氏瞧著趙彩鳳替宋明軒準備的行李，笑著道：「閨女嫁人了就是不一樣，瞧著這針線活兒也比以前細緻了不少。」

趙彩鳳最近在家裡閒著，倒是有空學起針線來了。

「其實有時候做針線也挺好的，這不知不覺一天就過去了，比起在店裡頭幫忙的時候輕鬆些。」

楊氏抬眸看了趙彩鳳一眼，又心疼起她來了，嘆息道：「妳畢竟是女孩子，哪有女孩子去後廚當拉麵大師傅的？不如等明軒這次下了場子回來，將那工辭了，安心在家，以後也好相夫教子。」楊氏說到這裡，忍不住開口問道：「這幾日怎麼沒見劉家少爺過來？今兒是龍抬頭，我特意帶了好些拉麵過來，一會兒妳送去劉家。他們家平常沒少幫襯著我們，我們家又窮，也拿不出什麼好東西，正好今兒龍抬頭，送些麵條去，也算是盡個心意了。」

宋明軒正從裡面換了衣服出來，聽楊氏這麼說，笑著道：「那敢情好，我這幾日也正好要找八順兄弟，一直抽不出時間，今兒就順便去問問他複習得如何了。」

趙彩鳳聽宋明軒這麼說，笑著道：「那你快收拾收拾，我跟你一起走一趟吧！」

楊氏見兩人說好了要過去，便用紙包把楊老頭拉好曬乾了的麵條給包好了，又去後院拎上了一隻野兔子，遞給趙彩鳳道：「妳錢大叔打的野兔子挺好的，上回我留了兩隻沒捨得吃，雖不是什麼好東西，送過去，也讓他們家嚐嚐鮮吧。」

趙彩鳳接過了野兔子，兩人到了巷口，又在雜貨鋪裡頭買了好些蜜餞乾果，這便往富康路上的劉家去了。

開門的小廝認得趙彩鳳夫婦，見了笑著往裡頭招呼道：「太太，是宋舉人和宋夫人來了！」

李氏聽說宋明軒帶著趙彩鳳來串門，高興得親自迎了出來。

趙彩鳳見了李氏和錢喜兒，幾個女人閒聊了下家常。

宋明軒雖覺得無聊，卻也在堂上恭敬坐著，不消片刻，劉八順便迎了出來，兩人拜過了李氏，便往書房去了。

劉八順的書房裡頭堆著成堆書籍，書桌上亂糟糟的一團，宋明軒走過去便看見他寫了好幾篇文章放在一旁，拿起來瞧了一眼，又放下了道：「你做的都是去年春闈的題目，自己感覺如何？」

劉八順搖頭道：「我倒是不在意，最近天氣委實冷得很，只怕進去也堅持不了幾日，便用去年的題目練了練手，若是順就接著往下考但若是不順就早些出來。」

宋明軒也知道劉八順年紀小，且家中疼愛，並不逼著他立時就能中進士，便點了點頭道：「你說的也有道理，只是我想著，既然進去了，那自然是不能白白走這一遭的。我給你看個東西。」宋明軒說著，把前日裡郭老四抄給他的幾道題目遞給了劉八順道：「這是郭躍前幾日抄給我的題目，他自己寫了一篇，我瞧著差強人意，所以昨兒作了幾篇出來，他覺得甚好，便借過去，說是讓同窗品評去了。我看著這題目出得倒是有些意境，就拿過來給你也看一眼。」

劉八順聞言，從宋明軒手上接過那張紙頭看了，看到了最後一題時政，不禁擰起了眉頭道：「時政題是江南洋務，這倒和最近邸報上的內容有點接近。聽說南邊最近海防不穩，有人說要練水軍，有人說乾脆閉關個幾年，避避禍端。」

「上面的意思是如何的？」宋明軒忍不住開口問道。

劉八順蹙眉道：「這個我也不知道，都是公說公有理、婆說婆有理的事情，便是那削爵的事，到現在也沒定下來。不過從上次鄉試的結果來看，洪大人應該是皇上的人了，只要能籠絡住聖心，這道題倒是不難答。」

宋明軒聞言，略略挑了挑眉梢，笑著道：「我正是按照這個思路來的，從你拿來的邸報看，東南沿海一帶每年給朝廷上繳的稅銀很是可觀，皇上應該是捨不得這些銀子的，可現下北有韃靼，南邊海防又鬆散，常有海賊出沒，這些銀子想保住只怕不容易。我若是皇上，應該不會採取閉關禁海的政策，而是以銀養兵、重建水師、加固海防，以保我大雍的海貿，這樣才是可持續發展的正途。」

劉八順雖然年紀尚輕，不敢妄斷時政，但聽宋明軒這麼說，也是拍手叫好，笑著道：「宋兄這一段話若是讓夫子聽到了，還不知要說幾個好呢！宋兄果然滿腹經綸，是棟梁之材。」

宋明軒聽劉八順這樣誇獎自己，反倒有些不好意思，笑著開口道：「我等畢竟年輕，閱歷尚淺，不過就是妄論而已，也只是逞口舌之快。皇上自有大臣輔佐，便是這次春闈真的考了這一題，我這文章也未必能上達天聽。」

劉八順見宋明軒這麼說，笑著道：「宋兄有治國之才，又有遠大抱負，此次春闈必定一舉奪魁！他日若是殿試還能取得頭籌，那就再妙不過了。」

宋明軒聽了，自謙道：「這話你在家裡恭維恭維我也就算了，出去可不能亂說。上一屆好些人都非等閒之輩，只等著這一次春闈，我的目標在二甲前十，至於一甲前三是從未想過。」

劉八順聽宋明軒這麼說，也不再繼續誇他了，兩人又坐下來翻書討論起了別的問題。

在廳中坐了片刻後，錢喜兒請了趙彩鳳到房裡頭坐，命小丫鬟送了冰糖花茶進來，而後起身從櫃子裡翻了一樣東西出來，遞給了趙彩鳳道：「這是我十五那日去梅影庵求的，順便替宋舉人也求了一個，說是可以保佑蟾宮折桂，也不知道準不準，反正上次秋闈時求的那個，倒是挺準的。」

趙彩鳳將那平安符收在了手中，愣愣地看了眼道：「不過就是個心理安慰罷了，等下場子的那日，連個紙片也帶不進去。這幾日我就把它壓在相公的枕頭底下，不管靈不靈，心先要誠一些。」

錢喜兒見趙彩鳳這患得患失的樣子，笑道：「分明是宋舉人下場子，怎麼我覺得妳竟然比他還緊張了？」

趙彩鳳也不知道是為什麼，上回秋試時她就沒這樣的感覺。她嘆了一口氣，心下悶悶地道：「大約是我和他都太緊張這次春闈了，你們家畢竟有些積蓄，不像我家，一貧如洗的，勉強在京城過活，如今好不容易開了一家麵鋪，說起來也是趙家的生意，和宋家沒什麼關係，我相公如今的花銷吃用全從那個店裡頭來，他又是一個要強的性子，如何不想著早日能謀取個功名，也好養家餬口。」

錢喜兒聽趙彩鳳說起這些，也跟著嘆了一口氣道：「如今也沒有別的法子，只求宋舉人這一科中了，那就最好不過了。」

兩人閒聊了片刻，錢喜兒又談起了程蘭芝的事情。「聽說北邊的仗一時半會兒也打不起來，因此程夫人倒是把程姑娘和蕭家三公子的事情定了下來，如今庚帖已經換過了，也請了法華寺的住持合過了八字，說是程姑娘旺夫，蕭夫人心裡很高興，說要趕緊把婚事給辦了。可北邊那邊一會兒說要打仗，一會兒又說不打仗，就連這過年期間都沒停下練兵，只怕還是要打的，要真是這樣，那程姑娘和蕭三少爺的婚事，多半要等仗打過了才能成了。」

趙彩鳳聽錢喜兒這麼說，倒不知道該替程姑娘擔心好還是開心好了。這一來，蕭夫人那一關總算是過了。蕭一鳴人品貴重，程姑娘若是能嫁了他，錢木匠也算是放心了。可這畢竟一天沒成婚，事情總有變數。想想程家那幾個大嘴巴的僕婦，趙彩鳳還當真是替程姑娘捏了一把汗。「上回咱在梅影庵聽見的事情，妳沒有跟別人說起過吧？」

「如何敢說？便是爛在了肚子裡，也是不敢說的。如今我倒是盼著程姑娘早些和蕭公子成婚，聽說還要等，總覺得有些憂心。」錢喜兒帶著幾分擔憂地道。

「但願別出什麼樓子才好。」兩人異口同聲地說。

趙彩鳳和宋明軒在劉家逗留了半日，李氏非要留了他們一起吃午飯，兩人不好拒絕，至下午回去的時候，已是午時末刻了。

趙彩鳳見宋明軒興致高昂的樣子，就知道肯定是劉八順又誇他了。平常他都在家潛心研究學問，也只有這種時候，才會露出這樣謙和又自信的笑容來。

「快說說，你今天和劉公子都聊了些什麼，值得你這麼高興？」

宋明軒見趙彩鳳問他，笑著道：「也沒什麼，只是稍微切磋了幾道題目，兩人互相討論學習，許久沒有這樣盡興過了。」

趙彩鳳挖苦道：「我瞧著你和郭老四聊的時候，也是興致勃勃的樣子啊，連酒都喝得比平時還多呢！」趙彩鳳說起這個，不禁開口問道：「怎麼這幾天沒瞧見郭老四過來找你？前幾天不是聊得挺熱絡的嗎？你還真的把他當回頭的浪子處啊？」

宋明軒聞言，笑著道：「打從年前郭老四回來，這也有一、兩個月的時間了，就連對面的余奶奶都說，郭老四整個人就跟變了樣似的，就妳還這樣看人家。」

趙彩鳳見宋明軒數落自己呢，撇撇嘴，走到宋明軒身邊，挽著他的手道：「我怎麼看他了？我可沒當面說過他，還不是乖乖地做了下酒菜，給你們兩個讀書人下酒吃？」

宋明軒見趙彩鳳臉上露出嬌憨的模樣，忍不住低頭親了她一口，又想起春闈之前要禁慾的事情，只覺得有些口乾舌燥了，忙轉移了話題道：「知錯能改，善莫大焉，郭老四若是真能回頭是岸，至少翠芬和孩子還能過上好日子。」

趙彩鳳聞言，也只點了點頭，往宋明軒的懷裡靠了靠。

宋明軒伸手摟著趙彩鳳細細的腰線，越發有些心猿意馬。

趙彩鳳忽然感覺到耳側那有些發熱的氣息，便知道宋明軒又胡思亂想了，便扯開了他的手，往前走了幾步道：「相公，你先回家，我去八寶樓裡頭走一趟。」

趙彩鳳一個月沒上八寶樓，就見八寶樓比以前越發熱鬧了，這會兒雖然是午時末刻，店裡頭的客人倒還是不少。

謝掌櫃見趙彩鳳來了，親自走出櫃檯迎了過來，笑著道：「小趙，妳家舉人老爺今兒不用妳服侍了？」

「那是自然，平常我在家也是他服侍我的時候多！」趙彩鳳笑著回了一句，見掌櫃的迎了出來，要親自領了她上樓，忙謝過了道：「掌櫃的你忙，不用招呼我，我就是來看看還有什麼要我幫忙的沒？」

謝掌櫃聽了這話，這才又笑咪咪地回到了櫃檯裡頭，朝著趙彩鳳招了招手。

趙彩鳳便湊了過去。

謝掌櫃的開口道：「這一個多月的營業額竟比以前生意好時的兩個月還多呢！只是夥計們辛苦了些，這些天又招了幾個來，老闆正說找妳有事呢！」

趙彩鳳聽謝掌櫃這麼說，也猜出了一大半原因來了。因趙彩鳳請了長假，便讓小順子來頂上了這缺兒，小順子又是以前樓裡的老人了，黃老闆肯定是想留了小順子下來的。趙彩鳳想起這事也有些為難，好不容易給楊老頭找了一個可靠的幫手，這會兒又要被人挖角了，心裡多少還是有些捨不得的。

趙彩鳳上樓去了黃老闆平日裡辦公的小房間，裡頭點著暖暖的炭盆。

黃老闆見是趙彩鳳來了，也很是喜出望外，忙開口道：「小趙來了？快坐快坐！」黃老闆喊了夥計上茶，見趙彩鳳捧著茶杯暖身子，這才開口道：「原本這幾日就想請妳過來一次的，是這樣的，這幾日店裡頭忙，所以小順子我還用著，我的意思是想，妳看看能不能讓小順子就回來上工了？」

趙彩鳳見黃老闆提的果然是小順子的事情，笑著道：「黃老闆這事問過小順子沒有？我倒是想聽聽他的意思。」

黃老闆聽趙彩鳳這麼說，便喊了夥計進來，吩咐道：「你去後廚把小順子給叫上來。」

趙彩鳳自然是捨不得小順子走的，楊老頭的身子沒以前硬朗了，這拉麵店以後少不得要請大師傅來，與其請一個，不如自己培養一個。可那拉麵店如何能跟這八寶樓比呢？雖然兩邊的工錢說起來也是差不了多少的，但人家一聽小順子在八寶樓當過大師傅，便是以後他要跳槽，這八寶樓的名聲也比楊記拉麵強一些啊……

小順子不一會兒就上了樓，瞧見趙彩鳳也在，以為趙彩鳳是來領他回去的，只捶著膀子，拍了拍身上的麵粉，笑道：「小趙，這拉麵可不是一般人幹的，光是這一個月，我都覺得這膀子不是我自個兒的了！」

趙彩鳳見小順子還打趣自己，笑道：「你少給我貧了，我可不是要來領你回去的。我是想問問你，東家想留你下來，你是留呢，還是不留？」說實話，小順子人真的不錯，可這樣的好人，就越發不能阻礙他的發展了，擋著人家賺錢的路可不是有德之人。趙彩鳳說完，只看著小順子，等他作抉擇。

小順子也沒料到趙彩鳳會問他這一句，正支支吾吾不知怎麼好呢，黃老闆又遞出了橄欖枝。

黃老闆笑道：「你以前在我這邊做的是跑堂的夥計，從今以後就是我這裡的拉麵師傅了，和其他後廚的師傅一樣的月銀。你要是同意，這事就這麼定下了。」

小順子低頭想了片刻，最後抬起頭，稍微有些歉意地看了黃老闆一眼，開口道：「東家，我回京城的時候，您雖然沒收留我，可我知道您那時候也難，所以我也沒怨您。後來是小趙收留了我，她姥爺還教了我拉麵，讓我能回來八寶樓當幾天的拉麵師傅，可說實在的，我這才學了幾天的拉麵，哪裡就能拉好了？所以我想著，還是回麵館去當我的學徒吧，等我學好了手藝，東家要是還肯請我，我就過來。」

趙彩鳳倒是沒預料到小順子會說出這樣的話來，都有些不相信自己的耳朵了。這要是換成自己，肯定也是選擇留在八寶樓的呀，誰想得到小順子居然會想著要留在麵館？這真是讓趙彩鳳覺得出人意料得很啊！

黃老闆聽小順子這麼說，也不好勉強了，笑著道：「既然這樣，那也行，那你再幫我在這邊頂兩天，等新的拉麵師傅來了，你再回去不遲，銀子我按天數付你。」

小順子聞言，重重地點了點頭道：「那好，那就多謝東家了，我這就下樓拉麵去了！」

小順子走後，趙彩鳳還沒回過神來，有些不好意思地笑道：「東家，我自己也沒料到小順子會想留在麵館，這要是換了我，只怕也會選擇待在八寶樓的。」

黃老闆笑著道：「小順子是個踏實的孩子，又知恩圖報，這一點我明白得很，他既然要回去，那就隨他吧。」說著，他從抽屜裡拿出一張黃色的紙片，伸出手去，示意趙彩鳳拿著。

趙彩鳳起身接過去看了一眼，見是一張五十兩銀子的銀票，上頭蓋著廣源錢莊的大印。

趙彩鳳不解地問道：「東家這是什麼意思？要分紅也不會這麼早就分了吧？這不年不節的。」

「聽說宋舉人要考這一科的春闈，這些銀子妳先拿去花吧，好好替他補補身子，我就自妳年底的花紅中扣下來，妳不必擔憂。」

趙彩鳳聽黃老闆這樣說，也確實鬆了一口氣。事實上，趙彩鳳前兩個月盤過麵鋪的帳，一個月下來，除去成本，還有三、四十兩的盈餘，但這三、四十兩裡頭，有一半是要給蕭一鳴的，也就是說，留給自己家裡的，不過就一、二十兩銀子。這一、二十兩銀子要付一家八口人的口糧，確實已經剩不下什麼銀子了。黃老闆這銀子，說起來還真是解了趙彩鳳的燃眉之急。

「東家，按理說我現在收您這銀子不合規矩，可我卻也不能不要了，只能多謝東家的好意了。這要是我相公真能中了進士，我勒緊了褲帶也要在這八寶樓擺上幾桌的！」趙彩鳳咬牙道。

黃老闆聽了，哈哈大笑了起來。「到時候哪裡還要妳勒緊褲帶？妳說要擺幾桌，我送妳！」

「那怎麼好意思呢？」

「我倒是擔心，萬一到時候想送禮的人太多了，我排不上號呢！」

趙彩鳳聞言，也笑了起來，連連說不敢。

趙彩鳳辭別了黃老闆，從八寶樓回家後，天色也暗了下來。

宋明軒還在房裡看書，只點了一個油盞，看著有些暗。

趙彩鳳進去，笑著道：「有新買的蠟燭不用，你怎麼倒點起了這個來？」

宋明軒搓了搓手道：「都一樣點，一樣能看得見。」

趙彩鳳才進來，就覺得房間裡頭冷了許多，往炕底下看了一眼，見那火都快要熄了，便開口道：「我不在家，你連炕都懶得燒了，可真是……」趙彩鳳還沒說完，便出門去找木炭，卻見屋簷下角落的木炭都快見底了。

宋明軒見了，開口道：「這都過龍抬頭了，也不怎麼冷了，用不著燒炕了。妳要是冷，晚上咱就燒一個炭盆，這樣也省儉著些。」宋明軒心裡頭清楚，許氏這次過來，趙彩鳳沒少花錢。許氏雖然是帶著銀子過來的，可趙彩鳳哪裡肯收她的銀子？回去的時候不但全部都退了回去，還反過來買了好些東西讓許氏帶回去。眼看著就要開春了，她連一件新衣服都還沒做，一直忙著他春闈要用的東西，宋明軒是打心眼裡頭捨不得。

「你說得也是，這都龍抬頭了，白天燒炕是熱了些。那咱從今晚起就睡回原來的房間吧，這炕沒燒熱，反倒比床還更冷些。」

宋明軒見趙彩鳳這麼說，便也答應了下來，兩人搬著鋪蓋，往房裡頭去了。

趙彩鳳洗漱好後，靠在宋明軒的胸口，一時睡不著，指尖繞著他身上的衣襟，慢悠悠地道：「相公，如今我們兩個人，住這麼多房子好像有些浪費了。我想著等你下場子了，再找一處便宜點的房子，反正咱兩人也不用那麼大的地方，如此還能省下一些銀子。」

宋明軒也知道趙彩鳳手頭緊張，且趙彩鳳的身子還在調養，每個月吃藥也要花去不少銀子。宋明軒總覺得當時不該花那麼多銀子買地，如今見趙彩鳳這麼辛苦，他是越發心疼了起來。

「妳怎麼說，我都聽妳的。」

趙彩鳳點了點頭，心裡暗暗有了主意，擰眉道：「我想在菜市口那邊再弄一個門面，開上一家麵鋪，菜市口那邊早上人多，生意肯定不錯。不過我聽呂大娘說，那邊的鋪子有些貴，她和呂大爺原本想要弄一間的，但每個月賺的銀子都要墊租金，又覺得有些吃緊，所以就沒盤下來。」

宋明軒見趙彩鳳說起生意又精神了起來，皺眉問道：「哪裡來的本金呢？我雖平常不問，可也知道這幾個月來家裡的花銷，光是燒炭這一個月都要花上一兩銀子呢！」

趙彩鳳倒是不知道宋明軒心裡也想著這些，笑道：「你看你的書，還管這些？反正不管你現在花了多少，以後你都給我掙回來，成不？」

宋明軒見趙彩鳳這麼說，心口一軟，柔聲道：「便是我賺的都給妳又如何？可看著妳如今受苦，我心裡還是難受的。」宋明軒說完，握著趙彩鳳的手放到唇下親了一口。兩人自從那日禁慾之後，已有許久沒有行雲雨之事了，今兒被窩又冷，宋明軒把趙彩鳳抱得緊了些，便覺得身上熱了起來，待親完了趙彩鳳的手背，便不由自主地拉著她的手往下面去了。

趙彩鳳如何不知道他在想些什麼？半推半就的就應了，兩人裹著被子，火辣辣地來了一回。

趙彩鳳被宋明軒翻來覆去的弄了幾次，最後忍不住抗議道：「你是不是最近看了什麼不好的書了，如何知道這些稀奇古怪的姿勢？」

宋明軒聞言臊得不行，忸忸怩怩地道：「我……我今兒……在八順兄弟的書架上隨便亂翻……偶然……偶然就……」

趙彩鳳還沒來得及數落宋明軒，又被他狠狠地操弄了起來，只勉力承受著，好不容易才開口道：「你們……你們這群道貌岸然的讀書人！」

一晃便又是幾日過去，正是二月初八的光景。趙彩鳳早已經把宋明軒要帶的東西都準備齊全了，宋明軒早先那個書簍子丟在了貢院，如今這個可是錢木匠親手又給他重新做的，用了最輕便的木料，裡頭還分了幾個隔層。

這天氣冷，能帶的東西就多了，餑餑、窩窩頭、桂花糕、曬乾的麵皮、切成了小塊的鹹肉、冬天醃製的臘腸，各種吃的裝得滿滿當當的。趙彩鳳一邊放進去一邊道：「劉公子還託人送了寶善堂的福袋來，裡頭有各種藥丸，倒是和秋闈時候的都不一樣了，中暑的藥換成了治風寒的，還有生薑紅糖，天冷了可以燒了熱水喝一碗。只是裡頭不讓帶棉被，這麼冷的天，晚上你要是想睡覺，可得多穿幾件衣服。」

因為怕考生夾帶書冊，所以不管春闈還是秋闈都規定考生不准穿夾衣進場子。這在秋闈時候還好些，畢竟是八月分，天熱得很，可到了春闈，大家夥兒可就受不了了。這春寒料峭的，就只穿個單衣，沒病也得凍出病來了，所以這各種羊皮、虎皮、獸皮的特別受歡迎，穿在身上暖和，還沒夾層。

趙彩鳳整理好了這些東西後，看看天色，已經不早了，正打算歇下手去給宋明軒做一頓好吃的，兩人吃完了也好早些洗洗睡覺，這時候門外卻傳來了敲門聲。趙彩鳳原本以為是楊氏放心不下他們兩人，又來囑咐了，不料出去打開門一看，卻是翠芬和郭老四一起站在門口。

翠芬笑著道：「彩鳳，明兒老四和宋舉人都要下場子了，我在家做了幾個小菜，想請妳和宋舉人過去坐坐，就當是吃一頓便飯，讓他們兩人好好聊聊，我們倆也說說話。」

趙彩鳳雖然很看不上郭老四，但也知道翠芬的為人，況且這郭老四一回來就住了兩個月，附近的街坊鄰居都覺得他變了，趙彩鳳每次都針尖對麥芒地看他，倒是又要讓宋明軒覺得自己無理了。趙彩鳳低頭想了想，宋明軒明兒就要下場子，雖然這郭老四靠不住，可好歹也是鄰里，萬一考試時要是有些什麼事情，沒準還能指望上一二，就算是為了宋明軒，她也不能隨便駁了他們的好意，否則萬一郭老四記恨起來，給宋明軒使絆子，那倒是不好了。

「原來是這樣啊，我問問我家相公。」趙彩鳳對著翠芬笑了笑後，轉身進門問宋明軒道：「郭老四請你去他們家聚聚，你去不去？」

宋明軒本就是再和善不過的人，對於郭老四也從先前的鄙視到後來的保留態度，再到現在的相信他真心改過，所以聽趙彩鳳這麼說，笑著道：「那就去吧，明兒一起下場子，我們兩個也相互壯壯膽。」

趙彩鳳就知道宋明軒不會拒絕，因此開口道：「去可以，可不准沾酒，吃完了就回來，把東西清點清點。」

宋明軒點頭道：「那是自然。妳跟我一起過去，還有什麼不放心的呢？」

翠芬自從郭老四回來之後，整個人都鮮亮了，家裡頭也收拾得乾乾淨淨的。客堂裡的八仙桌上放著幾樣小菜，看著色香味俱全。古時候男人請客吃飯，女人是不准上桌的，所以趙彩鳳和翠芬兩個人就帶著旺兒在灶房裡頭吃。

趙彩鳳見翠芬眉梢都帶著笑，問她道：「那郭老四到底是什麼意思？他有說考過科舉後跟妳過明路嗎？」

翠芬聞言，把頭埋得更低了，紅著臉道：「怎麼沒說過？還說這回要是中了，就帶著我和孩子一起回老家。若是真有那麼一天，我也算是苦盡甘來了。」

趙彩鳳倒是沒想到這郭老四還有這樣的覺悟，開口道：「都說浪子回頭金不換，可也有說狗改不了吃屎的，我還當真不知道妳家郭老四是哪一種？」

翠芬聽趙彩鳳這麼說，假裝生氣地道：「妳盡渾說！老四什麼時候成狗了？」

趙彩鳳見翠芬一味地偏幫郭老四，故意道：「他拿毒藥害妳那會兒，依我看那還真是狗都不如呢！」

翠芬見趙彩鳳提起這件事來，不禁放下了碗筷，嘆息道：「就當他是一時鬼迷了心竅吧，這些事情，如今我又能對誰說去？」翠芬說完，又垂下了腦袋。這件事終究是梗在她胸口的一根刺，只怕是很難拔出來的。

一時間，灶房裡頭有些安靜。

趙彩鳳正想找個話題再說幾句時，那邊郭老四從門外走了進來。

翠芬見了，忙要起身迎過去。

郭老四擺擺手道：「妳坐著吧，陪彩鳳聊著，我沏一壺好茶出去。咱今天不喝酒，就以茶代酒，跟宋兄弟喝兩杯，希望明兒一下場子就能福星高照。」

翠芬見他這麼說，便又坐了下來，問道：「茶你知道放在哪兒吧？」

郭老四笑著道：「我不喝妳買的，我找上回我那朋友送的好茶，家裡的茶怎麼好待客呢！」

趙彩鳳瞧郭老四高高興興地沏了茶、拎著茶銚子走了，便又和翠芬聊了起來。「如今看著還有幾分人樣子了。他要是考上了又把妳和旺兒丟邊上了，妳就去順天府尹告他，說他拋妻棄子，讓他做不成官！他要是不讓妳好過，妳也不能讓他好過。這世上負心的漢子可不少，一不小心就著了他們的道了。」

翠芬見趙彩鳳這麼說，笑著道：「妳怎麼也說起這樣的話來？宋舉人對妳還不夠好嗎？事事都依著妳，我瞧著他總不會是壞的。」

趙彩鳳對宋明軒自是滿意的，又被翠芬這麼一奉承，心中就越發生出幾分甜蜜來，低著頭，勾唇笑了笑。

郭老四沏了一壺熱茶出來後，給宋明軒滿上了，道：「宋兄，明日春闈，我們兩個可要好好拚搏一把了，錯過了這一次又要等三年呢。我以茶代酒，敬宋兄一杯！」

宋明軒聽郭老四說得這般豪邁，也覺得心口蕩漾了起來，開口道：「郭兄三年磨一劍，必定一舉高中。來，為了我們的金榜題名乾一杯！」

趙彩鳳吃完了晚飯，出了灶房瞧了一眼外頭的兩人，見還聊得高興，便想再讓他們聊一會兒。

正巧宋明軒抬頭的時候瞧見了趙彩鳳的身影在外頭一閃而過，想起趙彩鳳的告誡，便起身道：「郭兄，時辰不早了，明日一早還要去貢院下場子，我這就告辭回家了。」

郭老四見宋明軒這麼說，倒也沒有再繼續留他，起身恭送。

趙彩鳳聽宋明軒這麼說，索性到了前頭，和他一起回了自家小院。

宋明軒走了幾步後，感嘆道：「沒想到郭兄也有這樣的壯志豪情，以前倒是我看扁了他。」

趙彩鳳便挖苦道：「哪個考科舉的肚子裡沒有幾斤酸水的？這也值得說是壯志豪情？」

宋明軒被趙彩鳳堵得沒話說，笑著道：「娘子妳……妳真是，讓我說妳什麼好呢！」

趙彩鳳瞧見宋明軒那張笑容溫和的臉，覺得心口軟軟的，遂小聲道：「那你就什麼都別說了，早些回去休息吧。」

宋明軒這時候卻怎麼也睡不著，回家洗過了腳，兩人便躺下了，但這眼珠子卻是怎麼也合不起來，盯著床頭的帳子，眼睛一眨也不眨地看著。

趙彩鳳翻了一個身，瞧見宋明軒還睜著眼睛呢，小聲問道：「相公，都什麼時辰了，怎麼還不睡呢？」

「睡不著。」宋明軒淡淡地開口，伸手把趙彩鳳摟進了懷中，低頭在她額頭上蹭了蹭，繼續道：「幾個月前秋闈的場景還歷歷在目，我還記得那個沒進場子就被人給捅死了的考生，也不知道他的死訊傳回去了沒有？十幾年的寒窗苦讀，最後卻因為一張當票，不明不白地死了……」

趙彩鳳瞧見宋明軒緊緊擰著的眉頭，攤開掌心輕輕地揉了幾下，湊到他耳邊道：「相公，你這是得了考前焦慮症了吧？這大半夜的，絮絮叨叨這些事情。不然，我起來找一顆安睡丸給你吃了，你先好好睡一覺，否則明兒一早起不來可就糟了。」

宋明軒想了想，搖頭道：「不了，我抱著妳就能睡著了。」宋明軒說完，翻身把趙彩鳳抱在懷裡，難得這樣兩人身體緊貼的接觸，卻沒有一絲一毫情慾的成分在裡頭。

趙彩鳳也忍不住伸手抱住了宋明軒的腰身，把頭靠在他胸口睡著了。

第二天一早，趙彩鳳醒來的時候，宋明軒並沒有在身邊。趙彩鳳看了一眼窗外魚肚白的天色，伸手摸了摸一旁的鋪蓋，還是暖和的，大抵是宋明軒睡不著，所以起早了。

趙彩鳳急忙披上了衣服，出門看了一眼。這時候太陽還沒升起，時辰尚早，宋明軒怕是真的考前焦慮症發作了，才會這個時候就起來。趙彩鳳在屋裡找了一圈，都沒找到宋明軒，見後門開著，便往後院裡頭去，結果隱隱聽見茅房裡傳出低低的呻吟聲來。

趙彩鳳急忙走過去，忍不住關切地問道：「相公，你怎麼了這是？」

宋明軒聽見是趙彩鳳的聲音，忙收起了呻吟聲，咬著牙道：「沒……沒事，肚子有些疼，大概是受涼了吧……」

如今已是二月，雖說天氣還是一樣冷，但也比寒冬臘月好了許多，且房裡頭點著炭盆，趙彩鳳又是一個怕冷的人，床上蓋著雙層的鋪蓋，這半夜裡受涼的可能性幾乎是很小的。

趙彩鳳當場就有些狐疑，問道：「怎麼會受涼了呢？你是不是吃壞了什麼東西？」

宋明軒這時候身上難受，也顧不得細想，扶著牆出來，臉色早已經熬得蒼白，搖頭道：「我跟妳吃的不都是一樣的東西嗎？你們都好好的，怎麼也不可能就我一個人鬧肚子吧？」

趙彩鳳聞言，也覺得有些道理。昨天白天都是自家做的東西，清清爽爽的，自然不會有什麼不新鮮的。便是晚上在翠芬家吃的，那些菜趙彩鳳也嚐過，說起來翠芬的手藝比自己的要好得多，便是自己也忍不住多吃了幾口，也沒覺得有什麼不妥。

趙彩鳳急忙上前，扶著宋明軒往房裡走了兩步，這還沒到門口呢，宋明軒已經又忍不住轉過了身去，擰著眉頭。

「不行不行，又疼起來了！」

趙彩鳳只好又把宋明軒給送到了茅房門口，有些心急地來來回回走著。忽然，她想起了什麼來，急忙問道：「昨兒郭老四進灶房沏了一壺茶，他自個兒喝了嗎？」

宋明軒被趙彩鳳這麼一問，頓時也就怔住了，忍著疼想了半晌，這才開口道：「郭老四他自己喝的是酒，見我不喝，才沏了茶來給我喝。」

聽到這裡，趙彩鳳就知道宋明軒這回是中招了！

趙彩鳳扯著嗓子道：「相公，你在茅房裡蹲好了，我找那郭老四去！」

——未完，待續，請看文創風463《彩鳳迎春》5

2016年9月出版

# 夫婿找上門

文創風 442～444

這世道，雖說寡婦難為，
可若撿到一個好男人回家當夫婿，
再憑著她這雙會蒔花弄草、種菜養果的好手，
日子還不經營得有滋有味？

筆鋒溫潤似玉，情思明媚若春／微雨燕

她一穿越就成農家寡婦，還附帶兩支拖油瓶在身旁，
上有婆婆要逼嫁，下有小叔在覬覦，
唉，這世道可真艱難唷！
可自從她救了這來歷不明的男子「溪哥」，風水就輪流轉了——
他自願做上門女婿，她又有發家致富的本領，
兩人攜手合作便能讓一家四口過上好日子。
無奈好景不常，堂堂郡主親臨便攪亂了一切，
更令她詫異的是，這枕邊人原來竟是名震西北的小將軍！
照常理說，從鄉里寡婦晉升為小將軍夫人應是喜事，
可她偏偏只想帶著孩子在村中過自己的日子。
如今兩人是道不同不相為謀，
既然能做半年開心的夫妻，和離時應該也能好聚好散吧？

字裡行間　道盡百味人生／佑眉

2016年9月出版

# 公子有點忙

上輩子棄文從武，刀口舔血非他所願，
機緣巧合下再世為人，
他習文練武、智勇雙全
且看公子無雙、天下揚名——

文創風 445 1

元宵節那一夜，是陳毓所有惡夢的開端。
先是遭拍花子擄走，吃盡苦頭，顛沛流離了年餘才輾轉返家，
迎接他的，卻是家破人亡的悲劇……
家產遭佔，父親亡故，姊姊更是不堪受辱投繯自盡，
他本是手無縛雞之力的書生，卻被逼得手刃仇人後四處流亡，
沒料到一場大醉後，他竟重生在一切悲劇發生前！
哪怕當下正身陷險境，陳毓也是甘之如飴的。
這一世，他不惜一切，也要護得親人個個周全！

文創風 446 2

兒時遭擄的記憶，是小七掙脫不了的夢魘。
生在勛貴世家，又是家中么女，可謂集萬千寵愛於一身，
本當是天之驕女的她，卻在家裡遭難時被惡人拐走，
如果不是陳毓，她早就被活埋了。
劫後餘生的小七彷彿失了魂魄，多虧有他細心照料，
他挽救了她的生命，也帶著她走出永無止境的黑暗。
多年後再次見到陳毓，他一如記憶中那般璀璨耀眼，溫煦有禮，
好像只要看著他，心裡就能感到踏實……

文創風 447 3

知道西昌府將有一場洪災，甚至引發了一場動搖國本的民亂。
陳毓立即趕赴西昌協助父親，
一邊築堤防災，收購糧食，一邊尋找挑起民變的起事者。
然而當暴雨怒洪席捲而來，又豈是區區人力可擋？
落水的陳毓大難不死，卻再也找不到心中掛念的那個身影。
在決堤的洪水前既然說了要一起活，
即使走遍天涯海角，他也要找到她……

文創風 448 4 完

二皇子與東泰人勾結，對大周領土虎視眈眈，
當陳毓親眼見到東泰人侵門踏戶，欺負大周子民，
他心頭窩火，更憂心邊境的狀況遠比他預想的更差！
他設下了計中計，希望一切照著他的劇本演，
仍阻止不了戰爭的爆發，守軍的反叛……
陳毓但求速戰速決，不單是想將傷亡減到最低，
更是因為，在遙遠的京城裡，還有人等著他平安回去……

人生如潮，平淡是福／容箏

2016年8月出版

# 爺兒休不掉

一梳梳到尾，二梳梳到白髮齊眉，三梳梳到兒孫滿地……
女兒家都期盼著熱鬧的迎娶儀式，嫁個好郎君，幸福一生，
她自然也有這般夢想，可身為童養媳的她卻沒資格擁有，
因此，她拚了命地想擺脫這個身分，飛離這座牢籠……

文創風 435 1

她不過是去登個山罷了，竟也能招來這種莫名其妙的意外？
一個陌生的時空、一戶貧窮到她都忍不住嘆息的人家，
寡母、三個女兒再加一個幼子，便是這個家的所有成員了。
是的，這個家裡沒有壯勞力，也難怪會窮得連狗都嫌啊！
根據她打聽到的結果，她是這個家裡的次女，名叫夏青竹，
目前因傷暫回娘家休養……等等，娘家？她才八歲就嫁人了?!
何況被打得都逃回娘家來了，可見她那夫家有多不待見她啊！
得知這驚人的事實後，她徹底傻眼了，這還讓不讓人活呀？

文創風 436 2

由於夏家的頂樑柱夏老爹去得早，走時連塊棺材板都買不起，
因此，在得了爹爹生前老友項老爹幫襯的二十兩銀子後，
她夏青竹就包袱款款地前去項家當童養媳了，
偏偏這世上沒有最糟，只有更糟，她那夫家簡直就是個火坑，
上有難伺候的婆婆，下有兩個不講理又愛欺負人的小姑，
還有一個心比天高、橫看豎看都看她不順眼的小丈夫項二爺，
唉，雖說吃苦耐勞是中國傳統婦女的美德，但很抱歉，她來自現代，
所以，她決定努力掙錢還債，休掉她的二爺，投奔自由去啦！

文創風 437 3

沒親身經歷過還真不知，原來古代賺錢這麼難呀，
這麼算下來，二十兩的賣身錢她夏青竹得存到何年何月才存得到啊？
屆時她都人老珠黃了，恐怕也很難再尋個如意郎君，把自己銷出去吧？
正好這時項老爹因為工作時摔斷了腿，再不能做粗重的活兒，
偏生家裡的田地又被有權有勢的人給惦記上了，
因此她便出了幾個主意，讓項家賣了田，買地開墾池塘，養起魚藕雞鴨來，
大夥兒的努力總算是有了回報，幾年來生意愈做愈大，順利賺了錢，
然而問題來了——她這麼會出賺錢的主意，項家還肯放她離去嗎？

文創風 438 4 完

項二爺是項家人的希望，項家上下皆盼著他能一舉高中、光宗耀祖，
夏青竹自然也是祝福他能功成名就的，不過他的未來不會有她。
她從沒瞞過二爺，自己想要還債離去的想法，而他也不反對，
可幾年過去後，離家返鄉的他突然一臉溫柔地問她願不願跟他過一輩子，
還說他在外頭一直想著她、念著她，所以決定不放她走了，
嘖，還真是個怪人呢，小時候他明明親口說過討厭她的呀，
怎麼沒幾年她這株小雜草竟莫名地入了他項二爺的眼啦？
面對如此改變的他，老實說，她茫然了，一時竟不知該如何是好……

2016年7月出版

# 丫鬟不好追

文創風 427～428

身為爺的丫鬟，煩心事一堆，好在好事也不少，
不僅能跟著遊山玩水，結識了位吃葷的美和尚，
還和分離多年的弟弟重逢，但……這其中不包括陪主子調情吧?!

## 大宅裡藏心計，風雨中現情深／青梅煮雪

顧媛媛怨嘆啊，上輩子是個小學老師，穿越後竟被賣到大戶人家當丫鬟，
說起這江南謝家，富貴無人比，連謝家大少也霸道得很徹底，
使喚她當他的專屬廚娘，把吃貨本色發揮得淋漓盡致。
不過她沒料到這只會吃的圓潤小子，長大後竟成了個英姿挺拔的美少年！
他身邊桃花不斷，他皆不屑一顧，只對她情有獨鍾，
她這模樣看在其他人眼中，無疑成了欲除之而後快的眼中釘，
大夫人和二小姐對她不喜，丫鬟使計爭寵，各家貴女虎視眈眈。
她努力置身事外，誰知卻換來他一句——以為忍氣吞聲就可以享一世安然？
身在異世，無枝可依，她一路戰戰兢兢，不就是為了保自己無虞？
但她其實也明白，早在不知何時，她便已交心於他，
以往都是他擋在她前頭，許是這回該換她賭一把……

2016年7月出版

# 追夫心切

文創風 424~426

當初老道長曾為他們倆看過面相，
說他們雖然各自有缺，卻是天作之合，
他命貴能護她一生，讓她享盡榮華富貴，
而她只要能度過今年死劫，便能讓他兒孫滿堂……

## 情意繾綣・真心無價／江邊晨露

她肖文卿原為官家貴女，卻遭逢意外淪為陪嫁丫鬟，
在一回夢境之中，她預見自己被小姐送給姑爺為妾，
懷孕生子之後，兒子被小姐奪走，而她在產子當夜悲慘死去……
夢醒之後，她努力改變自己悲慘命運──
她在御史府花園攔截一個陌生的侍衛表白，勇敢地主動求親；
失敗之後，為了逃避被姑爺收房，還主動劃傷了臉，寧死不願為妾！
就在絕望之際，命運兜兜轉轉地，她竟然嫁給了當初她主動求親的男人，
他待她體貼有禮，照顧有加，一切都很好，只除了他不願跟她圓房。
他說，他對她動心，但卻不能在這時要了她，
他要她等著，等著時機成熟，兩人將能有情人終成眷屬。
她知道他身懷巨大的秘密，卻仍滿心願意信任他……

文創風

462

# 彩鳳迎春 4


國家圖書館出版品預行編目資料

彩鳳迎春 / 芳菲著. --
初版. -- 臺北市 : 狗屋, 2016.10-
冊 ; 公分. --（文創風）
ISBN 978-986-328-659-2（第4冊：平裝）. --

857.7　　105015127

| | |
|---|---|
| 著作者 | 芳菲 |
| 編輯 | 黃淑珍 |
| 校對 | 黃亭蓁　許雯婷 |
| 發行所 | 狗屋出版社有限公司 |
| 地址 | 台北市104中山區龍江路71巷15號1樓 |
| 電話 | 02-2776-5889～0 |
| 發行字號 | 局版台業字845號 |
| 法律顧問 | 蕭雄淋律師 |
| 總經銷 | 知遠文化事業有限公司 |
| 電話 | 02-2664-8800 |
| 初版 | 2016年11月 |
| 國際書碼 | ISBN-13　978-986-328-659-2 |
| 原著書名 | **《状元养成攻略》**，由北京晉江原創網絡科技有限公司授權出版 |

定價250元

狗屋劃撥帳號：19001626

網址：love.doghouse.com.tw　E-mail：love@doghouse.com.tw